Martha Grimes

Inspektor Jury steht im Regen

Roman

Deutsch von
Maria Mill

Wunderlich

1. Auflage Januar 1996

Die Originalausgabe erschien 1986 unter dem Titel
«I Am the Only Running Footman»
bei Little, Brown and Company, Boston / Toronto / London
Die deutsche Fassung von Robert Brownings Gedicht
«Porphyria's Lover» basiert auf der Übersetzung
«Liebeswahnsinn» von Edmund Ruete.
Umschlag- und Einbandgestaltung
Büro Hamburg / Peter Wippermann
Umschlagbild Bruce Meek
Satz Garamond (Linotronic 500)
Gesamtherstellung Clausen & Bosse, Leck
Printed in Germany
ISBN 3 8052 0518 x

Für Harry Wallace
und die Katze Stripey,
die mir stets
zur Seite standen

Sometimes I wonder why I spend
The lonely night, dreaming of a song
The melody haunts my reverie
And I am once again with you.

Hoagy Carmichael,
Mitchell Parrish, «Stardust»

Der Regen rann und rann heut Nacht,
Der mürrische Wind holte aus zum Streich,
Die Ulmen beugte er mit Macht
Und wühlte auf den stillen Teich,
Mein Herz schlug bang, als bräch' es gleich.
Da glitt herein Porphyria...

... Ich wand ihr Haar
Zu einem Strang und schlang ihn stumm
Dreimal um ihren Hals herum
Und würgte sie.

Robert Browning, «Liebeswahnsinn»

Inhalt

Erster Teil

Einsame Nacht

I

Februar

Die Scheinwerfer des Wagens drangen durch Regen und Nebel und erfaßten sie; sie stand etwa hundert Meter vom Café entfernt am Straßenrand. Der Rucksack lag neben ihr auf dem Boden.

Einmal, als der Lastwagen, in den sie zuletzt eingestiegen war, die A 30 verließ, fürchtete er schon, er habe sie verloren. Ein anderer Lkw war auf den Kreisverkehr geratert und hatte ihm die Sicht versperrt. Doch er war sich ziemlich sicher, daß der Sainsbury-Transporter auf die Autobahn Richtung Bristol oder Birmingham wollte. Also hatte er die Ausfahrt zur A 303 genommen und sie wieder eingeholt.

Als der Fahrer auf den Parkplatz des Little Chef einbog, glaubte er, seine Chance sei gekommen. Aber sie gingen beide hinein, so daß er seinen blauen Ford in die kurze im Nebel verschwimmende Autoreihe zwängte und das Café betrat. Während er im rückwärtigen Teil des Raums in eine Nische glitt, konnte er sie beobachten. Sie und der Fahrer wechselten ein paar Worte miteinander und dann noch ein paar mit der Kellnerin, und danach brach die Unterhaltung ab. Sie hatten sich also während der vielen Meilen, die er ihnen gefolgt war, nicht miteinander angefreundet.

Sie war jung, fünf- oder sechsundzwanzig, doch ihr Gesicht war hart und wirkte im kalten Licht des Cafés, einem künstlichen Licht, das die roten Tischplatten und weißen Papierservietten und die gestärkten Blusen der Kellnerinnen aufleuchten ließ, noch härter. Die junge Frau sah ihren Begleiter nicht an. Sie stützte das Kinn auf die Faust, und die andere Hand spielte abwesend mit einer langen blonden Haarsträhne. Die Kellnerin stellte die Teller mit Bohnen, Eiern und Pommes frites vor sie hin und kam dann zu ihm nach hinten. Er bestellte Tee.

Während des ganzen Essens sprachen sie nicht miteinander, und zuletzt nahm jeder seine jeweilige Rechnung und zahlte bei der ausdruckslosen Kassiererin.

Da sie das Café aber gemeinsam verließen, wußte er, daß der Fahrer sie weiter mitnehmen würde. Deshalb zahlte er ebenfalls, ging hinaus zu seinem Wagen und startete, als der Lkw anfuhr.

Als er sie nicht weit vom Café im Nebel stehen sah, vermutete er, sie habe es sich mit dem Fahrer oder dem Reiseziel oder mit beidem anders überlegt. Er beugte sich über den Beifahrersitz, um ihr die Tür zu öffnen, und fragte, ob er sie irgendwohin mitnehmen könne. Der Ford stand mit laufendem Motor am Straßenrand, während sie hineinglitt, ihren Rucksack auf den Rücksitz schmiß und sein Angebot mit einem Stöhnen und Nicken quittierte.

Sie wolle nach Bristol, sagte sie, während sie in ihrer Schultertasche wühlte und Zigarettenpapier und einen kleinen zusammengefalteten Zettel hervorkramte, nein, keinen Zettel – Marihuana. Der eklig-süße Geruch erfüllte allmählich den Wagen. Er kurbelte das Fenster herunter.

Sie fragte, ob es ihn störe, machte jedoch keine Anstalten, sich zu entschuldigen oder die Zigarette auszudrükken. Ihr schien bereits die Frage zu genügen. Als er meinte, er sei an den Geruch nicht gewöhnt, zuckte sie lediglich die Achseln und starrte, die in einer kleinen Spitze steckende Zigarette umklammernd, erneut auf die Windschutzscheibe. Dann schaltete sie, wieder ohne zu fragen, das Autoradio an. Stimmen, Musikfetzen schwollen an und ab, während sie den Zeiger über die Leuchtanzeige hin- und herjagte und sich schließlich für einen Sender entschied, in dem die volltönende Stimme eines Discjockeys eine alte Glenn Miller-Aufnahme ankündigte. Das überraschte ihn. Bei ihr hätte er eigentlich Rockmusik erwartet.

Drei Tage lang war er in Exeter gewesen, hatte sie beobachtet und beschattet. Er hatte das Haus von mehreren Stellen der anderen Straßenseite aus observiert: dem Zeitungsgeschäft, dem Waschsalon und einem winzigen Restaurant namens Mr. Wong and Son. Den blauen Ford hatte er vorsichtshalber auf einem öffentlichen Parkplatz stehenlassen. Was ihn selber betraf, war er weniger vorsichtig. Einmal hatte er das Restaurant betreten, einen dunklen, schachtelartigen Raum mit Tischdecken, auf denen die Sojasaucenflaschen Flecken hinterlassen hatten, und sich etwas zu essen bestellt. Es gab nicht einen einzigen Grund, ihn mit ihr in Verbindung zu bringen. Und der Kellner – vielleicht Mr. Wongs Sohn – hatte die ganze Zeit aus dem Fenster gestarrt, aus der Blässe der untapezierten Wände auf die Blässe des Pflasters gesehen. Sein Gesicht war eine Maske der Gleichgültigkeit. Er würde sich wohl kaum an ihn erinnern.

Es war auch leichtsinnig gewesen, in den Little Chef zu gehen, statt einfach im Wagen zu warten. Den hatte er, statt seinen eigenen zu nehmen, zusammen mit den Nummernschildern gekauft. Jetzt, wo der Wagen in die trüben Lichtpfützen entgegenkommender Scheinwerfer hinein- und dann wieder herausschwamm, erinnerte er sich erneut daran, daß es für niemanden den geringsten Grund gab, ihn mit dem Mädchen in Verbindung zu bringen.

Sie fuhren dahin, und sie sagte weder ein Wort, noch wandte sie den Blick von der Windschutzscheibe. Als er bemerkte, daß er nie Marihuana geraucht habe, schnaubte sie verächtlich und erwiderte, er lebe wohl hinterm Mond. Vielleicht könne sie ihm ja einen Joint drehen, schlug er vor. Er würde ihr gerne was dafür zahlen, nur um mal die Erfahrung zu machen. Sie zuckte die Achseln, sagte okay und daß es ihr egal sei, solange er nur zahle. Es sei guter Stoff, vom Besten. Nein, es sei ihr scheißegal, wenn er nur zum Rauchen von der Straße runterfahre und anhielte. Wie der chinesische Kellner war sie viel zu gelangweilt, um irgend etwas in Frage zu stellen. Sogar zu gelangweilt, um mißtrauisch zu werden.

Er fuhr von der Straße hinunter in ein Gehölz. Er würde Reifenspuren hinterlassen. Er wußte, daß man von Reifenspuren Abgüsse machen konnte, einer der Gründe, warum er den alten Ford gekauft hatte. Während er die Zigarette rauchte, die sie ihm gegeben hatte, dachte er: Da ist es wieder – die extreme Vorsicht, der extreme Leichtsinn –, der rationale Teil seines Verstandes wurde von irgendeiner anderen Macht ausgeschaltet. Die Möglichkeit, daß ihn irgend jemand im Café nach einer gewissen Zeit noch wiedererkannte, war gering, und die, daß es einen Grund für dieses Wiedererkennen geben könnte, noch geringer. Und doch überlegte er: War da vielleicht irgendein innerer Zwang gewesen, der ihn veranlaßte, eine Verbindung zu ihr herzustellen? Im selben Raum zu sitzen, die gleichen

Dinge zu essen, durch dieselben Straßen zu gehen? Er wußte es nicht.

Sie fragte ihn nicht einmal, warum er ausstieg, saß einfach nur da und rauchte und hörte Radio. Durch die offene Wagentür konnte er die verkratzte Aufnahme des alten Songs hören:

Isn't it romantic
Merely to be young, on such a night as this?

Er entfernte sich noch ein Stückchen weiter vom Wagen. Der Regen hatte aufgehört, der Himmel sich aufgeklart. Durch das schwarze Gitterwerk der Zweige konnte er in weitem Abstand voneinander ein paar Sterne erkennen. In der Nähe floß ein kleiner eisüberkrusteter, schneegesäumter Bach.

Als er die Tür auf ihrer Seite aufgehen hörte, war er nicht überrascht. Da sie in ihrer Gleichgültigkeit bisher keinen Verdacht geschöpft hatte, weder als er anhielt, noch, als er den Wagen verließ, war es auch nicht verwunderlich, daß sie nun ebenfalls ausstieg. Nicht daß es einen großen Unterschied gemacht hätte, ob sie ausstieg oder nicht. Ihre Stiefel quatschten auf dem feuchten Boden, als sie neben ihn trat. «Isn't it romantic?» spielte immer noch, schickte unablässig dieselbe Frage in die Nacht. Sie erkundigte sich, ob ihm das Gras schmecke, und er antwortete: Ja, doch, bloß sei er ziemlich benebelt. Er gab ihr ein paar Scheine, die sie wortlos nahm und in die obere Tasche ihres Anoraks stopfte. Sie trug eine Wollmütze, und um den Hals hatte sie einen karierten Schal geschlungen, dessen Enden ihr über den Rücken fielen. Sie war auf eine billige, herbe Weise hübsch und auf ihre Art so kalt wie der kleine verkrustete Bach.

Als er zum Himmel hinaufsah, fühlte er sich benommen. Da sei eine Sternschnuppe, sagte er, dort im Westen. Er sei ja verdammt high, erwiderte sie, und sie stritten sich wegen der Sternschnuppe. Es sei aber wirklich eine dagewesen, behauptete er.

Die fernen Konstellationen, die toten Sterne, das gleichgültige Mädchen.

Isn't it romantic,
Music in the night...?

Als er nach ihrem Schal griff, dachte sie wahrscheinlich, er wolle sie an sich ziehen und sie küssen. Er zog rasch und heftig. Beinahe lautlos sackte sie zusammen, stürzte hin und schlug auf die dünne Eiskruste, so daß diese zerbrach. Näher würden sie sich selbst bei einem Stelldichein nicht kommen, dachte er, und die Enden ihres Schals baumelten von seinen Händen herab.

War es nicht romantisch?

In der trostlosen Enklave des Schweigens standen ein Dutzend Angehörige der Gendarmerie Devon-Cornwall wie Trauernde neben der Leiche. Es begann schon zu dämmern, aber die Sterne am Himmel waren noch nicht verblaßt. Seit über zehn Minuten warteten sie darauf, daß Brian Macalvie etwas sagte.

Doch er schwieg; die Hände in den Taschen vergraben stand er da, zerrte seinen Regenmantel nach hinten und starrte auf den Boden, auf die Leiche, auf die Eisdecke des Bachs und dann zu den Sternen hinauf.

Ein Zweig knackte, ein Vogel rief. Keiner bewegte sich. Nicht einmal der Spurensicherungsexperte – in diesem Falle eine Frau – hatte bisher gewagt, Macalvies Konzentration zu stören. Man ging wohl davon aus, daß das Blitzlicht einer Kamera die Aura dieses Teils des Universums hier in Devon, welches die Domäne von Divisional Commander Macalvie war, stören würde.

Sie waren alle durchgefroren und ungeduldig, was nicht weiter schlimm war, sofern es jemanden zum Handeln bewog. Leider hatte Macalvies Charme bei Sergeant Gilly Thwaite mit ihren großen blauen Augen und ihrem unbeherrschten Temperament nie verfangen. Voller Ungeduld, endlich ihr Stativ aufpflanzen zu dürfen, trat sie fast auf die Leiche. «Wir stehen jetzt seit fünfzehn Minuten hier rum. Störe ich vielleicht Ihre Inszenierung, Ihre Stimmung oder Ihre Beweisaufnahme, wenn ich *die* hier mal benutze?» Sie hielt ihre Kamera in die Höhe.

Macalvie kaute einfach weiter auf seinem Kaugummi herum. «Machen Sie nur. Jetzt haben Sie's sowieso versaut.»

Durch Gilly Thwaites Initiative ermuntert, versuchte auch der Doktor, seine Anfrage etwas schärfer zu formulieren. «Haben Sie etwas dagegen, wenn *ich* mit meiner Untersuchung weitermache?»

Jemand hustete.

Der Unterschied zwischen Sergeant Thwaite und dem Doktor war, daß Macalvie seine Kollegin wegen ihres Sachverstands durchaus schätzte. Er verzog weiter keine Miene; nur kaute er jetzt noch etwas demonstrativer auf seinem Kaugummi herum. «Halte ich Sie etwa auf?»

Jemand seufzte.

Der Arzt kniete sich neben das Mädchen und öffnete

seine Tasche. «Ich bin kein Polizeipathologe, nur ein Landarzt. Und ein vielbeschäftigter Mann.»

Ein Wachtmeister ließ den Kopf in die Hände sinken.

«Ich verstehe», sagte Macalvie. «Nach was genau suchen Sie jetzt eigentlich?» Macalvie wandte wieder den Kopf, um zum Nachthimmel hinaufzublicken.

Der Doktor blickte zu ihm auf. «Nach was ich suche? Ich nehme an, Sie wollen gern wissen, wie sie ermordet wurde, ob sie geschlagen oder vergewaltigt wurde.» Er griff nach dem Schal.

«Aha. Fassen Sie das noch nicht an, ja!» bat Macalvie.

Der Arzt seufzte schwer. «Wie lange sollen wir eigentlich hier draußen ...?»

«...den ganzen Tag, falls ich es Ihnen sage. Sie wurde erdrosselt, sie wurde nicht geschlagen oder vergewaltigt. Was haben Sie mir sonst noch zu sagen?»

«Nicht einmal Sie haben den Röntgenblick, Mr. Macalvie.» Er lachte kurz auf. «Nicht einmal Sie können durch einen schweren Anorak und Blue Jeans hindurchgucken.»

Macalvie hätte zu der Bemerkung über den Röntgenblick eigentlich noch etwas sagen können. «Zumindest hab ich Augen im Kopf. Sehen Sie sich mal ihre Jeans an.»

«Es gab Fälle, wo der Vergewaltiger sein Opfer wieder anzog. Manche sind da erstaunlich eigen.»

Macalvie starrte in den Himmel. «Man muß schon ein ziemlich eigener Scheißtapezierer sein, um ihr diese Jeans vom Leib zu reißen, ganz zu schweigen vom Wiederanziehen. Die kleben ihr ja auf der Haut wie Fliegenfänger. Die Hosenbeine haben Reißverschlüsse. Wahrscheinlich mußte sie sich dazu hinlegen und ein Stemmeisen benutzen.» Er wandte sich um und nickte dem Rest der Mannschaft aus dem Präsidium zu.

Rasch stürzten sie sich in ihre Arbeit – stürzten buchstäblich, krochen auf Händen und Knien herum und durchforsteten jeden Zentimeter nach Abdrücken, Spuren, Fasern, irgend etwas.

«Sie heißt Sheila Broome», sagte ein uniformierter Polizist, der ihren Rucksack durchsucht hatte. «Hat in Exeter gelebt...»

Macalvie beugte sich hinab, um eine winzige Zigarettenspitze aufzuheben, an deren Ende ein Stückchen weißes Papier klebte. «Eine Zigarettenspitze für einen Joint. Also hat sie hier gestanden und Gras geraucht. Beziehungsweise alle beide. Aber Killer stehen normalerweise nicht mit ihren Opfern herum und haschen. Vielleicht kommt er aus ihrer nächsten Umgebung, vielleicht ein Freund.»

Dem Polizisten tat der Freund fast leid, als er seinen Chef ansah.

«Sorgen Sie dafür, daß ein Einsatzwagen geschickt wird», sagte Macalvie und wandte dem aggressiven, grellweißen Blitzlicht den Rücken zu.

2

Dezember

RICHARD JURY MUSSTE AN Susan Bredon-Hunt vorbeifassen und gleichzeitig versuchen, sich aus ihren langen Armen zu befreien, die sich jedesmal, wenn das Telefon klingelte, noch mehr verknäuelten und Ähnlichkeit mit Schlingpflanzen bekamen.

Sie klebte buchstäblich am Telefon. Sie ließ ihre Finger

auf seiner Brust auf- und abmarschieren, zog Kreise um seine Ohren, streifte sein Gesicht mit den Wimpern, als ob sie Fingerabdrücke nähme, und machte so ein schlagfertiges Reagieren unmöglich.

Glücklicherweise war gar keine schlagfertige Antwort nötig. Chief Superintendent Racer, den man gerade aus dem Bett gescheucht hatte, war entschlossen, Jury ebenfalls aus seinem zu jagen. «Viermal hab ich's schon klingeln lassen, Jury! Was zum Teufel haben Sie denn getrieben?»

Gut, daß es nur eine rhetorische Frage war, da Susan Bredon-Hunts Lippen gerade sein Gesicht liebkosten. Er hob die Hand, doch es war, als versuche man, Spinnweben wegzuschieben. Überall blieben winzige Fetzen von ihr hängen.

«...störe Sie sehr ungern», sagte Racer, dessen Sarkasmus etwas genauso Bohrendes hatte wie Susan Bredon-Hunts Finger. «Könnten Sie sich vielleicht aus Ihrem Bett losreißen und nach Mayfair rüberkommen?»

Sich losreißen mußte er sich allerdings schon, um sich von Susan Bredon-Hunt zu befreien. Als er schließlich auf der Bettkante saß, fragte er: «Wo in Mayfair?»

«Charles Street. Berkeley Square. Hay's Mews.» Racer bellte die Namen heraus wie ein Lokomotivführer der britischen Eisenbahn. «Eine Frau ist ermordet worden.» Der Hörer am anderen Ende krachte nieder.

Jury entschuldigte sich bei Susan und war innerhalb von fünfzehn Sekunden angezogen.

«Einfach so.» Sie schnalzte mit den Fingern. «Du verschwindest einfach so!»

Er war müde. «So werden auch Leute umgebracht, mein Schatz. Einfach so.»

Als er sich hinunterbeugte, um sie zu küssen, wandte sie das Gesicht ab.

Jury nahm seinen Mantel und die Autoschlüssel und ging.

Die Polizeiautos kamen aus allen Richtungen und peilten den Bordstein der Charles Street und den Bürgersteig vor dem Pub an. Unter dem beleuchteten Schild des I Am the Only Running Footman kritzelte Detective Sergeant Alfred Wiggins etwas in sein Notizbuch und stellte der kleinen molligen Frau, die die Leiche gefunden hatte, Fragen.

Die surrenden, kuppelförmigen Blinklichter der letzten beiden Wagen, die in prekärer Schräglage vor das Pub gerollt waren, warfen blaue Streifen aufs nasse Trottoir und blaue Schatten auf die Gesichter von Wiggins und der Frau. Sie habe noch nachts ihren Hund auf den Platz ausgeführt, und jetzt seien sie beide völlig durcheinander, sagte sie. Der Schäferhund beschnüffelte Wiggins' Füße und gähnte.

Jury versicherte ihr, man werde sie nicht länger als absolut notwendig auf dem Revier behalten, wenn man sie mit dorthin nehme. Sie könne jeden gewünschten Anruf machen, sie schätzten ihre Hilfe wirklich ganz außerordentlich, und sie habe mit ihrem Anruf bei der Polizei etwas getan, das durchaus nicht selbstverständlich sei. Das hatte sie beruhigt, und im Moment beantwortete sie Wiggins' Fragen. Überall in der kurzen Straße und um die Ecke herum stellten uniformierte Polizisten Fragen an die Bewohner von Hay's Mews, die aus ihren schicken kleinen Häusern gekommen waren und jetzt im Nieselregen standen. Am Ende der Mews, der ehemaligen königlichen Marställe, hatte man Absperrgitter aufgestellt, damit die Schaulustigen nicht allzuviel zu sehen bekämen.

Während die Leichenbeschauerin ihre Befunde auf einen Kassettenrecorder diktierte, stand Jury dabei und blickte auf den Leichnam der jungen Frau, die mit dem Gesicht nach unten, fächerförmig ausgebreitetem blondem Haar und gespreizten Beinen auf der Straße lag. Wiggins war neben ihn getreten.

«Fertig damit?» fragte Jury den Mann, der für die Fingerabdrücke zuständig war, und deutete auf die kleine schwarze Handtasche, deren Riemen noch immer über ihre Schulter geschlungen war und sich mit dem langen Schal verheddert hatte. Der Mann nickte Jury zu, und Jury nickte Wiggins zu. Die Leichenbeschauerin sah genervt zu Jury hinüber. Sie mochte es nicht, wenn jemand mit seinen Fragen ihre Angaben unterbrach, die sie ihrem Assistenten wie ein Messerwerfer über die Schulter zuwarf. Jury blickte in ihre wachsamen grauen Augen und lächelte strahlend. Sie murrte.

«Ivy Childess», sagte Wiggins und hielt den Führerschein hoch, den er aus der Tasche der toten Frau genommen hatte und mit Hilfe eines Taschentuchs festhielt. «Ihre Adresse ist 92, Church Street, Bayswater. Das ist so ziemlich alles, Sir, außer einem Scheckbuch, Scheckkarte und etwas Kleingeld. Mit dem bißchen Geld könnte sie vielleicht einen trinken gewesen sein, meinen Sie nicht?» Er steckte den Führerschein wieder in die Handtasche und ließ sie zuschnappen.

«Kann schon sein», sagte Jury, während er darauf wartete, daß die Leichenbeschauerin ihre Arbeit beendete. Er wußte, sie haßte Störungen.

Nachdem er sein Taschentuch schon wegen der Handtasche verwendet hatte, benutzte Wiggins es jetzt, um sich zu schneuzen. «Es ist verdammt feucht. Ich merk schon, es geht abwärts. Irgendwann liege ich flach.» Er klang nachdenklich.

«Wo Ivy Childess definitiv schon gelandet ist.» Der Regen fiel stetig und ausdauernd, aber die Leichenbeschauerin schien überhaupt nicht darauf zu achten. Die ständigen Krisenfälle hatten ihr hübsches Gesicht so glattgescheuert wie einen Stein unter Wasser.

«Kann außer am Hals keinerlei Spuren feststellen. Mit ihrem eigenen Schal erdrosselt. Manche Frauen lernen's nie.»

Jury lächelte ein wenig. Dr. Phyllis Nancy hatte so eine Art, alles, sogar Leichen, auf geschlechtsbedingte Kriterien hin zu untersuchen. Jury hätte ihr gerne gesagt, daß solche Vorlieben in der Polizeiarbeit inzwischen wohl mehr oder weniger den Weg allen Fleisches, ob männlich oder weiblich, genommen hätten. Doch schien sich Dr. Nancy ihre abwehrende Haltung ebenso zu eigen gemacht zu haben wie ihren Beruf.

«Wann können Sie die Autopsie vornehmen, Phyllis?»

Niemand nannte sie Phyllis. Gerade deshalb tat Jury es.

«Sie warten, bis Sie an der Reihe sind, Superintendent. Ich habe auch einen Terminkalender.»

«Ich weiß. Ich wäre Ihnen nur dankbar, wenn Sie es vielleicht ein kleines Stückchen nach oben rücken könnten. Wir wissen, wie sie getötet wurde, und es sieht nach Routine ...»

Routine gehörte nicht zu den Worten, die Phyllis Nancy

schätzte. Und seine Bemerkung bot ihr, wie Jury genau wußte, eine Gelegenheit, einen kleinen Vortrag zu halten, wozu sie sonst kaum und schon gar nicht vor Superintendents die Möglichkeit hatte. «Die Frau besitzt immerhin noch Haut, Haar, Fingerspitzen, Leber, Bauchspeicheldrüse, Knochen, Gewebe. Sogar ein Herz.»

«Genau wie Sie, Phyllis.» Er lächelte sie an. Jury hatte Dr. Nancy einmal beim Schaufensterbummel in der New Bond Street entdeckt, als sie vor Dickens and Jones stand und hingerissen die prächtige Auslage der Braut- und Brautjungfernkleider betrachtete. Er hatte gewartet, bis sie weiterging, um sie dann einzuholen und zu einem Drink einzuladen. Phyllis Nancy hätte es entsetzlich gefunden, wenn man sie tagträumend vor der Dickens and Jones-Schaufensterhochzeit – komplett mit Braut, Bräutigam, Spitze und Blumen – erwischt hätte. Er wandte sich von ihr ab, um einem Polizeiinspektor Anweisungen zu geben. Man würde die Straße Zentimeter für Zentimeter absuchen müssen. Dann wandte er sich wieder an Dr. Nancy. «Wann immer es Ihnen möglich ist, Phyllis. Und danke.»

Sie wandte sich ab, damit er ihr Lächeln nicht sah. Das Ganze war ein kleines Ritual. Wenn er jovial zu ihr war, wie eben ein Mann gegenüber einer Frau, wußte er, daß sie das wahnsinnig genoß. Unter all ihrem Expertentum und dem Panzer steckte eine sehr nette Person, die gerne essen und ins Kino ging oder schöne Kleider kaufte. Sie packte ihre Tasche und schnappte sich ihren Assistenten, sagte, sie würde die Autopsie so schnell wie möglich machen, stieg in einen Wagen und flitzte durch den Regen davon.

3

Es war ein gepflegtes Reihenhaus in einer Wohnstraße mit vielen Maklerschildern und deprimierend gleichförmigen Fassaden. Im frühen Morgenlicht machte die Straße nicht gerade den bestmöglichen Eindruck. Das Haus nebenan war eines von denen, die zum Verkauf standen, offensichtlich unbewohnt, wenn man vom Zustand des Gartens ausging, wo eine kleine Kletterrose sich zwischen Unkrautbüscheln und verrosteten Fahrradfelgen zu behaupten versuchte. Die Vorbauten und Türrahmen mehrerer Häuser hatte man in kräftigen, wilden Farben gestrichen, aber das stumpfe Licht stieß sie in eine Anonymität zurück, in der sich die Rot- und Blautöne kaum voneinander unterschieden und aussahen wie eingetrocknetes, verkrustetes Blut.

Der kleine Zaun und die Eingangstür des Childess-Hauses trugen noch ein Flaschenbraun, das nach der ursprünglichen Farbe aussah, auch sie im Einklang mit dem, was die Straße ursprünglich einmal sein sollte – eine ausgesprochene Kleinbürgerbastion britischer Nüchternheit.

Die Frau, die auf Jurys Klopfen hin öffnete, trug einen Flanellbademantel im Farbton von Tür und Zaun und hatte sich ein Handtuch um den Kopf geschlungen, das entweder die Lockenwickler verbergen oder aber ihren Druck beim Schlafen mildern sollte. Ihr Blick war so angespannt wie ihre Sicherheitskette.

«Mrs. Childess?» Er hielt seinen Dienstausweis vor den zentimeterbreiten Spalt. «Können wir Sie bitte sprechen?»

Er hatte diesen Blick schon viele Male gesehen, diese Verwirrung und die noch größere Angst. Es erstaunte ihn manchmal, wie ansonsten beschränkte oder sogar stumpfe Gemüter unter gewissen Umständen mit einem unfehlbaren Sprung zu der schlimmstmöglichen aller Schlußfolgerungen gelangten. Die Frau wußte, daß er wegen des Mädchens gekommen war, hatte dieses Wissen jedoch sofort wieder verdrängt.

Hinter ihr sagte eine schläfrige Stimme: «Wer ist das, Irene?»

In das ungewisse Schweigen zwischen der Frage des spitzgesichtigen Ehemanns und ihrer Antwort plazierte Jury seine Bitte um Einlaß. Die Tür ging zu, und der Riegel schob sich schabend zurück.

Als sie eintraten, hob Wiggins grüßend die Finger an den Hut. Der Teil von Jurys Verstand, der ihm die Flucht in Nebensächlichkeiten gestattete, erinnerte ihn jetzt auch daran, daß er einen Hut kaufen mußte; er haßte Hüte. Er stellte sich und seinen Sergeant vor, und der Mann, den die Frau mit Trevor angesprochen hatte, blinzelte und begann sich für die abgelaufene Plakette zu entschuldigen.

«Es geht nicht um eine Plakette, Mr. Childess. Bedauerlicherweise ist Ihrer Tochter etwas zugestoßen. Sie wurde auf dem Berkeley Square gefunden. Sie ist tot.» Es war unmöglich, einen Menschen auf so etwas vorzubereiten, unmöglich, den Schock zu mildern. Jury hatte immer gefunden, daß Umschreibungen durch Worte wie etwa «Unfall» den Schmerz nur vergrößerten. Sobald man sah, daß der Zusammenstoß unvermeidlich war, wenn der Lastwagen auf einen zuraste, sollte man nicht auch noch zu lange in die Scheinwerfer starren müssen. «Es tut mir furchtbar leid.»

Weder die Mutter noch der Vater sagte *Das ist unmöglich* oder *Das kann nicht sein* oder versuchte, sich dieses

Wissen auf irgendeine andere Art vom Leibe zu halten. Vielleicht lag es an dem ernsten Ton von Endgültigkeit in seiner Stimme, vielleicht an seinem Mitgefühl. Mrs. Childess' dickgeäderte Hände flogen zum Mund, sie schüttelte den Kopf, und die Tränen prasselten herab wie ein Regenguß. Ihr Mann starrte vor sich hin; automatisch hob er den Arm und ließ ihn dann auf ihre Schulter fallen.

Als sie schließlich in dem kleinen Wohnzimmer saßen, das von Ivy Childess noch zu sehr erfüllt war, um sich in ihm wohl fühlen zu können, wartete Jury ein paar Augenblicke, während sie versuchte, einen weiteren Tränenstrom zu bändigen. Wiggins, der stets einen frischen Vorrat von Taschentüchern bei sich trug, drückte ihr eines in die Hand. Jury stellte in möglichst nüchternem, aber nicht barschem Ton ein paar Routinefragen über Ivy. Zuviel Mitgefühl war häufig schlimmer als gar keins. Als der Vater schließlich fragte, was denn geschehen sei und wo, legte Jury es ihnen so kurz und schonend wie möglich dar. «Es scheint kein größerer Kampf stattgefunden zu haben, und sie muß sofort tot gewesen sein.»

«Aber wer kann denn so was – unserer Ivy so was angetan haben?» sagte Mrs. Childess zu ihrem Mann, als sei der möglicherweise im Besitz eines geheimen Wissens über Ivy. «Ich versteh das nicht. Ich versteh das einfach nicht.» Sie lehnte den Kopf an die schmächtige Brust ihres Mannes.

«Deswegen sind wir hier, Mrs. Childess. Wir wollen das herausbekommen. Wenn Sie uns noch eine Weile ertragen können...» Er nickte Wiggins zu, der sich zurechtsetzte und sein Notizbuch aufschlug. «Können Sie uns etwas über ihre Freunde erzählen? Über die Männer vor allem.»

Trevor Childess wirkte bestürzt. «Nun, ja. Es gab da

einen gewissen Marr. Ivy sagte so was, als ob sie gewissermaßen verlobt mit ihm wäre. Marr. Ja, genau, so hieß er, nicht wahr, Irene? David Marr, hat sie gesagt. Eine gute Partie...», und er lächelte kurz, ehe ihm wieder einfiel, daß es jetzt ja gar keine Partie mehr zu machen gab.

«Wie lang hat Ihre Tochter ihn gekannt?»

Die Frage schien bei Childess Unbehagen auszulösen. Er rutschte auf seinem Stuhl hin und her und blickte auf seine Hände, als er antwortete. «Na ja, wir haben ihn eigentlich gar nicht richtig gekannt.» Das klang offensichtlich sogar in seinen eigenen Ohren äußerst seltsam, und ratsuchend blickte er in das abgespannte Gesicht seiner Frau.

Jury glaubte nicht, daß sie die Worte ihres Mannes gehört hatte. Der Tränenstrom war zwar versiegt, doch noch immer hielt sie das Taschentuch an den Mund und den Arm an den Bauch gepreßt, als müsse sie sich selber festhalten wie etwas, das zerbrochen war.

«Hat's nie geschafft vorbeizukommen», sagte der Vater, «obwohl Ivy immer wieder gesagt hat, daß sie ihn mal zum Tee mitbringen würde.»

Der Vater ließ rasch den Blick durch das Zimmer schweifen, und Jury sah, was er sah: ein Wohnzimmer, schön aufgeräumt wie der Hof, sauber und ordentlich, aber schlicht, um nicht zu sagen schäbig. Die Couchgarnitur, wahrscheinlich durch Ratenzahlungen finanziert, die Sessel und das Sofa mit dem Teppich, den wohl seine Frau oder eine Verwandte in einer Farbkombination geknüpft hatte, die das Zimmer beleben sollte, es aber nur noch unpersönlicher erscheinen ließ.

Um dem Mann nicht noch mehr Kummer zu machen – was jetzt zwar belanglos, aber dennoch peinlich gewesen wäre –, bot Jury ihm eine Zigarette an, zündete sich selber eine an, stand auf und ging im Wohnzimmer umher. Er nickte Wiggins zu, mit der Befragung fortzufahren.

Mehrere seiner Kollegen im Polizeipräsidium hatten Jury schon gefragt, warum er in seiner Position nicht einen Detective Inspector zu seinem Assistenten mache. Jury hatte zurückgefragt, warum er das denn tun solle, und ihnen erzählt, daß der Sergeant ihm schon mindestens zweimal das Leben gerettet habe. Das war zwar die Wahrheit, aber nicht der eigentliche Grund. Jury schätzte Wiggins, weil Wiggins eine starke Verbundenheit mit jenen empfand, die man häufig mit dem Etikett Underdog versah. Sergeant Wiggins' Gegenwart hatte etwas Tröstendes. Irgendwie vermittelte er den Zeugen das Gefühl, daß er einer von ihnen sei, daß er mit seinem Notizbuch und seinem Stift, seinen sparsamen, geradezu knauserigen Gesten, seinen langen Redepausen und mitfühlenden Blicken (die häufig nichts mit dem anstehenden Problem zu tun hatten), nicht zu vergessen mit seiner Latte von Flüchen, die jedermanns schlummernde Hypochondrie aufstörten, und mit seiner Fähigkeit, die Polizei auf den freundlichen Bobby an der Ecke zu reduzieren, extra zu ihnen gekommen sei. In einer alten Moralität wäre Wiggins der Hirte gewesen, der gekommen war, Zeugnis abzulegen. Und immer hatte er ein Taschentuch übrig.

Das er gerade eben benutzte, als er sich im kalten, nur vom Dämmerlicht erhellten Wohnzimmer gleichzeitig mit Mrs. Childess schneuzte, deren jüngster Tränenstrom sich zumindest momentan unter Kontrolle zu befinden schien. Sie hielt das Taschentuch zusammengeknüllt im Schoß. Wiggins stopfte seines wieder in die Tasche und stellte mit seiner netten, monotonen Stimme weitere Routinefragen.

Ging man von den Fotos auf dem Kaminsims aus, war

Ivy anscheinend das einzige Kind gewesen. Mehrere Schnappschüsse umgaben zwei Atelierporträts. Eins der Porträts war wahrscheinlich im Alter von achtzehn oder neunzehn aufgenommen worden, eine Ganzaufnahme, auf dem sie ein paar schlaffe Rosen in der Hand hielt. Das Ende der Schulzeit vielleicht oder der Kindheit. Ihr Gesichtsausdruck wirkte ziemlich selbstgefällig und erfahren, als ob sie schon eine recht unangenehme Phase ihres Lebens hinter sich hätte. Das zweite hätte von gestern sein können. Das Haar floß ihr wie klares Wasser über die Schultern des Oberteils, das er als dasjenige wiedererkannte, das sie bei ihrer Ermordung trug, blau mit tiefem Ausschnitt und langen Ärmeln. Er stellte das Foto wieder auf das Kaminsims zurück und nahm das Gegenstück in die Hand – ein kleines, ungerahmtes Foto, ebenfalls jüngeren Datums. Jury ging wieder zu den anderen zurück und setzte sich ein wenig abseits, damit Wiggins seine Befragung fortsetzen konnte.

Die Mutter wirkte völlig erschöpft. Sie hatte die Augen geschlossen und lehnte den Kopf gegen die mit Knöpfen verzierte Sessellehne. Der Vater hatte gerade über die Arbeit seiner Tochter bei Boots gesprochen. «Sie war Kosmetikberaterin.»

Jury übersetzte es mit Verkäuferin.

«Kannten Sie irgendwelche anderen Freunde von ihr, abgesehen von dem, was Sie über den Verlobten gehört haben?»

Wieder wirkte Trevor Childess ein wenig verschämt, als er den Kopf schüttelte. «Ivy ist, solange sie bei uns wohnte, nie viel ausgegangen. Sie war keine von denen, die in Kneipen rumhängen und so was. Sie war eher häuslich wie ihre Mutter.»

Es entstand ein Schweigen, während dessen sich Mrs. Childess erhob und das Zimmer verließ. Dann stand Jury auf, und Wiggins steckte sein Notizbuch ein. Er sagte Childess, daß man ihn bitten müsse, die Leiche seiner Tochter zu identifizieren. Das Gesicht des Mannes wurde aschfahl und ausdruckslos.

«Es tut mir leid, Mr. Childess. Sie oder Ihre Frau müssen es tun, und ich wollte warten, bis sie sich ein wenig gefangen hat, ehe ich das überhaupt erwähne.» Jury wußte, daß er, wenn er an seine größere, männliche Stärke appellierte, dazu beitrug, ihm wieder ein bißchen Entschlußkraft zu geben. «Es hat noch Zeit, zumindest bis heute nachmittag. Wir schicken Ihnen einen Wagen vorbei.»

Childess murmelte etwas, vielleicht ein nicht empfundenes Danke, und sagte zu Wiggins: «Dann kommen Sie also nicht selber vorbei?»

«Tut mir leid, Sir. Wir müssen uns sofort mit den Leuten beschäftigen, die mit Ivy zusammengewesen sein könnten.» Er zog ein Päckchen Pastillen aus seiner Manteltasche. «Sie wollen doch nicht, daß dieser Husten noch schlimmer wird. Nehmen Sie die.»

Als was es ihm auch dienen konnte, als Amulett oder als schmerzstillendes Mittel, Trevor Childess nahm das Päckchen dankbar entgegen.

«Schreckliche Sache», sagte Wiggins und schlug die Tür auf der Fahrerseite zu. «Wo Ivy auch noch das einzige Kind war.» Wiggins sprach die Betroffenen immer ziemlich rasch mit Vornamen an. Das machte einen Teil seines Charmes aus.

«Ja. Nur frage ich mich, wenn sie nun fünf oder sechs oder zehn hätten, ob das ein großer Trost wäre? Glauben

Sie nicht, daß eins zu verlieren genauso schlimm ist, als wenn man alle verliert?»

Der Motor jaulte auf, hustete asthmatisch und erstarb. Brummelnd versuchte Wiggins es noch einmal. Irgendwie verknäuelten sich in seiner Vorstellung der Tod und dieses Wetter. «Daß sie uns nichts Besseres als diesen zehn Jahre alten Cortina geben – wirklich unglaublich», sagte er düster, während er den Wagen zu starten und die Heizung anzustellen versuchte.

«Wer ist Marr?»

«David L. Geheimnummer, und ich dachte schon einen Moment, ich müßte das Präsidium anrufen, um die Adresse rauszukriegen. Bis die blöde Vermittlerin sie dann schließlich doch rausrückte.» Der Motor sprang an, und er fuhr los. «Auf nach Mayfair also. Ich habe ihn nicht angerufen. Dachte mir, Sie wollen ihn sicher nicht vorwarnen.»

«Gut. Wo in Mayfair?»

«Shepherd Market.» Er nahm die Hände vom Lenkrad und hauchte sie an. «Nicht weit vom Running Footman, oder?»

«Richtig. Wie lang ist das zu gehen?»

Wiggins dachte einen Moment lang nach. «Zehn Minuten vielleicht. Aber bei diesem Dreckswetter ist er sicher nicht zu Fuß gegangen.»

Trotz des bevorstehenden Besuchs und der Kälte lächelte Jury. Der Neuschnee überzog die verrosteten Autoteile, umrahmte die grell gestrichenen Vorbauten und Zäune und verhüllte die Schäbigkeit der vor ihnen liegenden Straße. Blau und unberührt lag er im Morgenlicht. So unberührt schien er die Häuser und Zäune miteinander zu verbinden.

4

David Marr passte perfekt in seine Umgebung. Er wirkte elegant, aber verwahrlost. Der Verschluß seines Morgenmantels war so abgeschabt wie der Axminster-Teppich und die Gürtelschnur so zerschlissen wie die mit Troddeln verzierte Kordel, die den chinesischen Seidenvorhang zurückhielt. Die am Mantel hing etwa im gleichen Winkel herab wie Marrs Kopf. Um sechs Uhr früh befand er sich wahrscheinlich noch in den Klauen eines ausgewachsenen Katers.

Kater hin oder her, der Mann sah gut aus. Jury meinte etwas vage Vertrautes in den hohen Backenknochen und dem dunklen Haar zu entdecken, vielleicht war es aber auch nur die Sorte von Gesicht, die zu einem etwas leichtlebigen Aristokraten paßte und die man in den schmierigeren Boulevardblättern so oft im Zusammenhang mit Sex, Drogen und Mädchen zu sehen bekam.

Im Moment lümmelte sich David Marr auf einem abgenutzten ledernen Ohrensessel. Seine erste Reaktion auf den Mord an Ivy Childess war eher Verblüffung als Schmerz gewesen. Seine zweite, dritte und vierte hatte Jury nicht sehen können, da ein kalter Waschlappen Marrs Gesicht vollständig verdeckte, auch noch während der Fragen, die ihm Jury bisher gestellt hatte. Wahrscheinlich hätte er das eine oder andere von Sergeant Wiggins' Heilmitteln gut gebrauchen können, doch Jury hatte Wiggins in die Wohnung in Bayswater geschickt.

«Also, fragen Sie weiter.» Seine Stimme drang gedämpft unter dem Lappen hervor.

«Mr. Marr, meinen Sie nicht, wir sollten uns von Angesicht zu Angesicht unterhalten? Es wäre zumindest hilfreich.»

Seufzend sagte er: «Damit Sie feine Veränderungen meines Gesichtsausdrucks verfolgen können, die meine Schuld beweisen?» Der Lappen, den er jetzt widerwillig wegzog, hob und senkte sich beim Atmen. «Nicht, daß ich zuviel getrunken hätte, aber dummerweise hab ich Dogbolter im Ferret and Firkin getrunken. Bruce's Brewery, mein Lieber. Ich hatte eine kleine Zechtour hinter mir, ehe ich Ivy traf.» Er ließ den Waschlappen auf einen kleinen Tisch fallen und nahm die letzte Zigarette aus einem schwarzen Emailleetui. «Ich bin ein gefühlloser Grobian, nicht wahr?»

Jury lächelte. «Wenn Sie meinen. Glauben Sie, ich halte Sie für schuldig?» Jury zündete sich eine seiner eigenen Zigaretten an.

Marr musterte Jury mit einem grimmigen Lächeln. «Ihren Fragen ist zu entnehmen, daß Sie die naheliegendste Lösung ausschließen, daß die arme Ivy nämlich von irgendeinem Ganoven überfallen wurde.» Er wandte sich ab und sah zum Fenster hinüber, wo die Dunkelheit kurz vor der Dämmerung noch so schwarz war wie der Lack des Feuerzeugs, das er in den Fingern hielt. «Ist sie vergewaltigt worden?»

«Das weiß ich noch nicht.» Jury sah die Leiche vor sich, eine blaßblaue Erhebung auf der nassen Straße. «Ich glaube nicht. Wären Sie so freundlich, mir zu erzählen, was im Pub passiert ist?»

Marr rubbelte sich die Haare mit dem Lappen und betrachtete dann das Ende seiner Zigarette mit einer Gleichgültigkeit, die Jury für gespielt hielt.

«Wir haben uns gestritten. Sie war wütend und wollte

sich nicht von mir nach Hause bringen lassen.» Er sah Jury an. «Normalerweise laß ich Frauen nicht in Kneipeneingängen stehen.» Er zuckte die Achseln. «Ivy kann wahnsinnig stur sein. Auch wenn sie wirklich nicht so aussieht mit ihren sanften, blauen Augen und dem wunderschönen Haar. Eigentlich hab ich für Auseinandersetzungen mit Frauen nichts übrig. Lohnt sich nicht.»

«Worüber haben Sie sich gestritten, Mr. Marr?»

«Geld, Heiraten, na ja, solche Sachen. Aus irgendeinem Grund wollte Ivy mich heiraten, das arme Ding.»

«Zumindest ein Grund ist doch wohl ziemlich offensichtlich: Sie bewegen sich in sehr viel höheren gesellschaftlichen Kreisen als Ivy, stelle ich mir vor.»

David Marr öffnete ein Auge. «Woraus schließen Sie das?»

Die Frage war ziemlich naiv. Jury lächelte. «Ich war in ihrer Wohnung.»

«In Bayswater?»

«Mile End. Im Haus der Eltern. *Sie* haben mir Ihren Namen genannt.»

Er runzelte die Stirn. «Sie hat nur ganz selten von ihnen gesprochen. Hatte wohl nicht viel Familiensinn, die Ivy.»

«Aber Sie waren doch verlobt.»

Marr sagte nichts, legte die Hand über die Augen, als hielte er nach etwas Ausschau, als verfolge er den Prozeß des Hellerwerdens vor dem Fenster. «Haben die Eltern Ihnen das erzählt?»

«Ihre Tochter hat es ihnen erzählt.»

Marr preßte sich jetzt die Hand an den Kopf, als müsse er ihn festhalten, stemmte sich aus dem Ohrensessel hoch und näherte sich einem Tisch aus Rosenholz. Er hielt sich eine Flasche Remy wie eine riesige Muschel ans Ohr, schüttelte sie und stellte sie stirnrunzelnd wieder hin. Dann musterte er die verbliebenen drei oder vier Zentimeter in einer Glenfiddich-Flasche, sah zu Jury hinüber und hielt sie, wenn auch nicht gerade einladend, in die Höhe.

«Noch zu früh für mich, danke, oder zu spät, je nachdem, wie man es nimmt.»

Marr goß sich die vier Zentimeter in ein Glas. «Ich versuche, nicht daran zu denken. Wenn man einen Frosch verschlucken will, soll man ihn besser nicht zu lange anstarren, wie man so sagt. Mein Kopf bringt mich noch um.» Er kippte den Whisky hinunter und band sich wieder den Morgenmantel zu. «Vielleicht bin ich ein ungehobelter Kerl, heruntergekommen und verdorben, was auch immer. Aber verlobt war ich nicht. Ob diese spezielle Information wichtig für Ihre Nachforschungen ist, weiß ich nicht. Aber ich gebe Ihnen mein Wort darauf. Was immer sie ihren Freunden, Eltern und Kollegen auch erzählt hat, ich hatte nicht vor, Ivy zu heiraten.» Er sank wieder in den Sessel und zündete sich noch mal die Zigarette an.

«Welcher Art war denn Ihre Beziehung?»

«Hm. Intim oder zumindest sexuell. Wahrscheinlich gibt es da ja einen Unterschied.»

Jury war ein wenig erstaunt, daß er diesen Unterschied machte. Marr wirkte ziemlich menschlich, wenn er nicht gerade diese kühle Arroganz in Blick und Stimme hatte. «Dann war die ‹Verlobung› eine Erfindung von *ihr*?» Marr nickte. «Sie versuchte, sich das selber einzureden?»

«Es *mir* einzureden, trifft wohl eher zu.» Er schloß die Augen und schüttelte unmerklich den Kopf. «Einige Male hat sie sicher übers Heiraten geredet. Zum Beispiel letzte Nacht.»

«Und was haben *Sie* gesagt?»

«Ich habe nicht darauf geantwortet. Haben Sie noch 'ne Zigarette, Superintendent?»

Jury reichte ihm die Schachtel und lehnte sich zurück. «Sind Sie sich ganz sicher, daß Sie sie nicht durch Ihr Verhalten ermutigt haben?»

Marr ließ sich vorsichtig in den Sessel sinken, schlug die langen Beine übereinander und schüttelte verwundert den Kopf. «Um Himmels willen. Ein paar gemeinsam verbrachte Nächte in mehreren Monaten würde wohl nur die naivsten Frauen zu so was ermuntern, oder? Ich habe zwar nicht ausdrücklich gesagt, nein, wir werden nicht heiraten, aber ich glaube, ein gewisses Zögern war schon unverkennbar...»

«Sie sind also gegangen, als das Pub zumachte?»

«Um Viertel oder zehn vor elf ungefähr. Als die letzten Bestellungen gemacht wurden.»

«Ist Ivy noch geblieben oder ist sie auch gegangen?»

«Als ich sie zuletzt sah, stand sie mit den Händen in den Hüften und hochgeschlagenem Mantelkragen im Eingang und wirkte fest entschlossen.» Er seufzte und rieb sich wieder den Kopf. «Hatte den Remy wohl nicht mehr trinken sollen. Sie forderte mich mehr oder weniger auf, mich zu verziehen, und das hab ich dann auch getan. Das ist das letzte, was ich von ihr gesehen habe, Superintendent.»

«Das Running Footman müßte also kurz danach geschlossen haben. Und sie hätte normalerweise ein Taxi zu ihrer Wohnung nach Bayswater genommen, nicht wahr?»

Marr lächelte kläglich. «Wie ich Ivy kenne, hat sie vielleicht auch die U-Bahn genommen. Ist billiger.»

«Und Sie sind direkt nach Hause gegangen?»

Marr seufzte. «Ja, natürlich. Es sind nur ein paar Minuten zu Fuß. Nachdem ich zu Hause war, rief ich meine

Schwester Marion an. Hab 'ne Weile auf sie eingeredet, aber ohne Erfolg. Ich brauchte Geld.»

«Sie sagten, Geld wäre eines der Themen gewesen, über die Sie sich mit Ivy Childess gestritten hätten.»

«Stimmt. Ich wollte Geld von ihr pumpen.»

«Aber Ivy Childess besaß doch sicher nicht solche Summen, wie Sie sie brauchen.»

Marr lachte. «Wenn das Gesicht Ihrer Majestät drauf ist, kann ich alles gebrauchen. Dann und wann für 'ne Schneiderrechnung. Einige Spielschulden. Ivy wollte einfach nicht ran an die Leibrente ihres Onkels. Sie meinte, ich soll mir eine gutbezahlte Stelle suchen. Das genau waren ihre Worte, eine gutbezahlte Stelle. Ich hatte nie eine Stelle. Und schon gar nicht eine gutbezahlte. Arbeiten – du lieber Gott.»

«Ja, das sind ja wirklich trübe Aussichten.»

«Den gleichen Sinn für Ironie wie meine Schwester. Sie sagt immer, ich brächte meinen Erbanteil in einem Tempo durch, mit dem ich einen Platz in der Rudermannschaft von Oxford verdient hätte. Unsere Anwälte rücken nur ungern mehr heraus als das, wovon ich gerade meinen Schnaps bezahlen kann.» Es erinnerte ihn wieder an den mit Flaschen vollgestellten Tisch, auf dem er noch ein, zwei Gläschen Whisky fand und ihn sich einschenkte.

Jury machte sich eine weitere Notiz in ein abgenutztes, schweinsledergebundenes Notizbuch, das ihm Racer vor einigen Jahren in einer seiner seltenen Anwandlungen von Großzügigkeit zu Weihnachten geschenkt hatte. Vielleicht war es auch gar nicht Großzügigkeit, sondern nur ein Wink mit dem Zaunpfahl. «Sie sagten, Sie haben Ihre Schwester angerufen. Können Sie mir bitte ihre Nummer geben?»

«Sie wollen doch nicht etwa die gute Marion damit behelligen? Ach, ist schon gut.» Er fuhr sich mit den Fingern durchs Haar, seufzte und nannte Jury die Nummer. «Es ist eine Geheimnummer, also verlieren Sie sie nicht.» Sein Lächeln blitzte auf und verschwand in Sekundenschnelle. «Sie wird nicht gerade begeistert sein, mein Alibi zu bestätigen – falls Sie das so nennen.»

«Sie sagten, nachdem Sie zu Hause waren? Wann genau nach Ihrer Ankunft?»

«Nachdem ich den Rest davon intus hatte, nehm ich an.» Er hielt das Glas in die Höhe und drehte es, so daß eine kleine schwappende Whiskywelle entstand.

«Könnten Sie das vielleicht ein wenig präziser sagen?» fragte Jury milde, da er sich ziemlich sicher war, daß die widerliche Gleichgültigkeit des Mannes angesichts der Ermordung des Mädchens zum großen Teil Fassade war. Dahinter verbarg sich Angst, aber wie groß die war, wußte Jury nicht.

Er schloß die Augen. «Vielleicht kurz nach elf. Nehmen Sie es mir nicht übel, Superintendent. Marion weiß es sicher besser. Sie war nüchtern. Ist sie leider immer. Sie heißt Winslow, und sie haben ein Haus in Sussex, in Somers Abbas. Ich bitte Sie, Superintendent, können Sie die gute Marion nicht aus der Sache heraushalten?»

«Sie möchten, daß ich diskret vorgehe?»

Marrs klarer, großäugiger Blick in seinem hübschen Gesicht machte den Eindruck, als käme er gerade vom See herein, wo er mit einem Haufen Kätzchen rumgespielt hatte. Er wirkte wundervoll unschuldig und gleichzeitig durchtrieben. «O ja, würden Sie das tun? Ich käme Ihnen auch in jeder Hinsicht entgegen. Sie können mich stundenlang verhören...»

«Das würde ich sowieso tun.»

«Sie wollen mir nicht entgegenkommen, das sehe ich schon. Ich habe eine Reservierung für nächsten Dienstag nach Cannes, aber ich nehme an, daß ich das Land jetzt nicht verlassen darf. Eine Zigarette?» Er sah auf Jurys Schachtel.

Jury warf sie ihm zu.

«Ich vermute, Sie riefen Mrs. Winslow an, weil Sie unbedingt Ihren Schneider bezahlen mußten, aber sie wollte nicht, stimmt's?»

«Sehr scharfsinnig! Na ja, ich war schließlich sturzbetrunken.»

«Oh!»

Marr betrachtete ihn durch die kleine Rauchspirale.

«‹Oh!› Was soll *das* denn heißen? Sie sind ja schlimmer als Marion.»

«Nichts.»

«Natürlich nicht. Na schön, schließlich ist jede Menge Geld da. Und wenn ich diese Bestimmung auch mindestens einmal pro Tag verfluche, so war unser Vater wohl doch cleverer, als ich ihm zugetraut hätte, als er es meinem Zugriff entzog. Den Großteil meines Erbes bekomme ich erst, wenn ich heirate.» Er klang wehmütig und fügte hinzu: «Ist das vielleicht ein Motiv für einen Mord?»

«Im Gegenteil, würde ich sagen.»

«Fein. Lassen wir's dabei. Wie es nun mal steht, darf ich nur viermal im Jahr in die Familienschatzkiste greifen. Dummerweise dauert dieses Vierteljahr noch bis zum 31. Dezember.» Er blickte auf einen Kalender, der auf einer Pinnwand über einem schönen lackierten Schreibtisch angebracht war. Jury sah, daß Fotos, Ansichtskarten und alle möglichen anderen Erinnerungsstücke an ihr hingen. «Könnte ich mal einen Blick darauf werfen?»

«Hm. Doch, klar. Ich muß mich nur mal ein bißchen hinlegen.» Er ließ den Kopf auf die Lehne sinken und rollte sich das Whiskyglas über die Stirn.

Jury sah mit einem Lächeln, daß das Pinnbrett ziemlich viel Ähnlichkeit mit der sorgfältig ausgewählten Kitschsammlung eines Studenten hatte oder dem Krimskrams, den ein Teenager wie einen Schatz in einem Schuhkarton hortete: bunte und witzlose Ansichtskarten, wie Leute sie gern aus ihren Ferien in Cornwall, von der Riviera, aus Monte Carlo, Las Vegas und Cannes schicken.

«Schon mal in Amerika gewesen?»

David drehte sich zur Pinnwand herum. «Nein.»

«Dann haben Sie Freunde dort, oder?» Er wies mit einem Kopfnicken auf die Karte mit einem Casino in Las Vegas.

«Nein. Ein, zwei Bekannte. Meine *Freunde* fahren nach Monte oder Cannes, Superintendent.»

Jury lächelte. «Tut mir leid. Wußte nicht, daß es da so große Unterschiede gibt.» Er konzentrierte sich wieder auf das Brett. Eine Speisekarte vom Rules, ein silberfarbenes Strumpfband, hier und da Zettel mit Telefonnummern. Jury interessierte sich mehr für die Schnappschüsse. «Ist das Ihre Schwester?»

David zuckte zusammen und drehte den Kopf zu ihm herum. «Ja, und die restliche Familie. Das ist mein Neffe und der Mann meiner Schwester, Hugh.»

Das Foto war im Garten aufgenommen. Sie wirkten alle sehr angetan von sich, so als seien sie ganz begeistert darüber, sich getroffen zu haben und fotografiert zu werden. Ein weiterer Schnappschuß zeigte David Marr mit demselben jungen Mann. Beide lachten und hielten etwas in Händen, was nach Tennisschlägern aussah. Es gab kein Foto, auf dem Marr allein und auch keines, auf dem er mit Ivy Childess zu sehen war.

«Haben Sie was dagegen, wenn ich mir diese zwei mal ausleihe?»

David wollte gerade eine weitere Zigarette von Jury schnorren. «Was? Nein, nichts dagegen. Aber sorgen Sie bitte dafür, daß ich sie wieder zurückbekomme.»

«Werd ich.»

«Wozu wollen Sie...? Ach, vergessen Sie's. Um sie rumzuzeigen, nehm ich an. Sie sind wahrscheinlich überzeugt, daß ich Ivy in eine dunkle Gasse gezerrt habe und – was ist denn eigentlich wirklich passiert, Superintendent?»

«Das versuchen wir ja herauszubekommen. War sonst noch jemand im Pub, den Sie kannten?»

Er wollte den Kopf schütteln, sagte dann aber: «Ja, Paul war da. Paul Swann. Er wohnt in der gleichen Straße. Wenn er nicht im Running Footman gewesen wäre, hätte ich bestimmt noch bei ihm reingesehen, um mit ihm zu reden – wirklich Pech.»

«Vielleicht gehe ich mal bei ihm vorbei und unterhalte mich mit ihm.»

«Geht nicht. Er ist nicht da. Hat gesagt, daß er heute schon in aller Frühe nach Brighton fährt.»

«Wohin in Brighton?»

David kratzte sich am Kopf. Vielleicht nach Rottingdean, das hat so was Künstlerisches. Er ist Maler.»

Jury machte sich eine Notiz und sagte: «Dann ist Miss Childess Ihrer Meinung nach einfach weggegangen, als das Pub zugemacht hat. Hatten Sie irgendwelche gemeinsamen Freunde? Bekannte?»

Er runzelte die Stirn und rutschte in den Sessel zurück. «Nein.»

«Sie wissen auch von niemandem, den sie als Feind ansah?»

David Marr schüttelte den Kopf und griff nach dem Waschlappen. Er tunkte ihn in den Rest seines Drinks und klatschte ihn sich auf die Stirn.

«Wissen Sie, Sie wirken eher irritiert als unglücklich über Ivy Childess' Tod.» Jury stand auf, um zu gehen.

Der Waschlappen bewegte sich, als David Marr sagte: «Meine Güte, Superintendent, ich bin nicht irritiert. Ich sterbe.» Er zerrte den Lappen vom Gesicht, lächelte Jury schwach an und fragte: «Bekomme ich noch 'nen Glimmstengel?»

5

Fiona Clingmore sass an ihrem Schreibtisch, hatte den Spiegel an ein Wörterbuch gelehnt und benutzte ihren Eyeliner mit einem feierlichen Ernst, als ob sie den Schleier nehmen wolle. Die rechte Hand, die den schlanken Zylinder des Lippenstifts hielt, wurde von der linken gestützt, und die andächtige Pose verstärkte noch diesen Eindruck. Die Pose und das schwarze Kopftuch, das ihre schweren blonden Locken zurückhielt, bedeuteten Fionas größtmögliche Annäherung an ein Nonnenkloster.

Wächter über ihr kleines Arsenal von kosmetischen Produkten war der Kater Cyril, der anscheinend nie müde wurde, diese tägliche Metamorphose zu verfolgen, als erwarte er, daß sich einmal ein Schmetterling aus diesem schwarzen Kokon erhöbe.

Cyril verstand Jurys Eintreten als Signal und glitt vom Schreibtisch. Der Kater wußte inzwischen, daß dies den Zutritt zu Racers Büro ankündigte – heiliger Boden, für Katzen streng verboten.

«Hallo, Fiona», sagte Jury.

Als sie merkte, daß Jury dastand und lächelte, warf sie das Kosmetiktuch, mit dem sie sich die Lippen abgetupft hatte, in den Papierkorb. Dann zerrte sie sich rasch das schwarze Viereck vom Kopf, und ihre adretten blonden Locken schnellten darunter hervor. Ebenso flink fegte sie die Kosmetika in die schwarze Tiefe ihrer Handtasche. Gelockt und gelackt wandte sie sich Jury zu.

«Sie sind früh dran. Möchten Sie einen Tee?»

«Gerne. Haben Sie schon diese Akte von der Gerichtsmedizin bekommen?»

«Mmm.» Mit dem Wasserkessel in der einen und einer angeschlagenen Tasse in der anderen Hand wies sie mit einem Kopfnicken auf ihren Schreibtisch. Sie schwenkte den Teebeutel und reichte Jury die Tasse.

«Und was hat er vor?» fragte Jury, seit langem an Besprechungen mit seinem Vorgesetzten gewöhnt, nach denen er sich zwar älter, aber dennoch kein bißchen weiser fühlte.

«Woher soll *ich* das wissen?» Dies hieß keineswegs, daß sie Jurys Frage achselzuckend abtat, sondern vielmehr, daß ihr Vorgesetzter selten etwas vorhatte, was sie oder Jury sonderlich interessierte. Sie inspizierte einen Fingernagel und griff sich dann ihre Nagelschere. Fiona nahm sich jeder Unvollkommenheit rasch und kurzerhand an. Sie erinnerte Jury an einen Aquarellisten, der auf plötzliche

Veränderungen in Licht und Schatten sofort reagiert und eingreifen muß, ehe die Farbe trocknet.

«Ich warte drinnen.» Jury nahm seine Tasse und die Akte und trat, von Kater Cyril begleitet, ins Büro seines Chefs, das Fiona offensichtlich gerade wieder «lüftete»; denn das Fenster hinter dem Schreibtisch stand ein paar Zentimeter weit offen. Mit seinen selbstgerollten Zigarren und selbstgestrickten Vorträgen schaffte es Racer stets, allen überschüssigen Sauerstoff zu verbrauchen. Cyril sprang auf den Fenstersims und kauerte sich nieder, damit er nach den fallenden Schneeflocken schnappen konnte.

Jury ließ seinen Blick desinteressiert durchs Büro schweifen. Abgesehen von einem kleinen Berg von Weihnachtsgeschenken, der sich auf der Kunstledercouch erhob, hatte sich nichts verändert. Jury zog eine frische Schachtel Player's aus der Tasche. Cyril, dem es gelungen war, sich durch den Spalt zu quetschen und auf die äußere Fensterbank zu gelangen, hatte die gewagte Akrobatik nun satt, machte einen Rückzieher und setzte zu einem perfekten Kopfsprung auf den Fußboden an. Sein Spiel mit dem Tod wurde Jahr für Jahr verwegener. Als die äußere Bürotür aufging, spitzte er die Ohren, schlich über den Teppich und ließ sich unter knisternden Geräuschen hinter der Geschenkepyramide auf der Couch nieder.

Chief Superintendent A. E. Racer bedachte Fiona Clingmore mit seinen üblichen spitzen Bemerkungen, ehe er hereintrat und einen mißtrauischen Blick auf den Geschenkehaufen warf, als ob Jury in seiner Abwesenheit vielleicht eines geklaut haben könnte.

«Frohe Weihnachten», sagte Jury liebenswürdig, während Racer mehrere Aktendeckel auf seinen Tisch legte und sich hinsetzte.

«Nicht für mich», sagte er und wies auf die zu bearbeitenden Akten, die er eben hereingeschleppt hatte. Die Arbeit, wußte Jury, mußten dann andere machen. «Wie kommen Sie im Fall Childess voran?» Ohne die Antwort abzuwarten, fuhr Racer fort: «Könnten Sie nicht wenigstens der Presse das Maul stopfen?»

«Kann das überhaupt jemand? Ich habe keinerlei Kommentar abgegeben.»

«Bei diesem Käseblatt brauchen Sie das auch nicht.» Er hielt Jury ein Revolverblatt unter die Nase und las dann vor: «‹Mit dem eigenen Schal erdrosselt.› Zum Teufel. Jeder Londoner Schurke – Vergewaltiger, Räuber – hat jetzt eine hübsche, saubere Gebrauchsanweisung.»

«Na ja, vielleicht ist es ja auch eine Warnung für die Frauen, ihre Schals nicht über die Schulter zu werfen.»

«Bißchen spät dafür, was?»

Als hätte *Jury* es versäumt, die Warnung auszugeben, als hätte *er* die Zeitungen verständigt.

Racer verschränkte die Arme, die in so etwas wie Kaschmir vom Maßschneider steckten, und beugte sich zu Jury vor. «Was Sie angeht, Jury...»

Es war ein Ritual, genauso wie Cyrils Erstürmung der Zinnen. *Was Sie angeht...*

«...glauben Sie, daß Sie sich *diesmal* mit polizeilicher Unterstützung begnügen können? Statt Ihre Freunde als Hilfspolizisten anzuheuern?» Für Racer war Melrose Plants Rolle in der Hampshire-Sache immer noch eine brandaktuelle Geschichte, auf der sich herumreiten ließ. «Ist Ihnen eigentlich klar, daß ich mir deswegen vom Polizeichef immer noch herbe Kritik anhören muß?»

«Er hat mir das Leben gerettet.»

Da er hierin nichts entdeckte, das eine Antwort verdiente, ging Racer dazu über, die Gewässer von Jurys Karriere zu erkunden, wobei er so weit wie möglich im Seichten verharrte. Das Thema Karriere war vermutlich bei Racers Zusammenkunft mit dem stellvertretenden Commissioner zur Sprache gekommen und würde immer wieder hochkommen, so wie jetzt. «Hab gehört, Hodges geht in Pension. Hat sich eine tolle Zeit dafür ausgesucht, muß ich schon sagen.»

Racer erblickte in dieser Entscheidung von Divisional Commander Hodges, die ihm höchst kapriziös erschien, natürlich einen persönlichen Affront gegen die gesamten Polizeikräfte des Großraums London. Daß damit einem Bezirk nun ein Divisional Commander fehlte, umging er lieber. Für Racer entstünde nämlich ein echtes Dilemma, falls Jury befördert würde. Jury um sich zu haben, war zwar einerseits so, als besitze man einen Spiegel, in dem aus dem Nichts ein Gesicht erschien und einen daran erinnerte, daß es immer noch einen Schöneren gab; andererseits hätte die Versetzung Jurys auch die Entfernung seines Sachverstands bedeutet, der ja auch ein günstiges Licht auf Racer warf.

Er sprach noch immer über den Nordbezirk. «Da würde auch ich für nichts garantieren wollen, wo das jetzt auch noch nach Brixton übergreift. Krawalle, etwas anderes kann man in diesem undankbaren Job auch nicht erwarten.» Er sprach weiter...

Jury schaltete ab, wandte seine Aufmerksamkeit der Geschenkpyramide zu, die sich leicht bewegt hatte, und fragte sich in einer momentanen Anwandlung von Neid, wie entschlossen Cyril wohl sei, die feindlichen Kräfte zu überlisten. Racer stieg inzwischen gerade Jurys Karriereleiter hinunter und würde ihn wohl bald vom Morddezernat zur uniformierten Polizei versetzen und wieder als Schutzmann Runden drehen lassen. Jury war ihm in dieser Hinsicht jedoch weit voraus oder hinkte weit hinter ihm her. Er wunderte sich selbst über seinen Mangel an Ehrgeiz und fühlte sich dabei ein wenig schuldig. In die Stellung des Superintendent hatte man ihn beinahe prügeln müssen. Vielleicht lag es an der Jahreszeit. Weihnachten war nie ein Grund zum Fröhlichsein gewesen, abgesehen von ein oder zwei Festen, die zwar gut begonnen, aber katastrophal geendet hatten. Vielleicht lag es aber auch am Wetter. Jury sah zu, wie der Schnee in großen, federigen Flocken herunterwehte, die nicht liegenblieben und sich bis zum Abend in grauen Matsch verwandeln und schmelzen würden. Er erinnerte sich an die beiden Jungen, vierzehn und fünfzehn waren sie gewesen, die er vor zwanzig Jahren beim Klauen in einem Süßwarenladen erwischt hatte. Sehr blaß und unsicher waren sie gewesen und hatten ihn an sich selber ein Dutzend Jahre zuvor erinnert. Er war sogar noch jünger als sie gewesen, als der Besitzer eines ähnlichen Ladens ihn beim Hinausgehen erwischt hatte, weil die kleine Schachtel Black Magic-Pralinen sich als Beule unter seinem Anorak abzeichnete. Jener Ladenbesitzer hatte verständnisvoller reagiert als der bei ihm, der sofort die Polizei rief. *Ein Exempel statuieren.* Die Tante, die Richard gerade bei sich aufgenommen hatte, schämte sich zu Tode.

Ivy hieß damals das Mädchen, fiel ihm plötzlich ein. Ivy wollte er die Pralinen zu Weihnachten schenken. Doch auch diese Sentimentalität hatte nicht bewirkt, daß sich die verkniffenen Lippen der Tante entspannten. Sein Onkel war ein sanfter Mensch gewesen, der Nachsicht walten ließ, vor allem bei einem Neffen, dessen Eltern im Krieg ums Leben gekommen waren. Doch dann die Enttäuschung des Onkels. Der sorgenvolle Blick, den er auf den Knaben Richard warf, war schwerer zu ertragen gewesen als Schläge.

Aber es ging ja nicht mehr ums Stehlen von Süßigkeiten, dachte er mit einem geradezu überwältigenden Bedauern, während das blasse Gesicht des hübschen, auf der Straße liegenden Mädchens wieder vor seinem inneren Auge auftauchte. Ivy. Ihr Name war wohl der Grund, daß ihm das jetzt alles wieder durch den Kopf ging.

«...Jury! Könnten Sie vielleicht mal kurz aufhören zu träumen und meine Frage beantworten?»

«Entschuldigung.»

«Ich hatte gefragt, ob Phyllis Nancy schon die Autopsie gemacht hat.»

«Nein, noch nicht. Morgen früh.»

«Worauf wartet sie denn noch, verdammt noch mal, auf ihre Zulassung?» Racer schlug noch einmal klatschend den obersten Aktendeckel auf. «Wir wissen über diese Childess also lediglich, daß sie in Bayswater wohnte, sich mit ihrem Freund in diesem Pub beim Berkeley Square gestritten hat, und daß er sie dort stehenließ.» Er klappte die Akte zu und lehnte sich zurück. «Alles das wußten Sie auch schon gestern abend, Jury.»

«Dann sollte ich doch vielleicht sehen, daß ich weiterkomme. Sonst noch etwas?» Er streckte vorsichtig seine Gliedmaßen gerade und stand, den Blick auf das Sofa gerichtet, auf.

«Schön, falls Sie wirklich was herauskriegen sollten, alter Knabe, lassen Sie es mich doch bitte wissen!»

«Aber gerne.» Jury beäugte den kleinen Turm von Geschenken und wandte sich zum Gehen. Als er die Tür erreichte, hörte er es – sie: die Schachteln, die wie ein Kartenhaus zusammenstürzten, den herausfallenden Inhalt, die Stimme Racers, der den Kater Cyril anbrüllte, die Sprechanlage und wieder Racer, der Fiona anschrie.

Jury öffnete ruhig die Tür, und Cyril flitzte nach erneut erfolgreicher Durchführung eines Schlachtplans vor ihm hinaus.

«Jetzt kocht er so richtig», sagte Fiona, die sich die Nägel feilte, ohne sich von der Sprechanlage stören zu lassen. Cyril war gerade hinter ihr aufs Fensterbrett gesprungen, um Katzenwäsche zu machen, als das Telefon klingelte.

Fiona nahm den Hörer ab, sagte etwas und hielt ihn dann Jury hin. Der schwarze Hörer sah aus wie eine Verlängerung ihrer dunkellackierten Nägel. Er tropfte geradezu von ihrer Hand herunter. «Al.»

Jury nahm den Hörer und fragte sich, ob wohl irgend jemand im Präsidium außer Fiona Sergeant Wiggins beim Vornamen nannte. «Wiggins?»

Wiggins sprach näselnd, aber deutlich. «Ich habe etwas gefunden, Sir. Ich habe das gerade im Computerraum nachgeprüft...» Die Pause war nicht als dramatischer Effekt gedacht, sondern ermöglichte es dem Sergeant, raschelnd eine Zellophanfolie von einer Schachtel zu ziehen. Offensichtlich hatte er sein heikles Manöver beendet, denn jetzt klang seine Stimme belegt. «In Dev'n, S'r –»

«Tröpfeln Sie den Hustentropfen unter die Zunge, Wiggins», sagte Jury geduldig.

«Oh, entschuldigen Sie, Sir. Da gab es diesen Fall vor etwa zehn Monaten, Ende Februar. Eine junge Frau namens Sheila Broome. Ich hätte das wohl glatt ignoriert, wäre da nicht diese Beschreibung der Leiche *in situ* gewesen. Die Beamten haben damals dafür gesorgt, daß der Fall nicht publik wurde, da sie Nachahmungen befürchteten. Aus gutem Grund. Sie wurde in einer bewaldeten Gegend an der A 303 in der Nähe der Abfahrt nach Taunton gefunden. Sie war erdrosselt worden, offensichtlich mit ihrem eigenen Schal. Na ja, es könnte Zufall sein...»

Jury starrte blind auf Cyril, der zuerst die eine, dann die andere Pfote an die großen Schneeflocken drückte, die gegen die Fensterscheibe flogen. Ein Serienmörder. Die schlimmste Sorte. «Wollen wir's hoffen. Fahren Sie zum Polizeipräsidium in Somerset.»

«Somerset ist dafür nicht zuständig, Sir. Es ist knapp hinter der Grenze.» Pause. «In Devon.»

«Dann rufen Sie eben Exeter an.»

Wieder entstand eine Pause, und man hörte leise Papier rascheln. Es schien ein Problem zu sein, das zwei Hustentropfen erforderte. Wiggins matt: «Das ist doch nicht etwa Macalvies Fall, Sir?»

Jury mit einem vagen Lächeln: «Jeder Fall in Devon ist Macalvies Fall.»

6

Im Schnee vor der Hammerschmiede war nur eine schmale Spur zu erkennen, die Miss Crisps Hund, ein Jack Russell-Terrier, gemacht hatte, als er den Trödelladen seines Frauchens auf der anderen Straßenseite verließ, um seine nachmittäglichen Runden durchs Dorf zu drehen.

Durch das verträumte Durcheinander von malerischen Läden und kleinen Wohnhäusern rollte das sonore Dröhnen der Kirchturmglocke über die High Street und am Pub vorüber, wo es hoch oben auf einem Regal der Schmied einer Kaminuhr aufgriff und es mit einem Bong auf seiner Esse nachahmte. Die Uhr über ihm schlug fünf.

Für einige Einwohner von Long Piddleton war dies ein Einberufungsbefehl. Bis zur Öffnung war es zwar noch eine halbe Stunde hin, aber Scroggs drückte bei den Ausschankbestimmungen häufig ein Auge zu, wenn es sich um Stammgäste handelte. Einer von ihnen war die halbe Meile von Ardry End mit dem Fahrrad gekommen und saß jetzt an einem Tisch am großen Erkerfenster. Er hatte die Beine ausgestreckt, und an seiner Hose klemmten noch immer die Fahrradklammern. Über das Lesezeichen in der Mitte seines Buches hatte er schon hinweggelesen.

Da er kein Fan von Thrillern war, hätte er normalerweise alle Kapitel bis aufs letzte überschlagen und unwesentliche Details, die allerdings für die Auflösung notwendig sein konnten, selber ergänzt. Doch seine alte Vorliebe für die Autorin dieses Buches verpflichtete ihn, jede einzelne Seite zu lesen. Na ja, fast jede, dachte Melrose Plant. Liebe mich gefälligst, liebe meine Bücher! Seine Freundschaft zur Autorin hatte sich jedoch nicht auf dieses Buch übertragen, das den belanglosen Titel *Die Plumpudding-Gruppe* trug. Es sollte sich wohl im Weihnachtsgeschäft verkaufen und hatte irgendwie auf die Regale von Long Piddletons neuer Buchhandlung Wrenn's Nest gefunden, einer albernen Anspielung auf den Namen des Eigentümers.

Er fragte sich, ob er nicht doch mal einen Blick auf die letzte Seite riskieren sollte. Das Motiv des Mörders bestand in dem alten Bring-ihn-um-ehe-er-das-Testament-ändert-Klischee. Die Figuren schienen nichts mit sich anfangen zu können und ähnelten den verschwimmenden Gestalten auf einem Bahnsteig, wenn der Zug abfährt.

Melrose Plant sah auf die Uhr, nicht um festzustellen, ob sich die beiden anderen, die er gewöhnlich in der Hammerschmiede traf, verspätet hatten, sondern weil er wußte, daß es noch eine Leiche geben mußte – ah ja, da war sie schon. Colonel Montague. Schade, dachte er. Er hatte den alten Montague eigentlich ganz gern gemocht, trotz dieses Gin-unter-Palmen-Gehabes, das ihm die Autorin verpaßt hatte. Ja, es gab massig Leichen. So wie es Raymond Chandlers Rezept zur Vermeidung von Langeweile in der Mitte des Buches war, einen Mann mit Revolver ins Spiel zu bringen, so ließ Polly Praed in jedem zweiten Kapitel eine Leiche zurück. Das jüngste Buch von ihr mußte in einem Zustand äußerster Unruhe entstanden sein; denn das unvermittelte Auftauchen einer Leiche nach der anderen hatte etwas Nervöses und Hektisches an sich. Ihr Hirn, dachte er, ist ein Schlachthof.

Das ganze Gemorde und Gemetzel wurde durch die Ankunft zweier weiterer Stammgäste unterbrochen. Er freute sich darüber, weil sie ihn davor bewahrten, sich weiter in den Tod Montagues zu vertiefen.

«Hallo, Melrose», sagte Vivian Rivington, die Hübschere der beiden, auch wenn Melrose vergeblich darüber nachsann, ob Marshall Trueblood wohl auf einer Revision dieses Urteils bestanden hätte.

«Hallo, alter Knabe», sagte Marshall Trueblood, der an diesem Nachmittag eher einem ziemlich gewöhnlichen als einem exzentrischen Millionär glich. Er trug ein dunkles und wunderschön geschneidertes Wolljackett, das wohl der Traum eines jeden Webers auf den Hebriden gewesen wäre. Allerdings hätte der Weber beim Anblick des Kaschmirpullovers in gewagtem Blau und des meergrünen Halstuchs, das in einem türkisfarbenen Crèpe-de-chine-Hemd steckte, wohl verblüfft die Augen aufgerissen. Für Trueblood war das jedoch ein geradezu dezenter Aufzug. «Gott sei Dank, wieder ein Tag voller Schweiß und Schufterei vorbei.»

Marshall Trueblood konnte sich so manches leisten, nur keinen Schweiß. Es machte ihm Spaß, sein Antiquitätengeschäft, das sich in dem kleinen Tudorhaus nebenan befand und trotz der geringen Einwohnerzahl von Long Piddleton gut lief, ein wenig herunterzumachen. Es florierte, weil es Londoner Kundschaft inklusive einiger sehr kundiger Händler anzog. Hilfreich fürs Geschäft war auch die Gunst der beiden – noch Reicheren als Trueblood –, die mit ihm am Tisch saßen.

«Es ist erst fünf», sagte Vivian Rivington mit melancholischer Miene. Da im Winter nur so wenig Leute hier lebten, blieb dem Trio nicht viel anderes übrig, als sich gegenseitig ihre Abweichungen von den üblichen Gewohnheiten vorzuhalten. «Du schließt doch eigentlich erst um sechs», sagte sie und schüttelte ihre Uhr.

«Es kommt doch sowieso niemand. Ich habe ein Schild an die Tür gehängt. Falls jemand einen gepfändeten Sekretär sucht, soll er hier vorbeischauen. Was lesen Sie da, Melrose?» fragte er, als Scroggs die Gläser vor ihnen abstellte.

Melrose Plant drehte den Einband nach oben, damit seine Freunde es selber sehen konnten.

«*Die Plumpudding-Gruppe*. Komischer Titel. Prost.» Er hob sein Glas.

Vivian schielte nach dem Namen des Autors. «Das ist doch wieder eins von dieser Polly?»

«Leider kein besonders gutes. Aber sagen Sie es ihr bitte nicht.»

«Wie denn, sie ist ja gar nicht da», sagte Vivian mit einem gewissen Anflug von Gereiztheit. «Ich verstehe einfach nicht, was Sie an der finden.»

«Vorsicht, Vivian, Vorsicht. Über bestimmte Beziehungen sollten *Sie* sich besser nicht auslassen.»

«Sie haben völlig recht, Melrose», sagte Trueblood. «Werden Sie auch diese Weihnachten wieder ohne den unglücklichen Franco aus Florenz verbringen?»

«Venedig», sagte sie ein wenig gereizt.

«Standen schlechte Nachrichten in Ihrem Brief?» Trueblood klopfte ein wenig Asche von der Spitze seiner schwarzen Sobranie und lächelte spitzbübisch.

Vivians Augen wurden schmal. «Was meinen Sie mit ‹in meinem Brief›?»

«Na ja, den, den Sie heute morgen bekommen haben müssen. Der noch in Ihrer Tasche steckt.»

Die Hand, die sich in die Tasche ihrer Strickjacke verirrt hatte, wurde rasch zurückgezogen und zur Faust geballt auf den Tisch gelegt.

«Mit Poststempel Venezia.»

«Woher wissen *Sie* das denn?»

«Bin ich vielleicht daran schuld, wenn Miss Quarrels die Post beim Sortieren wie eine Patience auf dem Schalter ausbreitet?»

«Aber Sie haben sich die Mühe gemacht, den Umschlag verkehrt herum zu entziffern!»

Er zog seine kleine goldene Nagelschere heraus. «Nein, ich habe ihn umgedreht.»

«Schnüffler!»

Auf ihr Stichwort hin erschien Lady Agatha Ardry im Eingang der Hammerschmiede. Sie fegte förmlich wie Schnee herein, schüttelte ihr Cape aus und stampfte mit den Schuhen auf. «Ich habe in Ihr Schaufenster gesehen, Mr. Trueblood», sagte sie zu Marshall Trueblood, noch ehe sie einen doppelten Sherry bei Dick Scroggs bestellte. «Es ist noch nicht sechs, Mr. Trueblood. Sie müßten noch geöffnet haben. Aber wenn einem die Kundschaft so wenig bedeutet... mein lieber Plant, als ich eben nach Ardry End jage...»

Dreht ihre Runden wie der Terrier von Miss Crisp, dachte Melrose, schlug die nächste Seite um und fand Lady Dasher tot in den Hortensien...

«...komm ich an einem Auto vorbei...»

Welch Glück für den Fahrer. Normalerweise fuhr sie ihnen rein. Agatha hatte sich einen alten Morris Minor gekauft, der genauso aussah wie sie: runde Birne und plumpes Gestell.

«...das gerade aus der Ausfahrt rauskommt, als ich reinfahre. Frau am Steuer, um die Dreißig, braunes Haar, schwarzer Porsche...»

«Kennzeichen?»

«Was?»

«Du hast doch sicher die Nummer, damit wir sie in den Computer von Scotland Yard eingeben können. Die vollbringen heutzutage wahre Wunder, wenn's ums Auffinden gestohlener Autos geht...»

«Sei nicht dämlich, Plant. Na ja, sie ist mir glatt davongefahren, ehe ich sie anhalten konnte. Wer ist sie überhaupt? Sieht nicht gerade wahnsinnig gut aus.»

Sie sagte es mit einer gewissen Erleichterung, als ob die

Dame im Porsche damit aus dem Rennen der heiratsfähigen weiblichen Wesen ausscheide. Diese nämlich erschienen Agatha offensichtlich ausnahmslos als Schönheiten, die auf die Familiengewölbe von Ardry End zuhasteten, direkt auf die Chinoiserien, das Kristall, die Queen-Anne-Möbel und die Titel zu, die Melrose wie Blütenblätter in den Staub hatte fallen lassen – Earl, Viscount und Baronet – und die man ja immer noch aufsammeln (so schien sie zu denken) und wieder an die Knospe pappen konnte.

«Zu dir kommt doch gar keiner um diese Jahreszeit, Melrose.» Sie seufzte und rief noch einmal nach ihrem Sherry. Scroggs blätterte weiter in seiner Zeitung. «Es ist nicht mehr wie früher. Erinnerst du dich noch, wie deine liebe Mutter, Lady Marjorie...»

Jetzt würde sie wieder anfangen und die Pfade seiner Familienerinnerungen entlangschnüffeln wie ein Schwein, das in den Rosensträuchern wühlt. «Die Countess von Caverness, ja. Und mein Vater und mein Onkel Robert. Ich hatte immer ein gutes Gedächtnis für Einzelheiten. Aber was hast du denn in Ardry End gemacht?»

«Mit Martha über das Weihnachtsessen gesprochen. Sie sagte, ihr hättet euch noch nicht entschieden.»

«Doch. Falsche Gans und Bettelmänner.»

«Mein Lieblingsessen!» sagte Marshall Trueblood. «Ich hoffe, wir sind eingeladen.»

«Natürlich. Immer.»

«Du willst mich doch bloß veräppeln», sagte Agatha und stampfte mit ihrem Stock auf, um Scroggs von seiner Zeitung loszueisen. «So was gibt es doch gar nicht.»

«Aber gewiß doch. In Wirklichkeit ist das Rinderleber. Und zum Nachtisch könnt ihr Himbeerquark mit Soße haben. Oder wären euch arme Ritter lieber? Martha hat ein Händchen für arme Ritter.» Melrose gähnte und beobachtete den Jack Russell durch das bleigefaßte Fenster, auf dem in bernsteinfarbenen Buchstaben *Hardy's Crown* stand. Der Hund beschnupperte die Füße einer Frau mit braunem Hut, die auf dem Bürgersteig stand und forschend in Truebloods Schaufenster spähte. Melrose kam sie irgendwie bekannt vor.

«Da ist sie!» schrie Agatha und reckte den Hals, um durch die bleigefaßte Scheibe zu starren.

«Ich wollte nicht einfach so reinplatzen», sagte die junge Frau mit dem braunen Hut.

Das war, dachte sich Melrose und betrachtete das verträumte, linkische Mädchen, genau die Art von Bemerkung, wie man sie sich von Lucinda St. Clair erwartete. Sie gehörte zu den Frauen, die man auch mit Ende Zwanzig oder Anfang Dreißig noch als «Mädchen» bezeichnete.

«Sie platzen nicht herein!» meinte Vivian und sagte damit zum erstenmal, seit sie gekommen war, etwas Intelligentes.

Für Melrose hatte Vivian Rivington stets in fast idealer Ausgewogenheit Schönheit, Anmut und Freundlichkeit verkörpert. Ob sie wie jetzt den alten Wollrock und das Twinset trug oder sich in Schale warf, die Trueblood als «die italienische Periode» bezeichnete, sie schien nie zu wissen, was sie mit sich anfangen sollte oder ob ihr die eine oder doch eher die andere Rolle besser zu Gesicht stand. Daher war es keineswegs überraschend, wenn sie jetzt Lucinda St. Clair taxierte und sich wahrscheinlich dachte, daß sie es hier mit einer Frau zu tun hatte, die noch schlechter beieinander war als sie selber, da diese ein noch tristeres Twinset trug.

«Vielen, vielen Dank», sagte Lucinda mit einem dankbaren Blick, der wohl nicht nur der simplen Geste Truebloods, der ihr einen Stuhl zurechtrückte, galt. Er kannte Sybil St. Clair, ihre Mutter, die gelegentlich etwas bei ihm kaufte. Und das machte es noch schlimmer für Agatha – daß sogar Trueblood die Besucherin auf Umwegen kannte und sie selber keinen Schimmer hatte.

Lucindas Augen waren groß und kastanienbraun. Als sie den stechenden, schwarzen Augen Agathas begegneten, wandte Lucinda rasch den Blick ab. Agatha hatte Lucinda St. Clair nach Anzeichen von Heiratsfähigkeit abgesucht, auf die, wie Agatha zu glauben schien, solche Damen stets mit grellen Neonpfeilen hinwiesen. Dann kniff Agatha die Augen zusammen und wollte erfahren, ob sie sich schon einmal begegnet seien.

Melrose seufzte und hoffte, daß sich keine der beiden daran erinnerte. Sie waren sich in der Tat einmal, wenn auch nur sehr flüchtig, begegnet, und zwar auf einer jener gräßlichen Parties bei Lady Jane Hay-Hurt. Aber er glaubte nicht, daß Agatha das noch präsent war, denn sie hatte sich eifrig mit Lady Jane unterhalten, von der absolut keine Gefahr ausging, sich der Linie der Ardry-Plants anzuschließen und sich das Erbe unter den Nagel zu reißen. Lady Jane war buchstäblich hoch-näsig, wodurch sie einem Pekinesen ähnelte, und Agatha spielte ihr gerne Melrose zu, da ihr klar war, daß das Ardry-Plant-Vermögen dadurch nicht in Gefahr geriet. Doch in Lucinda witterte Agatha die Möglichkeit einer nachteiligen Verbindung. Sie war als eine durchaus geeignete Anwärterin in Agathas Gesichtsfeld getreten und hatte die Frechheit besessen, sich nicht sofort wieder daraus zu entfernen. Sie war jung und nett und lediglich unscheinbar. Melrose hoffte, daß niemand und nichts dem Gedächtnis seiner Tante auf die Sprünge half, denn dann würde sie sich erinnern, daß sie Lucindas Mutter Sybil begegnet war, mit der sie sich auf Lady Janes Sofa so köstlich amüsiert hatte, als sie gemeinsam über Törtchen und Leute herfielen.

«Nein, seid ihr nicht», sagte Melrose und setzte damit der Spekulation ein Ende. «Miss St. Clair hat ein wenig Ähnlichkeit mit Amelia Sheerswater.» Der Name war völlig aus der Luft gegriffen. Aber Agatha würde jetzt über diesen neuen Zuwachs in den Reihen von Melroses Frauen nachgrübeln. «Wir trinken gerade was. Was hätten Sie denn gerne?»

Lucinda St. Clair strich sich das braune Haar aus dem Gesicht und schien wegen der Getränkewahl eingehend mit sich zu Rate zu gehen.

«Wie wär's mit einem Sherry?» schlug Vivian hilfsbereit vor. «Der Tio Pepe ist sehr gut.»

Als wäre Tio Pepe ein so seltenes, raffiniertes und abwegiges Getränk, daß es von Flasche zu Flasche, Kneipe zu Kneipe anders schmeckte, dachte sich Melrose. Aber sollte Vivian doch einfach sagen, was sie wollte. Lucinda nickte, und Trueblood rief Dick Scroggs die Bestellung zu, ehe er sich wieder zurücklehnte und eine blaue Sobranie in seine Zigarettenspitze steckte.

Alle lächelten Lucinda zu, außer Agatha, die das St. Clair-Gesicht noch immer nach verräterischen Ähnlichkeiten mit dem Sheerswater-Gesicht absuchte.

Als Dick ihren Tio Pepe brachte und mit seinem Geschirrtuch über der Schulter dastand und den Neuankömmling betrachtete, kam es Melrose in den Sinn, daß sich das Mädchen vielleicht inmitten all dieser Blicke unbehaglich fühlen könnte. Tatsächlich sah Lucinda von ihrem Glas zu ihm auf und lächelte schwach, als glaube sie, man erwarte auf dieser zwanglosen vorweihnachtlichen Zusammenkunft eine kleine Vorstellung von ihr, daß sie entweder aufsprang und etwas rezitierte oder eine hübsche Anekdote erzählte. Ihr war schließlich nicht klar, daß sich die anderen schon seit Jahren fast immer das gleiche erzählten und wie erfrischend es für sie schon war, einmal ein neues Gesicht zu sehen.

Melrose sah, wie Lucinda ein wenig tiefer in ihren Sessel glitt, und beschloß, sie zu befreien, ehe der ganze Kreis in Weihnachtsgesänge oder dergleichen ausbrach. Er griff nach seinem und ihrem Glas, lächelte und entschuldigte sie beide. «Eigentlich glaube ich, daß Miss St. Clair nach Long Piddleton gekommen ist, um sich ein wenig mit mir zu unterhalten.»

Als sie an einem Tisch neben dem offenen Kamin saßen, begann sie, sich schon wieder zu entschuldigen, weil sie die kurze Bekanntschaft ausnütze, und erzählte ihm, sie käme gerade aus Northampton zurück, wo sie Stoffe und andere Dinge abgeholt habe. «Für Mutter. Sie richtet jetzt ein Haus in Kensington ein. Sie erinnern sich an meine Mutter?»

Und ob er das tat. Sybil war früher nur Ehefrau und Mutter gewesen, ehe sie sich ganz den künstlerischen Maximen der Schöner-Wohnen-Welt verschrieb. Typisch für sie war auch, daß sie ihre Tochter zu den unangenehmen Arbeiten abkommandierte, sie mit Musterbüchern rumrennen, Vorhänge ausmessen und anpassen ließ. So wie er sich an sie erinnerte, schien sie taillenlose Kleider zu bevorzugen mit nichts als Falten, die ohne Sinn und Ziel in alle möglichen Richtungen schlabberten. Ihr Teint besaß jenen strahlenden Schimmer, den nur Clinique hervorzaubern kann.

Melrose hatte sie auf einer seiner gelegentlichen Reisen nach London wiedergetroffen. Er hatte sich mit Lucinda angefreundet, da er den Kummer einer jungen Frau ohne gesellschaftlichen Schliff und mit dem dünnbeinigen, langnasigen Aussehen eines Kranichs nachfühlen konnte. Sie trug Weiß, was sie lieber nicht hätte tun sollen, da es diese Assoziation nur noch verstärkte. Dennoch gelang es der armen Lucinda, den Wildpark mit ihren großen, feuchten braunen Augen in einen Regenwald zu verwandeln. Sie hatten beide in dem Hotel gewohnt, das er so gerne mochte. Der Tee im Brown's war in ein Abendessen übergegangen, während dessen er ihnen von einem früheren Aufenthalt im selben Hotel erzählte, als gleichzeitig eine amerikanische Reisegruppe dort abgestiegen war. Die Geschichte von den Morden hatte alle fasziniert.

«Ich erinnere mich nur noch daran, daß Sie irgendwas mit der Polizei zu tun zu haben schienen...»

«Nun ja, ich kenne da ein, zwei Leute, sicher. Aber ich bin nicht gerade ein Experte auf dem Gebiet. Weshalb?»

Sie holte tief Luft. «Ich habe da einen Freund, wissen Sie, der sich anscheinend in was reingeritten hat. Ich dachte nur gerade, vielleicht könnten *Sie* das Problem lösen – ach, ich weiß nicht. Es ist furchtbar.»

«Was ist denn passiert? Wer ist dieser Freund?» Er bedauerte seine Frage ein wenig, denn sie wurde rot und blickte weg. Der «Freund» war zweifellos mehr als ein Freund, oder sie erhoffte sich das zumindest.

«Kein spezieller, wirklich nicht», sagte sie und sah überallhin, nur nicht ihm in die Augen. «Ein Freund der Familie. Wir kennen ihn schon seit ewigen Zeiten...» Ihr Flüstern verstummte. «Haben Sie von dieser Frau gelesen, die in Mayfair ermordet wurde? Es stand heute in der Zeitung.»

Von der hatte Scroggs recht anzüglich erzählt. «Sie wollen doch nicht etwa sagen, daß Ihr Freund in diese Sache verwickelt ist? Das ist ja wirklich fürchterlich.»

Sie antwortete heftig und sehr eindringlich: «Ich fürchte sogar, daß sie ihn schon verhaftet haben oder sonst was. Er hat das Mädchen als letzter lebend gesehen. Oder zumindest behaupten sie das.» Sie zog ein Exemplar der gleichen Zeitung, aus der Scroggs ihnen vorgelesen hatte, aus ihrer großen Tasche.

«Scotland Yard, Morddezernat», sagte er, nachdem er den Bericht gelesen hatte. «Ist *das* Ihr Freund? Der, welcher ‹die Polizei bei den Ermittlungen unterstützt›, wie sie schreiben?»

Lucinda St. Clair nickte. «Ich dachte nur, weil Sie in diesen Dingen so erfahren sind...»

«Falls ich diesen Eindruck vermittelt habe, war das nicht meine Absicht.» Sorgfältig faltete er die Zeitung zusammen. Mit Sicherheit war er reichlich unklug gewesen, als er Richard Jury beim letzten Fall geholfen hatte. Wenn er sich daran erinnerte, lief es ihm noch jetzt kalt den Rücken hinunter. «Ich kann da wirklich nichts tun. Der Bürger darf sich einfach nicht in die Arbeit der Polizei einmischen, Lucinda.» Wie viele Male hatte Jurys Vorgesetzter ihm das schon erzählt.

Er erntete einen niedergeschlagenen Blick. «Mir fällt wirklich sonst niemand ein.»

«Er hat doch sicher einen Anwalt...»

Sie nickte und wirkte verstört.

«Ich nehme an, dieser Gentleman ist ein sehr guter Freund.»

Der traurige Blick verstärkte sich nur noch. «Ja.»

Melrose dachte einen Moment lang nach. Es konnte schließlich nichts schaden, wenn er Jury einmal anrief. «Sie müssen aber verstehen, daß ich mich da auf gar keinen Fall einmischen kann...»

«Oh, niemand möchte, daß Sie sich einmischen. Ich dachte mir nur, daß es Ihnen vielleicht gelingt, die Sache von einer anderen Warte aus zu betrachten.» Einen Moment lang verlor sie ihren Regenwaldblick. «Dann kommen Sie also?»

«Sie meinen nach Sussex?»

«Somers Abbas. Wir könnten zusammen hinfahren. Ich habe mein Auto...»

Melrose hob abwehrend die Hand. «Nein. Ich muß wirklich erst einmal darüber nachdenken.»

Lucinda lehnte sich zurück und wirkte noch elender als bei ihrem Eintreten. «Werden Sie mich denn dann anrufen?»

«Natürlich.» Melrose sah hinüber zum Tisch, wo Vivian, Trueblood und seine Tante immer noch saßen und die beiden Frauen so taten, als interessierten sie sich nicht für das, was sich vor dem Kamin abspielte. Agatha spielte ihre Rolle sehr viel schlechter als Vivian. Melrose lächelte dem vertrauten Trio am Erkerfenster zu. Vivian erwiderte sein Lächeln und hob sogar freundlich-drohend den Finger. Vielleicht lag ihre Abneigung, den Kanal zu überqueren, in dem tiefverwurzelten Bedürfnis, die kleine Gesellschaft zusammenzuhalten. Wohlwollend strahlte sie Lucinda an. Er musterte das Mädchen. Schweigend stimmte er Vivian zu, daß Lucinda St. Clair wohl nie eine Party sprengen würde.

Melrose sass an diesem schönen Dezembermorgen am Rosenholztisch und hatte neben seinem Teller mit Eiern die *Times* aufgeschlagen. Er trug zwei senkrecht und eins waagrecht ein. Aber er war nur mit einem Teil seiner Gedanken beim Kreuzworträtsel; der Rest konzentrierte sich auf das mit Richard Jury geführte Telefongespräch, bei dem Jury ihm geraten hatte, doch auf jeden Fall nach Somers Abbas zu fahren. Einen Bekannten zu haben, der mit der Familie Winslow bekannt sei, könne außerordentlich hilfreich sein. Und für all die Unterstützung in der Vergangenheit, tja, dafür, fand Jury, verdiene er eigentlich die Ritterwürde. Ein bißchen überflüssig vielleicht, aber dennoch…

«Ich bezweifle, daß Chief Superintendent Racer das mit der Ritterwürde ebenso sieht. Ich bezweifle überhaupt, daß Racer begeistert ist…»

Melrose blickte über den Tisch zu den Terrassentüren hinaus, die man an diesem für die Jahreszeit viel zu warmen Wintertag geöffnet hatte. Die cremefarbenen Vorhänge blähten sich leicht im Wind. Hinter der Tür konnte er ein Stück des serpentinenartigen Pfads erkennen, der sich über das ganze Grundstück hinabwand und den er so gerne entlangspazierte. All der Grund und Boden da draußen – der ausgedehnte Garten, die silberne Eiskruste des Sees, die Eibenhecken und die Weiden – erinnerten ihn an den Spaziergang, den er auf Lady Janes Fest mit Lucinda St. Clair gemacht hatte. Melrose konnte sich dabei vorstellen, wie Sybil St. Clair die ganze Zeit mit der Geduld eines auf einem Ast liegenden Pumas zusah und auf die geringste Bewegung der Beute lauerte. Dieses Mitleid mit Lucinda war zum Verrücktwerden, aber nicht zu ändern. Sie war natürlich begeistert, daß er gekommen war. Und trotz der Einwände ihrer Mutter hatte Melrose auf einem Zimmer im Gasthof bestanden.

Seufzend sah er auf und ließ den Blick über die Wände und die Porträts wandern, die dort in so stattlicher Prozession hingen, als befände sich der ganze Haufen auf dem Weg zur Westminster Abbey. Viscount Nitherwold, Ross and Cromarty, Marquess of Ayreshire and Blythedale, Earl of Caverness... man konnte sie kaum aufzählen, ohne zwischendurch mal eine Pause zu machen und einen harten Drink zu nehmen. Schließlich verweilte sein Blick auf dem Porträt seiner Mutter, einer der schönsten Frauen, die er je gesehen hatte, und auf der die Adelskrone zuletzt entsetzlich schwer gelastet haben mußte. Gedämpftes Sonnenlicht fiel in tanzenden Pailletten auf ihr blaßgoldenes Haar, und aus jedem ihrer Gesichtszüge blitzte der Humor.

Er lächelte. Seine Mutter, wenn nicht sogar die Königin, wären bestimmt begeistert gewesen...

«Noch einen Kaffee, M'Lord?» fragte Ruthven, für Plant das Muster eines Kammerdieners, der praktisch schon so lange in der Familie war wie die Porträts an den Wänden. Er hielt die Silberkanne hoch.

Melrose schüttelte den Kopf und legte seinen Schreibstift hin. «Nein danke, Ruthven. Ich sollte mich lieber beeilen.» Er steckte seine Goldrandbrille ein und schob den Stuhl zurück.

«Werden Sie den Flying Spur oder den anderen Rolls benötigen, Sir?»

Melrose blickte erneut auf das Porträt Lady Marjories. Lächelte sie? «Wissen Sie, Ruthven, ich finde, daß jeder, der eine solche Frage stellt, erschossen werden sollte.»

7

BEI DER LETZTEN BEGEGNUNG JURYS mit Brian Macalvie hatte Brian Macalvie eine dieser Musikboxen eingetreten. Heute ließ er sie wenigstens nur spielen. Für einen Mann, der wie Birnam Wood dazu neigte, Verdächtige anzubrüllen und seine Männer zu verschleißen, zeigte der Divisional Commander eine bemerkenswerte Vorliebe für alte Songs und sanfte Stimmen. Es war wohl ein von Macalvie ausgewähltes Stück, das jetzt den Running Footman mit seiner geflüsterten *tristesse* erfüllte.

Während er sprach, hob er kaum einmal den Blick von der Liste der Songs. «Hi, Jury. Hat ja ganz schön gedauert.» Macalvie steckte eine weitere Zehnpencemünze in die Jukebox und versetzte ihr einen Schlag in die Seite, als sie nicht gleich reagierte.

Jury hätte den ganzen Weg vom Präsidium herlaufen können wie der Kurier auf dem riesigen Gemälde, das dem Pub seinen Namen gegeben hatte. Wie schnell er auch immer wäre, nie wäre er schnell genug. Die Zeit tanzte auf eigentümliche Weise um Macalvie herum. Er griff den Faden stets dort wieder auf, wo er ihn hatte fallenlassen. Ob vor zwei Jahren oder zehn Minuten machte keinen Unterschied. Genauso wie der Mord vom letzten Jahr für Macalvie immer noch aktuell war. Er gab niemals auf.

Jury lächelte. «Die Welt bewegt sich in drei Zeitläuften, Macalvie: der göttlichen, Ihrer und der Greenwicher Zeit.»

Macalvie machte wohl gerade einen kurzen Zeitvergleich; denn er sah prüfend auf seine Armbanduhr und schüttelte sie, ehe er nickte. «Ja. Trinken Sie doch ein Bier. Aber nehmen Sie sich vor dem Gopher in acht; bei dem fallen sogar 'nem Brontosaurier die Schuppen ab.» Er nahm sein Glas von der Musikbox und ging zu einem der Tische unter dem Gemälde.

Als Jury mit seinem halben Liter zurückkam, stand Macalvie mit dem Glas an den Lippen da und betrachtete das Bild. «Genau das sind wir, Jury, Boten. Ob gute Nachrichten oder schlechte Nachrichten – die Leute beschweren sich immer, egal was wir bringen.» Er setzte sich hin. «Wo ist Wiggins?»

Für einen Divisional Commander, der seine eigene Einmann-Truppe bildete, weil er bei den geringsten Anzeichen von Bummelei oder Drückebergerei ausrastete, überraschte es, daß er mit Wiggins so gut auskam. So gut Wiggins auch war, er konnte ziemlich langsam sein. Und Krankheit beeindruckte Macalvie nicht mehr als eine Fliege einen Geparden.

Macalvie holte eine Zigarre hervor. Das Zellophan blitzte wie seine Augen. Er war wie eine Feuersbrunst auf zwei Beinen, festverwurzelt in seiner schottisch-irischen Herkunft, der durch seine ausgeprägte Vorliebe für amerikanische Polizeifilme noch die Krone aufgesetzt wurde.

«Warum sind Sie eigentlich noch nicht Chief Constable, Macalvie?»

«Fragen Sie nicht mich», sagte er ohne eine Spur von Ironie. «Ich wäre früher hier gewesen, aber dieser Zug, der von Dorchester abgeht, hält an jedem Hühnerstall.»

«Sie sind ohnehin schnell gekommen, wenn man bedenkt, daß wir das Mädchen erst heute früh gefunden haben. Sie sehen da vermutlich eine Verbindung...»

«Natürlich. Sheila Broome, die auf einem Straßenabschnitt außerhalb von Taunton gefunden wurde. Zehn Monate hab ich drauf gewartet, daß er seinen zweiten Schuh verliert.»

«Waren Sie sich dessen so sicher? Und Ivy Childess ist der Schuh?»

Macalvie schoß einen Blick zu ihm hinüber. «Ja.»

«Ich will Ihre Theorie ja nicht anzweifeln, Macalvie...»

Als wenn Sie das könnten, sagte sein Blick.

«... aber Mörder sind nicht unbedingt Serientäter, und jeden Tag werden Frauen überfallen. Ich glaube nicht besonders an solche verblüffenden Übereinstimmungen.»

«Also, ich bitte Sie. Sie glauben doch genausowenig daran wie ich, daß das ein Raubüberfall werden sollte.»

Das stimmte allerdings. «Ich bin bloß konservativer, Macalvie.»

«Kein Wunder, daß Sie Superintendent geworden sind, Jury.»

Jury ging über die Bemerkung hinweg. «Also, erzählen Sie mir von dieser Shcila Broome.»

«Sie zog am Abend des 29. Februar los, um nach Bristol zu fahren. Sagt ihre Mum, nur daß sie Mum erzählt hat, sie hätte eine Mitfahrgelegenheit. Nach Bristol, wohlgemerkt.

Da keiner ihrer Freunde etwas von der Reise wußte und niemand aus der Gegend sie mitgenommen hat, nehmen wir an, daß sie sich an die Straße stellte und per Anhalter fuhr. Sie war nicht zimperlich und hatte nichts Ungewöhnliches an sich. Schnupfte Koks und ging durch die Betten, wie ihre Freunde erzählten. Alter sechsundzwanzig, also kaum mehr ein Schulmädchen, nie verheiratet. Hübsch auf so 'ne trotzige Art, nicht gerade liebenswert, in der Schule nicht besonders und mit sechzehn abgegangen, also auch nicht ehrgeizig. Sie hat in einem Pub im neuen Teil von Exeter gearbeitet und dem Wirt nichts davon gesagt, daß sie abhauen wollte. Ein bißchen erinnert sie mich an eine alte Zeitung: Der Wind hätte sie bis nach Bristol wehen können, und keiner hätte es bemerkt.»

«Und was an diesem Mord veranlaßt Sie zu der Annahme, daß da mehr dahinterstecken könnte und Sheila Broome nicht einfach nur zur falschen Zeit am falschen Ort war?»

«Weil sie weder ausgeraubt noch vergewaltigt wurde. Und sie sind ausgestiegen, beide, und haben im Wald Marihuana geraucht. Wenn Sie so rumgondeln und sich die Anhalterinnen ausgucken würden, was würden Sie bei denen suchen? Sex oder Geld oder beides. Aber bei Sheila war es weder noch. Ich glaube, daß es jemand war, der sie kannte. Könnte ein Mann, könnte aber auch eine Frau gewesen sein. Ich glaube, es war jemand, der sie *gesucht* hat...»

«Eine aussichtsreiche Methode, an sein Opfer zu kommen – einfach warten, bis es den Daumen rausstreckt.»

«Wenn man's nicht eilig hat, ist das eine großartige Methode. Beide von ihrer gewohnten Umgebung entfernt.»

«Aber der Schal. Der sieht nicht nach vorsätzlicher Planung aus, Macalvie. Er hat einfach das benutzt, was sich gerade anbot.»

Macalvie stand auf und nahm die beiden Gläser. «Oh, ich vermute, er hatte noch was anderes dabei, einen Strumpf oder einen Revolver.» Er verschwand, um die Gläser wieder füllen zu lassen und, während er wartete, die Jukebox in Gang zu setzen.

Der Running Footman war nicht voll: einige Paare, ein halbes Dutzend Singles, die nett aussahen, als ob sie einer Fliege nicht mal für Geld etwas antun würden. Jury nahm an, daß man das sowieso nicht tat, wenn man in Mayfair wohnte.

Macalvie kam zum Tisch zurück, wo sie einen Augenblick lang nur dasaßen, tranken und der honigsüßen Stimme von Elvis Presley lauschten. Elvis war Macalvies Lieblingssänger.

«Wie ich schon sagte, sie wurde nicht ausgeraubt. Sie hatte ungefähr siebzig Pfund im Rucksack und noch mal zehn oder elf in ihrer Jacke. In ihrem Gepäck war auch eine goldene Uhr mit kaputtem Armband, und an den Fingern hatte sie zwei Ringe.»

«Was ist mit den Autos und den Fahrern? Hat man einen von denen gefunden?»

«Da war ein Lastwagenfahrer. Den hab ich bloß durch eine Kellnerin vom Little Chef gefunden, die sich an Sheila Broomes Gesicht zu erinnern glaubte, das heißt, nicht so sehr an das Gesicht als vielmehr an die Weste, die sie anhatte und die der Kellnerin gefiel, weshalb sie gefragt hatte, wo sie die her habe. In Stahlblau. Und sie erinnerte sich auch noch an den Sattelschlepper, weil er so groß war, daß er fast die Hälfte des Parkplatzes einnahm. Ein Glück für den Fahrer, daß die Kellnerin Mary die beiden beim

Weggehen beobachtet hat. Sie sagte, daß er wohl mit Sheila losgefahren sein muß, aber als sie wieder zum Fenster hinausguckte, sei Sheila aus dem Führerhaus gestiegen. Durch den Nebel konnte sie kaum etwas sehen. Aber sie erkannte diese neonblaue Weste. Und dann versuchte Sheila vor der Tankstelle neben dem Café, von einem anderen Wagen mitgenommen zu werden.»

«Und hat sie sonst noch was gesehen? Hat einer angehalten?»

Macalvie schüttelte den Kopf. «Als sie wieder hinaussah, war Sheila nicht mehr da. Erzählen Sie mir jetzt was von Ivy.»

Jury berichtete Macalvie das wenige, das er wußte. Er nickte in Richtung der Seitenstraße und sagte: «Sie haben es sich wohl schon angesehen.»

«Natürlich.»

«Man hat sie zwei oder drei Stunden später gefunden.»

«‹Stunden›? Sie müßte ich in meiner Truppe haben.»

«Vielen Dank.»

«Keine Ursache. Ich bin ein Denkmal der Geduld, Jury. Erzählen Sie weiter.» Ehe seine Geduld jedoch auf die Probe gestellt werden konnte, wandte sich Macalvie an den Nebentisch und sagte zu den Gästen, sie sollten den Tisch festhalten. Sie starrten ihn nur erstaunt an.

«Prinzessin auf der Erbse trifft es wohl besser. Auf wie vielen Matratzen schlafen Sie eigentlich, Macalvie? Als ihr Freund sie zum letztenmal sah, stand sie da drüben im Eingang» – Jury nickte zur Tür hinüber – «und kochte innerlich.» Jury erzählte ihm von seiner Unterhaltung mit David Marr.

«Der Taxifahrer hat gesagt, sie hätte ihm gewinkt und sich's dann anders überlegt?»

Jury nickte.

«Taxifahrer sind blind. Man muß nur mal versuchen, ein Taxi anzuhalten, um das zu wissen.»

«Nehmen wir mal an, der hier nicht», sagte Jury trokken. «Ist trotzdem kein tolles Alibi.»

«Wie wahr. Macht also schon zwei.»

«Aber Überfälle passieren doch jeden Tag, ein Mord hier und ein Mord in Devon...»

«Aber ich bitte Sie. Das hatten wir doch schon. Keine Vergewaltigung, kein Raub.»

«Das sind unsere Unbekannten, Macalvie. Das einzig bekannte Detail ist die Art, wie beide erdrosselt wurden.»

«Was wollen Sie denn mehr? Einen Stiefelabdruck auf ihrer Stirn? Es ist so, wie ich gesagt habe.»

Wie er gesagt hat, dachte Jury. Der Fall ist offen. Die theoretischen Erwägungen sind abgeschlossen.

Zweiter Teil

Tagträume

8

Sie verbrachte den Morgen und auch einen Teil des Nachmittags in den Läden, nicht um etwas zu kaufen, sondern um sich umzusehen, und nach einer Weile sah sie kaum noch, was sie sich da ansah. In einem Antiquitätengeschäft in den Lanes nahm sie eine Miniaturdose in die Hand, die mit mehreren anderen auf einem schwarzen Walnußtisch stand, hob den mit einem Herzen bemalten Deckel und las die Inschrift auf der Innenseite: *In ewiger Liebe*. Kate haßte diese kleinen Porzellandöschen, die zu nichts dienten und nur als nutzlose Staubfänger auf Frisierkommoden und Sekretären herumstanden. Ihre Mutter hatte Dosen mit schleifen-, blumen- und herzenverzierten Deckeln mit jener unbestimmten, um nicht zu sagen hysterischen Begeisterung gesammelt, die sie bei fast allem, was sie tat, zur Schau trug.

Daher war Kate selber überrascht, als sie, während sie in einem anderen Teil des Ladens alte Bücher betrachtete, plötzlich merkte, daß sie noch immer das Döschen in der Hand hielt. Offensichtlich hatte sie es schon so lange mit sich herumgetragen, daß sie den strengen Blick des Ladenbesitzers auf sich zog. Er war wieder im Durchgang zum dahinterliegenden Raum erschienen, hielt die Hände hinter dem Rücken verschränkt und starrte sie an wie der Wächter eines Burgverlieses. Er glaubte wohl, daß sie es stehlen wolle, dachte Kate und war darüber so verlegen, daß sie sie umdrehte, um nach den Preis zu sehen. Zwanzig Pfund. Es war nicht einmal ein besonders schönes Exemplar: Das Herz war zerkratzt, die Vergoldung am ovalen Deckel abgeblättert. Tatsächlich war es vielleicht nicht einmal ein Original, doch unter dem kritischen Blick des Eigentümers fühlte sie sich gezwungen zu sagen, sie wolle sie haben. Selbstverständlich veränderte sich sein Verhalten sofort. Er hörte auf, sie zu fixieren, und seine Stimme klang nun so watteweich wie das kleine Viereck, das in einer übergroßen Schachtel lag und als Polster diente.

Sobald sie wieder draußen auf dem Gehsteig stand, fiel ihr schnell eine Erklärung ein. Wieder so eine kleine Gabe zur Besänftigung der Götter. Was für ein Gewissen sie bloß haben mußte, dachte sie, als sie vor dem Laden mit den teilweise herabgelassenen Rolläden stand. Falls sie jemals versucht hätte, sich kriminell zu betätigen, hätte ihr Gewissen sie sofort überführt. Wie hatten ihre Eltern, beides oberflächliche, kraftlose Stümper, nur so etwas hervorbringen können? Für dieses kitschige Erinnerungsstück in ihrer Hand war erheblich mehr Kunstfertigkeit aufgewandt worden. Sie lächelte grimmig, schlug den breiten Kragen ihres Lammfellmantels hoch und bog in die schmale Straße Richtung Meer ein. Ihr Gewissen erinnerte sie an einen mittelalterlichen Kelch, wie sie ihn einmal im Victoria and Albert Museum gesehen hatte. Eine reichverzierte und angeblich herrliche (Kate fand, vulgäre) liturgische Ikone mit Ziselierungen aus getriebenem Gold, über und über mit Edelsteinen besetzt. Ihr Gewissen, dachte sie wehmütig, war genauso unpraktisch und auffällig wie ihre Schwester Dolly.

Kate schob sich durch den engen Durchgang zwischen einem Ford Granada mit aufgeklappter Kühlerhaube und dem eintönigen Schaufenster einer Boutique. Der Schnee hatte sich inzwischen in Matsch verwandelt, und die Einkaufenden waren immer träger geworden. Keines der Gesichter, die ihr begegneten, schien an den zu erledigenden Gängen oder an der glitzernden Umgebung Freude zu finden. Es war sowieso nur ein alter Glanz, kein neuer. Der Royal Pavilion war von einem Gerüst umgeben, und eine riesige blaue Reklametafel verbarg während der Renovierung die Vorderseite. Wie viele Hunderte von Pfund flossen wohl in die Instandhaltung dieser unpraktischen und protzigen Minarette und Türmchen? Kate dachte wieder an Dolly.

Niemand hatte sie gezwungen, all die Jahre ihren Vater zu pflegen. Also sollte sie es ihrer Schwester auch nicht übelnehmen, daß sie so gut davongekommen war. Eine Wohnung in London, eine lange Liste von Liebhabern und ein beneidenswertes Aussehen waren die Belohnung für Dollys Maßlosigkeit – ganz zu schweigen vom Geld. Kate empfand keinerlei Bitterkeit, wenn sie an ihre Schwester dachte. Dolly hatte in keiner Weise versucht, den alten Mann zu überreden, ihr den Löwenanteil des Erbes zu hinterlassen. Schon seit langem war klar gewesen, daß er *das* Kind bevorzugen würde, das ihm – wenn es auch kein Sohn geworden war – am meisten ähnelte.

Kate hatte die fortschreitende Krankheit ihres Vaters über die Jahre verfolgt und bemerkt, wie sie sich langsam durch Gewebe und Knochen voranfraß. Dennoch war geselliges Beisammensein bis zuletzt seine eigentliche Begabung gewesen. Er trank Champagner zum Frühstück und Glenfiddich zum Tee. Krankheit und Ausschweifungen hatten einen hohlwangigen, abgezehrten Mann aus ihm gemacht, der zwanzig Jahre älter aussah, als er war, und dessen Verstand sich am Ende trübte. Er habe «Visionen», sagte er. Die Visionen waren gewöhnlich wenig schmeichelhaft für seine ältere Tochter, und zweifellos wurden sie durch den Glenfiddich gefördert.

Was Kate überrascht hatte und was sie jetzt überwältigte, war die Gewißheit, daß alles sinnlos gewesen war. Und wenn sie die Jahre ihrer Knechtschaft als eine Art Opfer gesehen hatte, so mußte sie jetzt der Tatsache ins Auge blicken, daß es nie irgendwelche zu besänftigenden Götter gegeben hatte. Der Strand von Brighton in der Winterdämmerung und die harte, dunkle Meeresoberfläche waren nicht der Ort, der ihre entsetzliche Enttäuschung über das sich nicht einstellende Gefühl der Freiheit mildern konnte. Damit hatte sie nämlich fest gerechnet, mit diesem Gefühl der Freiheit und Ungebundenheit. Jetzt konnte sie doch überall hingehen und leben, wie es ihr gefiel. Vor dem Tod ihres Vaters hatte sie sich alle möglichen Pläne zurechtgelegt, die sie in die Tat umsetzen wollte, sobald er gestorben war. Und jetzt sah sie den Plänen und Träumen zu, wie diese unschlüssig am Rande des Meeres verweilten, als versuchten sie, auf dem Kies Halt und Sinn zu finden, wie sie sich brachen und wieder zurückwichen und sich wieder brachen. Die romantischen Phantasien wiederholten sich wie die endlos sich brechenden Wellen und waren ebenso gleichgültig und kalt. Ein dichter Nebelschleier überzog den Palace Pier und verbarg die abblätternde weiße Farbe und den Rost. Mit den Jahren war er immer düsterer und staubiger geworden, genau wie der Pavillon. Den abseits gelegenen West Pier hatte man für Besucher gesperrt. Er mußte dringend renoviert werden. In der Ferne, wie ein Schemen auf dem Wasser schwebend, wirkte er so zart und zerbrechlich, als sei er aus Streichhölzern.

Kate stieg die Stufen zur langen Strandpromenade hinunter, vorbei an den Arkaden unterhalb der King's Road, wo die meisten Amüsierbetriebe inzwischen geschlossen hatten. Sie nickte einem jungen Mann zu, der die Fassade des Penny Palace anstrich und leuchtendmarineblaue Säulen auf seine Vorderfront pinselte. Mit seinen alten Spielautomaten, die so viele Erinnerungen ans viktorianische Brighton wachriefen, gehörte er zu Kates Lieblingsplätzen. Als ihre Schwester noch klein war, war sie gern mit ihrem Vater am Meer entlangspaziert, vorbei an den Arkaden, und hatte ein Eis oder eine Stange Brighton Rock gelutscht. Doch weshalb ihre Schwester, die nur noch selten nach Brighton kam, jetzt hier auftauchte, war Kate ein Rätsel. Einfach spontan, hatte Dolly gesagt.

Kate ging weiter bis zur nächsten Treppe, die wieder nach oben führte, ließ die Einkaufstasche mit den Koteletts und dem verpackten Döschen am Handgelenk baumeln und vergrub die Hände tief in den Manteltaschen. Sie spürte eine ausgefranste Naht. Immer wenn Dolly aus London kam, fielen Kate solche Dinge wie etwa ihr sieben Jahre alter Mantel oder ein unmodernes Kleid erst so richtig auf. Dolly brachte zwar keine richtigen Koffer mit, aber die vielen Taschen, die sie bei ihren Kurzbesuchen dabei hatte, waren prall gefüllt mit Kleidern, die dann nur im Schrank rumhingen, weil es für türkise Seide oder einen Fuchskragen keinen entsprechend festlichen Anlaß gab. Kate fragte sich manchmal, ob Dolly einfach in jener Zeit, als sie sich noch verkleideten oder Blindekuh spielten, stehengeblieben war.

Warum war Dolly nur gekommen? Steckte ein Mann dahinter? Dolly hatte trotz ihrer Schönheit nie Glück mit Männern gehabt. Das heißt, vielleicht gerade deswegen.

Vielleicht war sie zu schön. Vielleicht lag es am Altersunterschied, daß sie beide sich nie sehr nahe gekommen waren, und Kate vermutete, daß sie das kleine Schwesterchen, das Dolly ja einmal gewesen war, wohl beneidet hatte. Beneidet haben mußte. Doch Kate konnte sich nicht so recht erinnern, obwohl sie bei Dollys Geburt doch schon zwölf war. Eine sehr unbeholfene Zwölfjährige, die an die Stelle einer linkischen Achtjährigen, einer unsicheren Fünfjährigen mit eckigem Kinn getreten war. Auf den Fotos empfand Kate sich immer als unschlüssig wie eine, die bei den Ereignissen, die zu diesen Fotos geführt hatten, außen vor geblieben war und sich zufällig in den vor dem schwarzen Vorhang posierenden Familienkreis verirrt hatte. Dolly aber stand stets im Mittelpunkt und trug immer etwas Weiches mit Biesen aus Organdy und Unmengen von Bändern.

Dolly verbrachte ihre Besuche ständig damit, ganze Aussteuern von Negligés und Samtmorgenröcken durch die dunklen, hohen Räume des Hauses am Madeira Drive zu schleifen, und blieb manchmal auch lang genug in einem Sessel sitzen, um eine Zeitschrift durchzublättern. Nie jedoch ohne Zigarette und eine Tasse Tee. Dolly ähnelte ihrer Mutter so stark, daß Kate ein- oder zweimal Panik in sich aufkommen fühlte, als sie ihr im düsteren Flur oder im dunklen Treppenhaus begegnete. Kein Wunder, daß ihr Vater sie so abgöttisch liebte, sich überzogene Vorstellungen von Dollys Karriere machte und Phantasien von ihrem Leben nachhing, die im großen und ganzen denen ähnelten, die er selbst einmal gehegt hatte. Und diese Phantasien nährte Dolly schon deshalb, weil allein die Erzählungen ihrem Ego Auftrieb gaben.

Aus beruflichen Gründen habe sie ihren Namen in

«Sands» geändert, erzählte sie. Er sei leichter zu merken und wirke einfach umkomplizierter, wenn er nach den Nachrichten über den Bildschirm flimmere. Dolly hatte es zu etwas gebracht, sogar sehr weit. Sie hatte eine ziemlich langweilige Sache populär gemacht.

Kate nahm die Einkaufstasche in die andere Hand und empfand sie als unangenehm schwer. Der Speck und die Koteletts waren von erstklassiger Qualität und wahrscheinlich wieder nur halb so teuer wie der Preis, den sie für das Zimmer bekommen würde. Dolly hatte sich fürchterlich aufgeregt, als sie erfuhr, daß Kate das alte und düstere, aber immer noch elegante Haus in eine Pension verwandeln wollte. Sie brauchten das Geld nicht, hatte sie geschimpft, und Untermieter aufzunehmen sei doch furchtbar kleinbürgerlich.

Ruhe und Zurückgezogenheit. Kate hatte ihre Schwester früher immer nur über zuviel Zurückgezogenheit klagen hören – nicht einmal ein Hausmädchen hatten sie, um Dolly morgens die erste Tasse Tee ans Bett zu bringen. Da Dolly nie vor neun Uhr aufstand, hätte Kate gar nicht gewußt, was sie sonst den ganzen Morgen hätte machen sollen.

Kate ging zum Zeitungskiosk auf der Promenade, bei dem sie Stammkundin war, und kaufte sich eine *Times* und einmal Brighton Rock. Sie hatte diese Süßigkeit schon als Kind geliebt, noch ehe sie überhaupt hierherzogen und hier (wie ihr Vater es gerne ausdrückte) die Sommersaison verbrachten – als wäre es zur Zeit König Edwards mit Sonnenschirmen und Tee im Royal Pavilion gewesen.

Sie ging Richtung Madeira Drive. Unaufhörlich schob sie den Bonbon im Mund herum, und seine klebrige Süße war wie ein Nachgeschmack der Kindheit.

Dolly saß am Küchentisch, rauchte, trank Tee und las ab und an eine Kostprobe aus der Besprechung eines neuen amerikanischen Films, während Kate Kartoffeln und Steckrüben in Stücke schnitt. Einem Außenstehenden wären sie vielleicht als der Inbegriff von behaglicher Geselligkeit, ja Vertrautheit erschienen. Kate wußte, daß weder das eine noch das andere zutraf. Und um ein Haar hätte sie das auch verraten, als sie Dolly fragte, warum sie sich denn jetzt, wo der Vater tot sei, noch herbemühe. Die Antwort klang ziemlich abgedroschen. Sie habe Kate während der Feiertage nicht «allein lassen» wollen. Lauter nichtssagende Dialoge aus einer von Dollys Sendungen.

Das Kinn in den Handteller geschmiegt, sagte Dolly: «Ich weiß nicht, wie du das aushältst, Kate. Du solltest einfach alles verkaufen und nach London ziehen und dir dort eine Wohnung anschaffen.»

«Und was soll ich da?» Ratschläge von Leuten, die keine Ahnung hatten, ärgerten Kate. Dolly war immer so, tat gerade so, als hätte eine Veränderung des Lebensstils keine schwerwiegenderen Folgen als das Überreichen eines Formulars am Schalter des Fundbüros.

«Oh, du würdest schon was finden», sagte Dolly vage und ließ den Blick wieder über das Vermischte wandern. «Du bist gebildet und siehst echt gut aus, wenn du dich ein bißchen zurechtmachst.»

Kate drehte die Flamme des Herds hoch und setzte den Topf mit dem Einsatz darauf. Sie lachte kurz auf. «Danke für die Blumen. Aber wenn jemand sagt: ‹Mach dich ein bißchen zurecht›, meint er damit im allgemeinen eine Generalüberholung, so eine Art Frühjahrsputz. Das Gesicht muß natürlich ganz weg. Und die Spuren meiner schulischen Glanztaten müssen entstaubt und entfaltet werden...» Sie wurde langsam wütend. Dollys absolute, durch ein falsches Interesse maskierte Gleichgültigkeit ihr gegenüber machte die Sachlage nur noch deutlicher. «Du hast leider nicht genügend darüber nachgedacht. Es ist schon etwas fies, meine zweifelhaften Begabungen für so etwas völlig Hypothetisches hervorzukehren.» Die Einsamkeit überflutete sie wie eine Welle. Sie hatte das Gefühl, als blicke sie wieder aufs Meer hinaus und sei nicht hier drinnen in der warmen Küche.

Dollys Schweigen angesichts dieses kleinen Ausbruchs veranlaßte Kate, sich nach ihr umzudrehen. Dolly sah genauso angespannt zum Fenster hinaus, wie Kate aufs Meer geblickt hatte.

«Dolly?»

Ihre Schwester drehte sich um. Auf ihrer reinen Haut sah Kate schwach eingeritzte Linien, beunruhigende, feine Linien.

«Was ist denn?»

«Gar nichts.» Dolly schüttelte sich und wandte sich wieder der Zeitung zu. Dann sagte sie: «Die Vorstellung, das Haus zu einer Pension zu machen, gefällt mir einfach nicht. Es ist so...»

«Kleinbürgerlich?» Kate spürte, wie ihr Ärger verflog. Sie drehte sich wieder zum Herd um. «Ich hab dadurch was um die Ohren.»

«Und was weißt du von den Leuten, die du da bei dir aufnimmst?»

«Nicht viel. Aber ich nehme ja nicht viele, weißt du.»

Ihre Schwester drapierte das lindgrüne Nachthemd über die hübschen Beine, und die veränderte Körperhaltung betonte das Spiel des Lichts auf ihren Brüsten. Es geschah unbewußt, dessen war Kate sich sicher. Auch wie sie jetzt das Streichholz an die Spitze der neuen Zigarette führte, wie sie die Wimpern senkte, sich mit der Hand über das blaßgoldene Haar strich. Dann stand sie auf, streckte sich und sagte, sie ginge jetzt nach oben, um zu baden und sich die Haare zu waschen.

Als die Pantoffeln den Korridor entlangschlappten, setzte Kate sich mit ihrem Kaffee hin, griff sich die Zeitung und warf einen Blick hinein. Fortdauer der Rezession, schockierender Anstieg der Vergewaltigungen, ein Fall von Kindesmißbrauch, ein Minister, der eine Kabinettssitzung auffliegen ließ, ein Mord in Mayfair. Immer das gleiche.

9

Wie es so knarrte und klapperte und bedenklich über der Straße schaukelte, die den Dorfanger umrundete, ließ das Schild des Gasthauses Mortal Man die Dämmerung als etwas Gräßliches erscheinen. Der auf dem zitternden Schild abgebildete Gentleman war durchaus angemessen dargestellt, auch wenn seine leeren Augenhöhlen nicht so sehr die eigene Vergänglichkeit als die des Schildes widerzuspiegeln schienen. Es war eines der alten galgenartigen Schilder, die man schon vor mehr als hundert Jahren wegen der Verkehrsgefährdung verboten hatte. Wahrscheinlich gefährdete jedoch keinerlei Verkehr das schmale Gäßchen, das der Balken mit dem daran schaukelnden Schild überspannte.

Von außen betrachtet sah das Mortal Man mit seinem schwarzweißen Tudor-Fachwerk und dem Reetdach einem englischen Landgasthof recht ähnlich. Drinnen war ein spindeldürrer, auf einer Leiter stehender junger Mann gerade im Begriff, einen dieser Balken zu Kleinholz zu verarbeiten. Als Melrose seinen Blick nach links in die Gaststube und nach rechts zum Ausschank wandern ließ, dachte er, der Gasthof würde entweder gerade abgerissen oder wiederaufgebaut. Teile der Wandverkleidung lehnten an der Theke, ein goldgerahmter Spiegel mit munteren Cupidos benötigte dringend eine neue Versilberung, und ein Buntglasfenster schien erst kürzlich mit Brettern vernagelt worden zu sein.

Auf dem Flur war es entsprechend finster, und der türkische Teppich verlief wie ein Ariadnefaden zur düsteren Treppe hin. Ein Porzellanleopard bewachte wohl den Speiseraum zu seiner Linken. Zu seiner Rechten stand ein halbmondförmiger Tisch mit einem stämmigen Mann dahinter, der sich mit einem unsichtbaren Gegner stritt, und durch den Bogengang zu Melroses Linken kam und ging das Personal des Gasthauses – ein Zimmermädchen mit kessen Locken, das vom Gentleman hinter dem Schalter seinen Lohn verlangte, was dieser mit wüster Rhetorik zurückwies; eine Frau mit Kochtopf; ein Junge mit einem Notizbuch, gefolgt von einer schlammverkrusteten Promenadenmischung; ein dürres Mädchen mit Mop und lässig-schlapper Miene und ebensolchem Gewand.

Der Hund begrüßte den neuen Gast, indem er nach seinem Hosenaufschlag schnappte und sich ums Verrecken nicht abschütteln ließ, bis der Besitzer ihn mit einem Tritt verscheuchte. Nathan Warboys (so hatte er sich vorgestellt) breitete über dem Schalter und unter einem Schild mit der Aufschrift *Rezeption* die Arme aus und wollte Melrose einen herzlichen Empfang bereiten, indem er ihn gleich in ein paar Familiengeheimnisse einweihte.

«Und meine Sally. Ist zum Totlachen, wirklich, wie sie Nacht für Nacht anrückt, aufgetakelt bis zum Gehtnichtmehr. Hab gedacht, die bleibt mir sitzen, ehrlich, aber denkste, macht denselben Blödsinn wie die andere. Momang, Momang. Müssen hier unterschreiben, alles nach Vorschrift, mein Freund.» Worauf er ihm ein Formular zum Ausfüllen vor die Nase klatschte und derart heftig die Glocke betätigte, daß sie von der Theke sprang. Damit rief er den jungen Burschen mitsamt dem Terrier herbei, der in Erwartung seines zweiten Anschlags auf den Knöchel förmlich bebte. Während sie die enge Treppe hinaufstapften, deren Knarren und Ächzen wie ein Echo des Wirtshausschildes draußen klang, stellte sich der Junge als William Warboys vor. Der Hund hieß Osmond. Mitten während dieser quälenden Ersteigung einer bloß für eine Person geeigneten Treppe hatte Osmond sein stählernes Gebiß in die Spitze von Melroses Schuh geschlagen, und kein Schütteln konnte ihn dazu bewegen, ihn wieder loszulassen. Hob man den Schuh, hob man auch Osmond, der sich so hartnäckig daran festklammerte wie ein ohne Netz arbeitender Hochseilartist. Als William mit der Tasche nach dem Hund schlug, glitt sie ihm aus den Händen und klatschte Melrose bei ihrem Sturz in die dunkle Tiefe der Treppe gegen das Schienbein.

Als Melrose unter dem tropfenden Strohdach des Mortal Man zum Fenster hinausblickte, rieb er sich noch immer das Schienbein und fragte sich, ob der Knochen wohl noch ganz sei. Aus seinem Kniegelenk kam wie das Echo des Wirtshausschildes ein unbekanntes, schnarrendes Geräusch.

Er sah, daß weder der monotone Regen aufgehört noch der Nebel sich verzogen hatte. Die Bürgersteige waren verödet, die Dorfwiese auf der anderen Straßenseite leer bis auf ein paar Gänse und Schwäne, die über den Teich glitten und deren weiße Federkleider wie Totenhemden durch den Nebel zogen. Die normannische Kirche in der Mitte des Platzes wirkte verschlossen und abweisend. Er erkannte die schwach beleuchteten Fenster eines Cafés und ein paar Häuschen, die wie das Gasthaus reetgedeckt waren und so nahe beieinander standen, daß es aussah, als habe sie jemand zusammengenäht.

Lucinda St. Clair hatte gesagt, man würde ihn um sieben zu einem Drink abholen. Er war froh, daß es eine Einladung zu einem Drink und nicht zu einer Tasse Tee war, denn die hatte er gerade gehabt. Er hatte zwar keinen Tee bestellt, aber die formlose Sally Warboys brachte ihn trotzdem. Das Steingut hüpfte auf dem in ihren unsicheren Händen schwankenden Tablett, der Tee schwappte aus der Kanne, und die Serviette wurde naß. Auch nachdem Sally das Tablett abgesetzt hatte, tropfte noch Tee aus der Kanne und klirrte noch immer das Porzellan, als zittere es vor Angst, sie könne es wieder hochheben. Melrose hatte das Gefühl, die Warboys würden ihre Energie, die sie in keine Richtung lenken, geschweige denn beherrschen konnten, einfach in die Luft entweichen lassen, wo sie dann von Stühlen, Tischen, Glas und Bestecken aufgesogen wurde. Und jetzt gaben all diese Gegenstände sie in nervösen, kleinen bockigen Sätzen und Zuckungen wieder ab. Wahrscheinlich, dachte er, würde das alles irgendwann zu einem poeschen *dénouement* führen, wo das Mortal Man dann wie das Haus Usher zerbarst und zusammenkrachte und zu Staub zerfiel. Jeder Hammerschlag im Stockwerk unter ihm, jedes Warboyssche Brüllen bestätigte ihm, daß seine Befürchtung etwas für sich hatte.

Sally hart auf den Fersen, näherte sich Mrs. Warboys, eine untersetzte Frau, die sich ruckend und zuckend wie ein Schneebesen bewegte, während sie das Holzscheit in dem kleinen Kamin hin- und herstieß und dabei ein glühendes Aschestück, das sofort aufflammte, auf den verschlissenen Teppich beförderte. Mit vereinten Kräften gelang es ihnen, das Feuer auszustampfen, doch Mrs. Warboys ließ in ihrer Aufregung den Schürhaken auf Melroses Fuß fallen. Sie entschuldigte sich und machte sich sodann mit heftigen Bewegungen daran, eine Toilettengarnitur zurechtzurücken, wobei die beiden Flakons herunterfielen und zu Bruch gingen. Während sie ihm versicherte, daß Bobby das wieder aufräumen würde, zog sie ruckend die Musselinvorhänge zu und riß dabei das Ende der Vorhangstange aus der Verankerung, so daß das Ganze entsetzlich schief hing. Nach getaner Arbeit würde sie Bobby heraufschicken, um alles wieder herzurichten.

Schon näherte sich Bobby mit dem Hammer in der Hand und Entschlossenheit im Blick. Selbstverständlich würde er diese Vorhangstange wieder festhämmern, meinte er, bis Melrose ihn überzeugte, daß er Migräne habe und es ihm sowieso egal sei, wer in sein Fenster gucke. Nachdem Bobby derart an einem hingebungsvollen Hämmern gehindert worden war, schleuderte er Melrose einen finsteren Blick zu und verschwand.

Bobbys Stelle wurde jedoch sofort von William eingenommen, der wie ein Klempner mit Notizblock und Bleistift anrückte, um die Schäden an der Toilette einzuschätzen. Aus dem Badezimmer ertönte etwas, das nach einem Reißen klang, danach ein dumpfer Schlag: William war im Wasser der übergelaufenen Toilette ausgerutscht und in die Badewanne gefallen. Dabei hatte er bei dem Versuch, das Gleichgewicht zu halten, den Duschvorhang mit heruntergerissen.

Melrose fragte sich allmählich, ob ein Aufenthalt im Mortal Man möglicherweise von so kurzer Dauer sei, daß jedes Familienmitglied den Gast zumindest einmal sehen wollte, ehe der das Zeitliche segnete.

Als die Tür hinter William ins Schloß krachte, meinte Melrose, das müßten ja nun schon alle gewesen sein, bis er das Kratzen an der Tür hörte.

Offensichtlich hing sein Wohlbefinden wirklich davon ab, daß er sich verdrückte.

In der Dunkelheit vor dem Fenster der Schankstube war zwar wenig zu sehen, doch Melrose empfand diesen Standort zumindest als sicher; denn wenn er plötzlich umkippte, würde ihn vielleicht ein Passant finden und Hilfe herbeirufen. Der Nebel trieb in Schwaden an den Straßenlaternen vorbei. Er lag wie ein Baldachin über dem Bürgersteig und ließ die hindurchwatende Gestalt, einen hochgewachsenen Mann in Schal und Jagdmütze, seltsam verstümmelt erscheinen. Das Gesicht des Mannes war lang und kummervoll, und die Tränensäcke unter seinen Augen erinnerten Melrose an Osmond. Er schüttelte Melrose die Hand und stellte sich traurig als St. John St. Clair, Lucindas Vater, vor. Vielleicht war es die unvermeidliche Tatsache, immer wieder über diesen Namen stolpern zu müssen, die St. John St. Clair so bedrückt und ernst aussehen ließ.

Sie gingen über die Straße zu dem großen alten Wagen, und sobald sie saßen, begann St. John St. Clair, als sei keine Zeit zu verlieren, Melroses Wissenslücken hinsichtlich Essiggurken zu schließen. Offensichtlich war er ein Essiggurken-Baron und erwies sich als recht bissig in seinen Bemerkungen über die hoffnungslose Existenz einer solchen Hoheit. Kein gutes Jahr für Gewürzgurken, schien der Sinn seiner Rede zu sein. Er erzählte das alles, während er das Getriebe seines Uralt-Morris würgte.

St. Clair wuchtete mit dem Handballen den Gang hinein, der Wagen machte einen Satz nach vorn, und sie schossen auf die Fahrbahn. Eine vereiste Stelle brachte sie ins Schleudern, und Melrose klatschte gegen das Armaturenbrett. St. Clair strangulierte nun beinahe das Lenkrad, um den Morris wieder auf Kurs zu bringen, und alles, ohne bei seinen Gurkengeschichten je aus dem Konzept zu geraten.

Melrose seufzte, murmelte etwas und rieb sich die Schulter. Er fragte sich zwar, ob er Somers Abbas jemals lebend verlassen würde, versuchte jedoch gleichzeitig, Verständnis aufzubringen. Drei unverheiratete Töchter zu haben (wie St. Clair ihm ernst mitgeteilt hatte), die alle unterm gleichen Dach lebten, und überdies seine Zeit und sein Talent den Essiggurken gewidmet zu haben, waren vielleicht nicht gerade die tröstlichsten Gedanken in einer Winternacht.

10

Als der Morris schlitternd vor dem Steeples zum Stehen kam, hätte Melrose, falls er irgendwelche Anteile an Shrewsbury Pickles and Fine Relishes besessen hätte, sofort seinen Börsenmakler angerufen, so grimmig waren St. John St. Clairs Prognosen für sein Unternehmen ausgefallen. Vielleicht verleiteten ihn die nun bevorstehenden düsteren Monate (der Gastgeber hatte sie so geschildert) zum ständigen Liebäugeln mit der Gefahr im Straßenverkehr.

Dem Zusammenstoß mit einem Lieferwagen, einer auf die Fahrbahn hängenden Weide und einer Steinmauer waren sie nur knapp entronnen. Und eben gerade hatte der Wagen den Schnee von einer Ligusterhecke geschüttelt und beinahe eine Vase mit gefrorenen Stengeln, die am Rand der breiten Freitreppe stand, umgestoßen. Wirklich eine Warboyssche Fahrt, dachte er, als er sich ein Stückchen Buchsbaumholz vom Mantel und einen Zweig von den Schuhen schnippte und St. John St. Clair die große und lebensgefährlich vereiste Treppe hinauf folgte.

Sybil St. Clair erhob sich mit ausgestreckten Armen und – wenn man sich ihr Kleid so betrachtete – mit fliegenden Fahnen, um ihn zu begrüßen. Das Kleid schien zum Großteil aus losen Enden und Tüchern zu bestehen, die aussahen, als würden sie gleich durch das lange Wohnzimmer davonflattern. Melrose sah, daß es ein sehr schöner Raum mit Rosenholzvertäfelung und einer Adam-Decke war. Vielmehr «gewesen war», denn Sybil, die sich etwas auf ihre innenarchitektonischen Fähigkeiten zugute hielt, hatte es völlig im Art-déco-Stil umgestaltet. Es gab einfach viel zuviel blaues Glas und grünen Marmor. Jetzt erinnerte er sich auch, daß sie eine recht umfangreiche Klientel hatte, die ganz versessen darauf war, daß Sybil für sie arbeitete. Er konnte sich allerdings kaum vorstellen, daß jemand, der auch nur ein Fünkchen Geschmack besaß, ihr Kunde würde. Sie brachte es fertig, Räume derart zu verschandeln, daß sie einen an alte Kinosäle erinnerten. Mit ihrem Flatterkleid und der fliegenden Haartracht, die überhaupt nicht zu ihrem rundlichen Gesicht paßte, erinnerte sogar sie selber an einen Filmstar von gestern.

Es blieb ihm nichts anderes übrig, als ihre beringten Hände zu ergreifen und sich den warmen Händedruck gefallen zu lassen, als sei er ein alter und lieber Freund. Mit ihrer flüsternden Art zu sprechen verstand es Sybil St. Clair, auch aus der kürzesten Bekanntschaft eine enge Beziehung zu machen.

Glücklicherweise teilten die St. Clair-Töchter den Hang ihrer Mutter zu Gefühlsergüssen nicht. Lucinda war einfach zu wohlerzogen und schüchtern, und die anderen waren abwechselnd zu hochnäsig oder erhaben. Die mittlere Tochter hieß Divinity und saß blaß und aufrecht auf einem harten Stuhl am Kamin. Die jüngste hieß Pearl und stellte sich auf einem vergoldeten Fauteuil zur Schau. Melrose fragte sich, ob die Mutter wohl einen Preis auf den Kopf der einen und einen Schleier auf den der anderen hatte setzen wollen. Pearl spielte mit einer sehr langen und kostspieligen Haarsträhne, und Divinity bot ihm eine schlaffe Hand und schenkte ihm ein schiefes Lächeln, das wahrscheinlich besagen sollte, daß sich diese kleine Zusammenkunft weit unter der Würde ihres himmlischen Auftrags befand.

Ein Jammer, daß die freundliche und aufrichtige Lucinda das lange Gesicht und die traurigen Augen ihres Vaters geerbt hatte. Und das Kleid schmeichelte ihr auch nicht gerade, möglicherweise aber dem Geschäft ihres Vaters, denn es hatte einen häßlichen Gewürzgurkenton, der durch das Kaminfeuer auf ihr Gesicht zurückgeworfen wurde und seine fahle Blässe noch verstärkte.

Sybil wandte sich an Melrose: «Wir wollten eigentlich unbedingt, daß auch unsere Nachbarn, die Winslows, kommen. Aber sie haben es nicht geschafft. Wir versuchen wirklich alles, um ihnen zu helfen.» Sybil seufzte und nahm sich ein raffiniert dekoriertes Canapé von einem Art-nouveau-Tablett.

Ehe Melrose noch fragen konnte, warum ihre Nachbarin denn Hilfe brauchte, sagte St. John St. Clair: «Es wäre schön, wenn sie etwas näher wohnen würde.» Er überflog mit kritischem Blick die Canapés und wählte schließlich zwei, die er auf seinen kleinen Teller legte. «Oder wenn wir überhaupt Nachbarn in der Nähe hätten. Ich weiß nicht, wozu wir dieses ganze Land eigentlich brauchen.» Er seufzte.

«Mein Gott, Sinjin, du wolltest dich doch hier einkaufen. Du hast doch immer gesagt, daß du Land willst.»

«*Gutes* Land, ja», sagte St. Clair.

«Wie meinst du das? Das Land ist doch völlig in Ordnung.» Sybil schenkte Melrose ein unangenehmes kleines Lachen, als wolle sie ihm versichern, daß ihr Land nicht schlechter als jedes andere sei.

«Wir können im Grunde doch überhaupt nichts anbauen. Peters sagt mir ständig, daß auf diesem Boden nichts wächst.»

«Mach dich nicht lächerlich. Unser Garten ist doch wirklich wunderschön. Marion hat es erst vorgestern gesagt.»

«Der Garten der Winslows ist wunderschön, meine Liebe. Nicht unserer. Und natürlich sagt die arme Marion das, sie ist die Liebenswürdigkeit in Person. Mit ihren Buschrosen könnte sie Preise gewinnen. Bei uns gedeihen doch nur Kletterpflanzen, weil sie dem Mehltau und den Pilzkrankheiten offensichtlich am ehesten widerstehen, die wiederum großartig bei uns gedeihen.» Er sagte dies mit einer Resignation, die langjährige Vertrautheit mit den Wechselfällen von Trockenfäule und Pilzerkrankungen verriet. Dann biß er in sein Gurkensandwich, betrachtete es stirnrunzelnd und legte es kopfschüttelnd wieder auf den Teller zurück.

«Mein Gott! Ihr seid mir zwei», sagte Pearl und rückte sich das kleine Kissen im Kreuz zurecht. «Ich bezweifle, daß Mr. Plant sich für unseren Garten und unser Land interessiert!» Was vernünftiger klang, als er es von Pearl erwartet hätte. Bis sie dann hinzufügte: «Ich bin mir allerdings sicher, daß Mr. Plant auch einen Garten hat.»

«Ich bin auch davon überzeugt, daß er einen hat, einen schöneren», sagte St. John etwas traurig. «Darf ich Ihnen nachschenken, Mr. Plant...?»

«Bitte.»

«...wenn ich auch sehr bezweifle, daß Sie noch mehr Gin mögen. Er ist wirklich nicht gut. Vielleicht ist der Whisky besser. Ein kleines bißchen?» Er hob die Whiskykaraffe.

«Der Gin scheint mir ganz in Ordnung, danke.» St. Clair hob verwundert die Augenbrauen. «Tatsächlich? Na denn...» Ein wenig zweifelnd machte er sich ans Nachschenken, während er weiter über die Gärten hier und anderswo sprach. «Natürlich sind Ihre Gärten in Northants erheblich besser als unsere...»

Melrose lachte. «Also da täuschen Sie sich sehr, Mr. St. Clair. Sussex ist *die* Gartengegend. Immer gewesen.»

Während er Melrose das Glas reichte und sich wieder hinsetzte, sagte er: «Oh, ja, in der Tat. Bestimmte Gegenden von Sussex. Aber hier in Somers Abbas läßt die Nässe alles absaufen, was ihr in den Weg kommt.» Er probierte seinen frischen Drink und runzelte die Stirn.

«Das ist einfach lächerlich, Sinjin. Hören wir doch endlich mit diesem dummen Gartengeschwätz auf...»

«Du lieber Himmel», sagte Divinity, als sei der Ausdruck von dort oben herabgeschwebt.

«Wir wollten wirklich, daß die Winslows heute abend

kommen...» Eine Malzwhiskyflasche musternd, sagte St. John: «Ich verstehe schon, warum die arme Marion nicht unter Leute gehen wollte...»

«Arme Marion?» sagte Lucinda. «Ich finde, daß man eher vom armen David sprechen sollte.»

Sybil beugte sich nach vorn und fragte Melrose nachdrücklich: «Haben Sie gehört, was passiert ist?»

«Also wirklich, Mutter», sagte Divinity. «Wir sollten uns nicht mit diesem dummen Klatsch abgeben.»

Stirnrunzelnd stellte St. John die Flasche wieder an ihren Platz zurück und sagte: «Ich habe gar nichts gegen Klatsch oder Gerüchte, solange an ihnen nichts dran ist und durch das Weitererzählen deshalb auch kein Ruf ramponiert werden kann.» Er seufzte. «Aber dieser Fall macht einen allerdings schon stutzig. David Marr hat ja schon immer Pech gehabt – na ja, haben sie das nicht alle? Die unglücklichste Familie, die ich kenne, glaub ich, sogar unglücklicher als meine eigene. Edward war schließlich unglücklich verheiratet, stimmt's, meine Liebe? Hieß sie nicht Rose? Und hat sie ihn nicht mir nichts, dir nichts sitzenlassen? Doch, ich glaub, so war's. Und dann war da noch das kleine Mädchen, die arme kleine Phoebe, die bei diesem Unfall ums Leben kam. Und nicht zu vergessen Hugh. Hugh ist Marions Mann. Aber wir sehen ihn selten. Hugh lebt ganz allein in diesem Haus in Knightsbridge und kommt eigentlich nie.» St. John saß da, wurde noch ein bißchen trübsinniger und hielt schließlich inne wie einer, der in einer Höhle ein Streichholz nach dem anderen anreißt, nur um dann zusehen zu müssen, wie eins nach dem anderen und schließlich das letzte erlischt.

«Hugh lebt ja nicht direkt alleine», sagte Sybil. «Ich glaube auch nicht, daß Marion ihn wiederhaben will...»

«Ach, dazu sollten wir wirklich nichts sagen, meine Liebe. Wir wissen gar nicht genau, ob Hugh andere Frauen hat. Bestimmt nicht mehr als eine. Und dann gibt es noch den armen David, dem man die Verlobte ermordet hat.»

«Er war nicht mit ihr verlobt, Daddy», sagte Lucinda.

«Woher weißt du das denn?» fragte ihre Mutter.

«Marion hat es mir erzählt. Sie hat sie auf einer Cocktailparty kennengelernt. Im Londoner Haus. David und ein paar andere Leute waren da.»

«Dann war das Mädchen also schon im Haus?»

«Und was ist daran so komisch?» fragte Lucinda zornig. «Er hat sie eben mitgebracht.»

St. John warf einen prüfenden Blick auf den Teller mit den Canapés. «Es ist wirklich schade um die Jungs. Die beiden sollten sich endlich irgendwo häuslich niederlassen. Ich mag diese Fischpaste nicht. Ist jedenfalls nicht die Marke, die wir sonst immer nehmen.»

Pearl hatte ihren Platz verlassen, um sich vor das Feuer zu setzen, wo sie etwas von dem überschüssigen Licht, das von Divinitys Gestalt ausstrahlte, abbekommen konnte. «Edward wollte eigentlich heute abend vorbeikommen. Er wollte mir sein neues Buch bringen.»

«Aber ich habe es doch schon, meine Liebe», sagte ihr Vater. «Ich glaube, es ist im Auto.»

Sie verzog das Gesicht. Wenn schon nicht Edward Winslow das Buch brachte, wollte sie es offensichtlich gar nicht haben. Jetzt hatte sie keinen Vorwand mehr, um zum Haus der Winslows zu laufen und es selber abzuholen. «Ist Mr. Winslow Schriftsteller?»

«Dichter», sagte St. John. «Aber leider verkauft sich Lyrik ja nicht.»

Sybil lachte. «Das ist auch nicht nötig bei all ihrem Geld.

Nun, Mr. Plant, ich bin mir sicher, Sie überlegen es sich noch mal und wohnen hier bei uns.»

Es kam so überraschend, daß Melrose keine Zeit fand, ihr in die Parade zu fahren, ehe sie weitersprach.

«Es gibt einfach keinen Grund, warum Sie im Mortal Man wohnen sollten, wo wir doch ein halbes *Dutzend* wirklich schöner Zimmer haben.»

«Er möchte aber dort wohnen, Mutter», sagte Lucinda. Sie blickte unglücklich zu Melrose hinüber, als ihre Mutter, völlig taub gegenüber jedem Versuch, ihren Plan zu vereiteln, schon fortfuhr: «Ach, Lucinda, mach dich nicht lächerlich. Sie glauben, daß Sie uns Umstände machen. Aber das tun Sie doch gar nicht, und ich weiß wirklich nicht, warum Lucinda nicht darauf bestanden hat, daß Sie hier bei uns wohnen.»

«Mutter, er will nicht.»

«Lucinda, bitte. Ich habe ein Zimmer mit einem wirklich herrlichen Kamin herrichten lassen...»

«Er qualmt», sagte St. Clair und stellte seinen Whisky beiseite.

Melrose wurde schon langsam unruhig, als er sah, daß Sybil St. Clair nach dem Diener läutete. «Der Gasthof ist vorzüglich, Mrs. St. Clair, bitte machen Sie sich...»

«Er qualmt keineswegs, Sinjin. Parkins hat erst diesen Sommer nach ihm gesehen.»

«Parkins ist ein alter Pfuscher, meine Liebe.»

«Mutter...»

«Das Mortal Man ist ein architektonisches Juwel», sagte Melrose rasch, als der Diener Peters durch die Flügeltür trat. «Und wie ich Lucinda schon erzählt habe...»

«Wir können Peters hinschicken, damit er Ihre Sachen abholt. Er kann den Wagen nehmen.»

«Ich habe Lucinda erzählt» – Melrose strangulierte sein Whiskyglas geradezu –, «daß ich ein persönliches Interesse an Gasthöfen habe, und der Mortal Man ist ein bemerkenswertes Beispiel alter Postwirtshäuser ...»

«Das glaube ich nicht», sagte St. Clair, der zur Decke hochstarrte. «Ich glaube nicht, daß der Mortal Man ein besonderes Exemplar von irgend etwas sein kann.»

«Es macht uns wirklich überhaupt keine Umstände, Mr. Plant. Und es dauert nur einen Augenblick. Peter ...»

Melroses Lobrede auf das englische Wirtshaus würde (so hoffte er) Peters' Abfahrt doch noch vereiteln. «Sehen Sie, ich übernachte immer, wenn ich die Gelegenheit dazu habe, in Gasthöfen. Um die Wahrheit zu sagen, ich arbeite an so einer Art Studie über englische Wirtshäuser. Schließlich hat nur die Kirche eine reichere Geschichte ...»

«Oho!» sagte St. Clair und kräuselte die Lippen zu einem kleinen Lächeln. «Nicht unsere St. Mary, das versichere ich Ihnen ...»

«... vor dem offenen Feuer zu sitzen und zu sehen, wie das Kupfergeschirr aufleuchtet, durch den Torbogen in den kopfsteingepflasterten Hof zu fahren und sich die herumspazierenden Spielleute der elisabethanischen Zeit vorzustellen ...»

«Nicht beim Mortal Man. Das glaube ich nicht. Der Milchwagen hat schon einen Kotflügel verloren, und die Trittbretter sind ihm abgerissen. Und was die herumspazierenden Spielleute angeht, tja ... es sei denn, man sieht die Warboys als solche an. Man hat mir wirklich schon berichtet, daß er singt ...»

Nur das nicht auch noch, hoffte Melrose. «Die Fachwerkfassade, die Erker, die Keller, die Holzschnitzereien, die Dachsparren und Balken ...»

«Fäule und aufsteigende Feuchtigkeit», sagte St. Clair liebenswürdig.

In die sich überlappende Konversation mischte sich aus der Tiefe des Hauses das Läuten eines Telefons, und Peters, dessen Pflicht ihn rief, nickte und bat, das Gespräch entgegennehmen zu dürfen.

Melrose lehnte sich zurück und war so außer Atem, als sei er eine Meile gelaufen. Zwischen den Warboys und den St. Clairs fühlte er sich wie ein Objekt, das man mit Sack und Pack hin- und herschob, stehenließ und wieder aufhob, wegwarf und knuffte und gewöhnlich für ein Linsengericht verkaufte.

11

Das Frühstück war eine mit den üblichen Gefahren verbundene Angelegenheit. Er hätte wissen müssen, daß der Saft überlaufen, der Porridge umkippen und die Makrele vom Teller rutschen würde und er sich vorsichtshalber ein Lätzchen hätte umbinden sollen.

Während Melrose die von seinem Schoß gerettete Makrele verzehrte, lauschte er dem durchdringenden Geräusch, das aus der Küche erklang. Jedesmal wenn Sally Warboys die Tür aufstieß, um ihm ein weiteres Gericht zu bringen, schwoll es an und dann wieder ab. Vielleicht kratzte jemand in einem Topf, den man auf dem Herd vergessen hatte, vielleicht war es aber auch das jüngste Warboyskind (sie hatten auch noch ein Baby), das eigensinnig nach etwas verlangte. Vorher war schon das Scheppern zerbrechenden Steinguts und, während die Warboys ihre Gefechtsstellungen einnahmen, das übliche Durcheinander wütender Stimmen aus der Küche gedrungen.

Sally Warboys kam in einem Waschbrettgrau aus der Küche getrabt, um Melroses Teekanne abzustellen, die sie dabei gegen die Tischkante stieß, so daß das heiße Wasser über die ganze Tischdecke spritzte und seine Hand nur um wenige Zentimeter verfehlte. Die Warboys unfallträchtig zu nennen, hieße, ihnen Unrecht zu tun, fand er. Sie hatten etwas an sich, das nach tiefverwurzeltem Stammesverhalten roch.

Als er einen Fettfleck von seiner Manschette tupfte, bemerkte er, daß der Bursche, der ihm Portiersdienste geleistet hatte und seine Reisetasche hatte fallen lassen, in den Speiseraum gekommen war. Der Raum wurde nun einer Warboysschen Umwandlung unterzogen, und Bobby schwang oben auf der Leiter seinen Hammer.

William setzte sich an den Tisch am anderen Ende. Bei einem anderen wäre dies vielleicht ein «respektvoller Abstand» gewesen, doch bei einem Warboys wirkte es wie die erste Bewegung in einem Feldzug, aus dem als Sieger hervorzugehen Melrose bezweifelte. Der Junge saß steif da und starrte ihn mit einem so eindringlichen Blick an, daß er Melrose damit die Augen wie mit einem Brecheisen aufstemmte. In dieser wachsamen Haltung wurde er noch von Osmond unterstützt, der mit dem Kopf auf den Pfoten und unverwandten Blickes auf dem Fußboden lag. Melrose nahm an, daß dem Hund aus rein taktischen Gründen nichts anderes übrigblieb, da sich auch Truppen vor einem Überraschungsangriff erst einmal zurückziehen müssen. Er fragte sich, ob überhaupt schon jemals Gäste im Mortal Man abgestiegen waren, ehe er zufällig hier vorbeikam;

denn keiner von den Warboys schien zu wissen, was man mit einem Gast überhaupt anfangen sollte – ob man ihn nun am besten als Geisel nehmen oder doch lieber gleich umbringen sollte.

«Guten Morgen», sagte Melrose vergnügt. «Du bist doch sicherlich William?»

Der Junge reagierte sofort und kam zu ihm an den Tisch. Er setzte sich und legte ein kleines Notizheft und einen Bleistift beziehungsweise Bleistiftstummel neben den Teller mit Hörnchen und Butter, die Melrose gar nicht bestellt hatte. Als Melrose ihm anbot, sich eines zu nehmen, zog er den Teller und den Marmeladentopf mit einem Eifer zu sich heran, daß man den Eindruck bekam, er habe bis jetzt von Gefängnisrationen gelebt.

Melrose deutete auf das Heft. «Schreibst du etwas?»

Den Mund voll Marmeladenhörnchen nickte William heftig. Die Warboys hatten es sich offenbar antrainiert, keine Zeit auf überflüssige Gesten zu verschwenden.

«Was denn?»

«Eine Geschichte.» Er häufte Johannisbeergelee auf ein weiteres Hörnchen. «Ich hab schon mal eine geschrieben und damit einen Preis gewonnen.»

«Tatsächlich?»

«Zehn Pfund. Mum hat sich ein neues Kleid gekauft.»

«Das war sehr großzügig von dir, ihr dein Preisgeld zu überlassen.»

«Hab ich gar nicht. Sie hat's genommen.»

Da er keinerlei Groll aus dieser Bemerkung heraushören konnte, nahm Melrose an, daß dies bei den Warboys üblich war. «Wovon handelt die neue Geschichte denn?»

«Chillington hat einen Wettbewerb ausgeschrieben, und das Preisgeld sind fünfzig Pfund...»

Melrose runzelte die Stirn. «Der einzige Chillington, den ich kenne, ist eine Brauerei.»

William nickte. «Das sind die, die diese Pubs mit den Eichhörnchen drinnen haben...»

Während William schwieg, um einen weiteren Marmeladenbatzen auf seinem Hörnchen zu plazieren, versuchte Melrose sich ein Pub voller Eichhörnchen vorzustellen.

Der Junge fuhr fort: «Das Squirrel and Pickle, das Squirrel and Mouse, Sie wissen schon... in jedem ist ein Eichhörnchen. Deswegen wollen sie eine Geschichte über ein Eichhörnchen, damit sie jeden Monat ein kurzes Stück daraus auf ihre Bierdeckel drucken können. Hier...»

Er griff in seine Hosentasche und brachte ein schon etwas verschmutztes Pappdeckelquadrat zum Vorschein. Man sah darauf die Abbildung eines Eichhörnchens, das, in ein kariertes Badetuch gewickelt, behaglich in seiner Baumhöhle saß, und darunter stand: «Fünfzig Pfund Preisgeld. Mum will eine Heizung in der Toilette haben. Ich kann es nicht ausstehen, wenn ich noch verschlafen bin und auf die Toilette runter muß. Heute morgen war die Kette vereist.»

«Klingt ja ziemlich seltsam.»

«Kann ich einen Tee haben?»

«Was? Oh, ja. Ich glaube, er ist noch heiß.» Vorsichtshalber übernahm Melrose das Einschenken. «Wie weit bist du denn bis jetzt?» Er wies auf Williams Notizheft.

William hörte auf, den Tee zu schlürfen, und öffnete das Heft. «‹Sidney fiel nach hinten. An seinem Anorak klebte Blut. Die seltsame Gestalt verschwand im Gebüsch.› Sidney ist das Eichhörnchen.»

«Eine spannende Geschichte. Und woher kommt das Blut?»

«Ich weiß nicht.»

«Ist er tot? Oder stirbt er gerade?»

«Ich weiß nicht.»

Melrose überlegte, ob Polly Praed vielleicht auf diese Weise ihre Krimis schrieb.

«Sein Freund Weldon ist vielleicht tot», sagte William und leckte die Marmelade vom Messer.

«Wer ist Weldon?»

«Ein Wiesel.»

Allmählich klang das nach einer nicht ganz jugendfreien Version von *Der Wind in den Weiden.* «Ist Weldon umgebracht worden?»

«Wer weiß. Vielleicht mit einem Messer», sagte er und benutzte sein eigenes zu Demonstrationszwecken.

Melrose rückte seinen Stuhl ein wenig zurück. «Was soll denn die Leiche im Gebüsch?»

«Ich weiß nicht.»

War schon besser, wenn ein Warboys seinen angeborenen Zerstörungswahn so abreagierte, auch wenn die Geschichte noch einige Lücken aufwies. «Ich finde, du hast da noch keine rechte Ausgangsbasis. Vielleicht wirst du trotzdem eines Tages noch mal reich, wenn du beim Geschichtenschreiben bleibst.»

William meinte, er mache sich nichts aus Reichtum. Er hätte bloß gern eine Heizung auf dem Klo.

«Das klingt vernünftig. Mir wär's lieber, du würdest aufhören, mit diesem Messer rumzuspielen.»

«Ich hatte mal ein Wiesel. Jetzt ist es wieder da draußen. Bei den anderen.»

«‹Den anderen›?» Melrose fragte sich allmählich, ob dies vielleicht doch kein Wirtshaus, sondern ein hitchcocksches Motel war.

«Genau. Auf dem Friedhof. Sie sterben, und ich begrab

sie.» William wischte sich den Tod und die Krümel von den Händen und rüttelte Osmond wach. «Eine Dame und ein Herr wollen Sie übrigens sprechen.» Er wies mit dem Kopf nach hinten. «Draußen im Gang.»

«Heißt das, sie warten schon die ganze Zeit?»

«Sagten, ich soll Ihnen was ausrichten.» William war aufgestanden. Offensichtlich langweilte er sich und blinzelte schon nach der Küche, die viel interessanter zu sein schien.

Melrose sprang auf. «Was denn?»

William studierte seine Notizen. «Kann mich nicht mehr erinnern. Aber Sie können sie ja selber fragen.» Und schon war er weg, gefolgt von Osmond, der noch einmal nach Melroses Knöchel schnappte, bevor er tapptapp davontrottete.

DER MANN WAR EDWARD WINSLOW, und Melrose hörte gerade noch den Schluß seiner Unterhaltung mit Nathan Warboys, der jetzt mal nachsehen wollte, was das Dröhnen und Hämmern in der Schankstube zu bedeuten habe.

Sie seien hergekommen, sagte Lucinda, um Melrose zum Morgenkaffee abzuholen. David sei aus London eingetroffen.

Der Gesichtsausdruck, mit dem sie von David sprach, bestätigte erneut Melroses Überzeugung, daß Liebe mit Sicherheit blind macht. Er mußte David Marr gar nicht mehr kennenlernen, um sich darüber zu wundern, wie eine junge Frau diesem Edward Winslow noch einen anderen Mann vorziehen konnte.

Er war äußerst attraktiv: Haare in der Farbe von hellem

Portwein, Augen wie feuriger Brandy. Vielleicht war es die Nähe des Tresens und Nathans Fixierung auf seinen schönen Vorrat von Bieren und Spirituosen, die Melrose diese hochgeistigen Metaphern eingab. Dennoch waren das die Farben Winslows. Und der Rest von ihm war dieser Pracht durchaus ebenbürtig. Er war der Typ, der jedem Mann einen Spiegel vorhielt: Man konnte ihn nicht ansehen, ohne daß man das Gefühl bekam, seinen Schlips zurechtrücken und seinen Schneider verfluchen zu müssen. Winslow hatte überhaupt nichts Modisches an sich und erst recht nichts Trendmäßiges. Mit seiner goldockerfarbenen Kaschmirjacke und der unibraunen Seidenkrawatte war er ein Muster lässiger Eleganz. Er würde bestimmt, ohne sich etwas dabei zu denken, einen Trenchcoat über einem Abendanzug tragen.

Und daß der Mann in einem Warboys-Monolog potentielle Anknüpfungspunkte für ein Gespräch entdeckte, war ein Zeichen außerordentlicher Phantasie, sogar für einen Dichter, der schon etwas publiziert hatte.

Als Edward ihn anlächelte und ihm die Hand schüttelte, verstand Melrose, warum sich Pearl fast mit ihrer Halskette stranguliert hatte, weil Edward nicht persönlich sein Buch gebracht hatte.

Wenn der Gedanke an Strangulation auch nicht gerade von gutem Geschmack zeugte, ging Melrose durch den Kopf, als sie in die Kälte und Nässe hinaus zu Edwards Wagen gingen – einem schwarzen BMW selbstverständlich, dem Savile Row unter den Automobilen. Nicht protzig, lediglich solide gebaut und unverwüstlich. Melrose glitt auf den Rücksitz, und die Türen klonkten ein. Er dachte an seinen Flying Spur, seinen Silver Ghost. Vielleicht konnten sie sich ja über Gedichte unterhalten.

12

David Marr war in der Bibliothek und bereits um zehn Uhr morgens dabei, sich zu betrinken. Er stand neben einer Kommode aus Lack und Goldbronze, die aussah, als sollte sie eigentlich eher in einem Museum stehen, statt als Bartisch zu dienen.

Tatsächlich sah die ganze Winslow-Bibliothek danach aus, als hätte Marshall Trueblood hier selig seinen Geist aushauchen können. Wenn das Haus von außen auch bedrückend öde gewirkt hatte – unbehauener Granit überragte mit all seiner mittelalterlichen Schwere dichtes und verknäultes Gehölz –, so fand sich in der Bibliothek nichts mehr von dieser Schlichtheit. Ein italienischer Marmorkamin wurde von Wandverkleidungen in Basreliefs flankiert, die Polstermöbel waren mit italienischem Brokatsamt bezogen, die Tapeten und Vorhänge von William Morris entworfen. An den Wänden hingen Familienporträts, Ölgemälde, Aquarelle, belgische Wandteppiche. Melrose hätte gern mehrere Stunden mit diesen prächtigen Bänden in den Bogennischen verbracht und noch ein paar Stunden, um die Gemälde und Porträts zu studieren. Neben einer belgischen Tapisserie hing etwas, das nach einem Pissaro aussah und daneben ein Millet, die freundliche und friedliche Darstellung eines reetgedeckten Wirtshauses, recht ansprechend, dachte er, trotz seiner momentanen Zweifel, ob reetgedeckte Gasthäuser überhaupt etwas zum allgemeinen Glück auf der Welt beitrugen.

David Marr hielt eine Flasche Wodka hoch. «Haben Sie Lust auf ein Salzwasser?» sagte er, sobald man sie einander vorgestellt hatte.

Melrose lächelte. «Nie davon gehört.»

«Zwei Teile Wodka, genausoviel Ginger Ale und einen Schuß Grenadine.»

Er goß die doppelte Menge Wodka in sein Glas. «Hat was Romantisches an sich, erinnert mich ans Meer. Natürlich» – er stellte die Flasche wieder ab – «lasse ich die Grenadine weg. Eigentlich laß ich auch das Ginger Ale weg. Wollen Sie wirklich keinen? Ned? Lucinda?»

«Nein, danke», sagte Edward Winslow. «Wie ich sehe, trinkst du keinen Brandy mehr.»

David Marr sank auf eins von zwei Queen-Anne-Sofas und glitt auf dem Rücken lehneabwärts. Er war ein attraktiver Mann und sah seinem Neffen ähnlich, obwohl er von den Farben her ein anderer Typ war. Edward war blond, er dunkel, seine Augen glitzerten schwarz und intensiv, Splitter vom Nachthimmel. Zu intensiv, um das betrunkene Playboy-Gehabe glaubhaft zu machen, und das Herumlümmeln auf dem Sofa zeugte nicht gerade von Selbstbewußtsein.

Während er sich mit äußerster Konzentration einen Drink abmaß, meinte er: «Lucinda hat erzählt, Sie wohnen im Mortal Man. Und nun sind Sie hier und immer noch am Leben und können uns darüber berichten.» Er stellte die Flasche ab, wandte sich um und lächelte Melrose an.

«Ich lebe tatsächlich noch. Werden die Warboys eigentlich nicht laufend beschimpft oder verklagt oder sonst was? Bis jetzt bin ich dreimal knapp einer Katastrophe entgangen – mein Teppich hätte fast Feuer gefangen, mein Koffer ist auf mich gestürzt, und das Frühstück ist auf meinem Schoß gelandet. Dieses Haus ist ein Minenfeld. Aber die Warboys bewältigen das alles spielend und machen unerschrocken weiter.»

«Bis jetzt hat sie meines Wissens niemand verklagt», sagte Lucinda. «Aber ich glaube nicht, daß sie viele Übernachtungen haben. Wie wär's denn jetzt mit einem Kaffee?»

«Ja, gern. Was die Gäste angeht: Sie haben sie ja vielleicht reingehen sehen. Aber haben Sie sie auch wieder rauskommen sehen?»

David lachte und fragte dann Edward: «Wo zum Teufel bleiben die Dienstboten?»

«Bunbury besuchen», sagte Ned Winslow lächelnd.

«Wen bitte?»

«Wer ist Bunbury?» fragte Lucinda.

«Bunbury war Swinburnes legendärer alter Freund. Erinnert ihr euch nicht? Jedesmal, wenn er aus London weg wollte, sagte er, der alte Bunbury sei krank. Ich sollte mich aber wohl nicht beklagen, ich mache es ja genauso. Hauptsache weg aus London. Vermutlich hat Lucinda Ihnen erzählt, was passiert ist.» Er sah Melrose an, stand wieder auf und steuerte auf den Wodka zu. «Ich bin der Polizei gern bei ihren Nachforschungen behilflich» – er lächelte –, «aber es wird allmählich lästig. Wenn nicht sogar gefährlich.»

«Es gibt keinerlei Beweise, David», sagte Lucinda. «Bis jetzt haben sie nichts gefunden.»

Davids Hand mit der Brandykaraffe verharrte mitten in der Bewegung: «Dieses ‹bis jetzt› klingt ja ganz nett. Aber der Gedanke, daß sie morgen vielleicht in ganz Hays Mews meine Fingerabdrücke finden, ist nicht gerade beruhigend.»

«Das passiert ja auch nicht», sagte Ned kurz und ging zum Kamin, um das Feuer zu schüren. Er wandte sich um, legte den Arm auf den grünen Marmor und nahm eine ähnliche Haltung ein wie auf dem darüberhängenden Porträt. Es war ein Porträt von allen drei – die Frau darauf ähnelte David Marr so stark, daß sie seine Zwillingsschwester hätte sein können. Melrose konnte nicht mit Bestimmtheit sagen, was das Gemälde so überzeugend machte: Vielleicht das, was es über das Verhältnis der drei zueinander aussagte. Melrose fragte sich, wo der Ehemann abgeblieben war. Vielleicht hatte St. Clair recht. «Das passiert schon deshalb nicht, weil du nichts damit zu tun hast», sagte Ned.

«Wenn die Polizei das auch nur so sehen würde.»

«Wird sie schon.»

David rollte seinen Kopf an der Sofalehne abwechselnd nach links und rechts und seufzte. «Na ja, kein Grund zur Sorge. Es ist nur verdammt lästig, wenn sie dir verbieten, das Land zu verlassen. Warum will man auch immer dann gerade raus, wenn es verboten ist? Warum hat man gerade dann immer den Drang, nach Monte Carlo oder in den Himalaja zu reisen, wenn jemand darauf besteht, daß man zu Hause bleibt? Warum bloß?»

«Der Himalaja könnte dir ja vielleicht ganz guttun. Aber als du das letzte Mal in Monte Carlo warst, mußte Mutter dir Geld schicken.»

Ned Winslows Stimme klang äußerst gutmütig. Melrose hatte den Eindruck, als sähe jeder dem anderen sämtliche Schwächen nach.

David zuckte die Achseln. «Vielleicht sollte ich auch mal Bunbury besuchen. Übrigens hat Marion sich hingelegt. Sie fühlt sich nicht wohl. Hoffentlich nicht meinetwegen. Wo bleibt der Kaffee, Lucinda?»

Lucinda ging und tat, worum man sie gebeten hatte. Edward ging hinter ihr her, um ihr zu helfen. Melrose wunderte sich, wie sie sich einbilden konnte, bei diesem Mann, der ihren Rücken jetzt ohne ein Fünkchen von Interesse betrachtete, eine Chance zu haben. Es war wirklich ein Jammer. Edward und Lucinda schienen durchaus zusammenzupassen, wenn er sich auch fragte, was «Passen» damit zu tun hatte. Die Liebe war schließlich kein gutgeschnittener Anzug.

«Lucinda hat mir erzählt, Sie seien eine ziemliche Kapazität auf dem Gebiet der französischen Romantik.» Er lächelte. «Von der ich keine blasse Ahnung habe. Aber wußten Sie, daß Edward ein Dichter ist.» David erhob sich mit seinem Glas. Diesmal jedoch steuerte er die Bücherregale und nicht die Kommode an. Er zog einen Band heraus, den Melrose als ein Werk Edward Winslows wiedererkannte. «Sie sollten es lesen.»

«Hab ich schon. Lucinda hat mir das Exemplar gegeben, das, wie ich fürchte, für Pearl St. Clair gedacht war.»

David lachte. «Ich bin überzeugt, Pearl hatte nichts dagegen. Da muß sie wenigstens mal nicht so tun, als ob sie lesen könne.» Er blätterte im Buch und sagte: «Sie sind so einfach, diese Gedichte von Ned. Wahrscheinlich bedeutet das, daß sie altmodisch sind oder so was. «‹Wohin bist du gegangen, Elizabeth Vere ... ›» David klappte das Buch zu, stellte es wieder zurück ins Regal und ging zur Lackkommode. «Ned ist nicht besonders glücklich. Er sollte wieder heiraten.»

«Ich bin etwas überrascht, daß Sie das als eine Art Mittel zum Glücklichsein betrachten.» Melrose lächelte. «Wenn die St. Clairs auch nicht tratschen wollten, so haben sie mich doch beiläufig wissen lassen, daß Ihr Neffe einmal verheiratet war... mit einer Frau, die...»

«Nicht besonders verläßlich war. Nein, auf Rose war

überhaupt kein Verlaß.» Sein Lächeln war jetzt entschieden frostig, ein Riß im Eis. «Ned ist ein tiefes Wasser. Ganz anders als ich. Ich bin ungefähr nur so tief.» Er hielt die Flasche mit dem verbliebenen Schluck Wodka hoch.

«Oh, ich würde sagen, Sie haben ziemlich viel Ähnlichkeit miteinander.» Melrose blickte hinauf zum Porträt über dem Kaminsims. «Der Künstler, der das gemalt hat, scheint das auch so empfunden zu haben.»

«Paul Swann. Er kennt uns schon ziemlich lange, aber eigentlich sehe ich das nicht auf diesem Bild.»

«Ist er ein Freund von Ihnen?»

«Ja. Er wohnt in Shepherd Market in meiner Nähe. Paul war in dieser Nacht im Running Footman. Bloß war er, glaub ich, schon weg. Wenn meine Erinnerung nur nicht so getrübt wäre von dem da» – er hielt sein Glas hoch –, «dann wäre alles leichter. Glücklicherweise ist da noch dieses Telefongespräch mit meiner Schwester.»

Glücklicherweise, dachte sich Melrose.

Nach dem Kaffee standen sie in der Eingangshalle, inmitten von riesigen, mit Walnußholz vertäfelten Wandflächen und vor einer weitausschwingenden Treppe. Ned Winslow sollte Melrose zum Mortal Man zurückbringen. Lucinda sollte bleiben und David Gesellschaft leisten. Die einzige Gesellschaft, auf die David jedoch Wert zu legen schien, war die neue Wodkaflasche, die er entdeckt hatte.

Die Treppe herunter kam die Frau aus dem Porträt. Sie war groß und dunkel wie ihr Bruder und trug ihr mahagonifarbenes Haar lose zu einem Knoten verschlungen. Ihr Morgenmantel war aus tiefdunkelbraunem Samt.

Wenn das die arme Marion war, sprach ihre Erscheinung vor allem für die adelnde Wirkung des Unglücks.

Sie deutete eine Verneigung in Melroses Richtung an und entschuldigte sich dafür, daß sie nicht früher heruntergekommen sei. «Ich hatte fürchterliche Kopfschmerzen, Mr. Plant. Ich hoffe, Sie verzeihen mir.» Die Art, wie sie auf der Treppe stehenblieb, bestätigte ihre Absicht, so schnell wie möglich wieder hinaufzugehen. Dennoch erschien sie Melrose eher reserviert und zurückhaltend als kalt. Und sehr gut erzogen. Schließlich hätte sie ja überhaupt nicht herunterzukommen brauchen. Es hätte gereicht, wenn sie nur ihr Bedauern oder auch gar nichts hätte verlauten lassen. Er glaubte, daß sie Lucinda einen frostigen Blick zugeworfen hatte, wahrscheinlich weil sie ihren Sohn überhaupt erst dazu gebracht hatte, diesen Fremden einzuladen.

Melrose wünschte sich, sie bliebe länger. Er hätte sich gerne einen genaueren Eindruck von ihr verschafft, was vermutlich auch genau der Grund war, warum sie bald wieder verschwand. Unter den gegebenen Umständen dachte sie wohl, je kürzer die Bekanntschaft, um so besser.

«Meine Güte, Marion», sagte David, «warum gibst du den beiden Faulenzern frei, wenn dir nicht gut ist?»

Sie lächelte, doch auch das Lächeln konnte nicht bewirken, daß sich ihre hohe, kalte Stirn erwärmte. «Schon zu müde, David, um dir selber nachzuschenken?» In ihrem Ton lag kein echter Tadel. «Mach dir keine Sorgen, sie haben gesagt, sie wären heute oder morgen wieder zurück.»

«Ich finde ja nur, du solltest nicht hier allein sein und dich selber versorgen, das ist alles.»

«Na ja, jetzt bist du ja da und kümmerst dich um mich.» In ihren belustigten Ton mischte sich Besorgnis.

Als David jetzt die Treppe hinaufsah, lag ein seltsamer Ausdruck in seinem Gesicht. Ein angestrengter, fast entrückter Ausdruck, als sehe er zwar alles, höre aber nichts.

Melrose fand, daß in diesem Augenblick der Stille und höchsten Konzentration es wahrhaftig so war, als hätte man sie gerade gruppiert, um für das Porträt in der Bibliothek Modell zu stehen.

In der Ferne läutete ein Telefon, und Edward ging zu der Tür auf der gegenüberliegenden Seite der großen Halle.

«Oh, verdammt», sagte David. «Das ist die Polizei. Darauf wette ich meinen letzten Drink.» Als Edward durch die Tür verschwand, rief David ihm nach: «Nimm nicht ab, Ned, laß den verdammten Anrufbeantworter laufen. Dazu ist er...»

Er merkte wohl erst in dem Moment, als die Worte heraus waren, was er gesagt hatte; denn er verstummte abrupt und kippte den Rest seines Wodkas hinunter.

Da geht's zum Teufel, sein Alibi, dachte sich Melrose.

«Ist das der Garten, den Mr. St. Clair für den glücklichsten in ganz Sussex hält?» fragte Melrose. Sie waren ans Ende eines Pfades gelangt, der von Buchen umsäumt zu einem verwilderten Park führte. Der Park war auf einer Seite von einer langen, sich windenden, moosüberwachsenen und glyzinienbedeckten Mauer begrenzt, über der ein Baldachin aus Goldregen hing, von dessen Zweigen der Regen tropfte.

Edward Winslow lachte. «Ja, das ist er. Vielleicht ist er ja größer als seiner, aber besonders beeindruckend ist er sicher nicht. Aber versuchen sie das mal Sinjin zu erzählen. Sobald ihm etwas gehört, wird es furchtbar. Eine geradezu blindwütige Bescheidenheit. Aber er ist ein netter Mann. Eigentlich bin ich selber überrascht, daß John es schafft, alles so gut in Schuß zu halten.» Ned deutete mit der Hand auf den Gärtner in der Ferne, der unermüdlich an einer Araukarie herumzuhacken schien. «Der alte Griesgram hält sich zwar für Gertrude Jekyll, aber er macht gute Arbeit. Sehen Sie die Gartenmauer da drüben?» Ned wies mit einem Kopfnicken zum Goldregenhain. «Das ist unser Privatfriedhof. Mehrere Großtanten und meine Großeltern sind dort begraben. Und Phoebe.»

«Das muß ja ganz furchtbar gewesen sein.»

Ned schwieg einen Moment und starrte auf den kleinen Friedhof. «Wir hatten Phoebe alle so gern.»

«Das glaube ich Ihnen. Obwohl ich selber keine Kinder habe.»

«Ich auch nicht. Meine Frau wollte keine. Rose machte sich nicht viel aus dem Leben hier auf dem Land. Eigentlich machte sie sich wohl auch nicht viel aus mir und der Anwesenheit meiner Mutter. Mutter kann manchmal, wie Sie sich vielleicht denken können, etwas Furchteinflößendes an sich haben. Aber sie hat sich nie eingemischt, nie. Es ist allein ihre Gegenwart. Wir sind Wachs in ihren Händen, wissen Sie.»

Sein Ton verriet keinerlei Ressentiment. Melrose konnte sich sehr gut vorstellen, wie sie in Marion Winslows Händen zu Wachs wurden.

«Eines Tages wachte ich auf», fuhr Ned fort, «und sie war verschwunden. Ich weiß nicht, wohin. Sie hatte mal von den Vereinigten Staaten und Kanada gesprochen. Aber sie machte sich nicht die Mühe, mir eine Nachricht zu hinterlassen. Ich habe also keine Ahnung, wo sie ist.»

«Wohin bist du gegangen...?» Melrose mußte unwillkürlich an das Gedicht denken.

Ned löste seinen Blick von den Gräbern und blickte zur

Mauer und zum Himmel hinauf. «Sie hatte einen anderen, da bin ich mir sicher. Ich wußte nicht einmal, daß sie ihn trifft. Kannte ihn nicht einmal. So blind kann ein Dichter sein.»

«Oder eine Ehefrau.» Ned Winslow vermittelte ihm den Eindruck eines Mannes, der die Vergangenheit akzeptiert hatte, wie man einen verpaßten Zug auf einer überflüssigen Reise akzeptiert. Immer würde er auf einem Bahnsteig stehen oder mit leeren Koffern durchs Leben reisen.

Melrose hatte den schmalen Gedichtband mit sich herumgetragen und zog ihn jetzt aus der Tasche. Er blätterte rasch darin herum, bis er auf das von David erwähnte Gedicht stieß.

«Es ist sehr altmodisch, wie David ja immer sagt. Hat Reim, Metrum, Quartette.»

«Es läßt sich durchaus manches sagen zu dem, was Sie da als ‹altmodisch› bezeichnen. Hören Sie.» Melrose las:

«Wohin bist du gegangen, Elizabeth Vere,
So fern von Garten und Blüte und Baum?
Im Regen glänzt unser Bach ...»

Melrose blickte auf einen kleinen, teilweise vereisten Bach, der in der Nähe der Parkmauer dahinmäanderte. «Das klingt, als wäre dieser Garten damit gemeint. War es für eine bestimmte Person gedacht?» Er steckte das Buch wieder ein.

Ned stand da und blickte stirnrunzelnd zum Buchenhain hinüber. «Ein Schriftsteller weiß doch nie genau, was er meint, oder? Vielleicht ist das ja die wirkliche Blindheit – etwas nicht zu wissen.» Er wechselte das Thema. «Wenn Sie David kennen würden, wüßten Sie, daß er dieses Mädchen nicht erdrosselt haben kann. Es gibt sowieso keinen

Grund und kein Motiv. Ivy muß von einem Dieb oder dergleichen umgebracht worden sein. Halten Sie das nicht auch für das Naheliegendste?»

Ned Winslow sah Melrose an, als sei er ein Zauberer, der schon das richtige Kaninchen aus dem Hut ziehen würde. «Wenn das stimmt, hat der Mörder wirklich nicht viel gesucht. Anscheinend fehlt da jedes Motiv.»

«Aber bei David fehlt es doch auch. Er hatte kein Motiv.»

Melrose dachte an das, was Jury ihm von den Frauen Sheila Broome und Ivy Childess erzählt hatte. «‹Da glitt herein Porphyria›...»

Ned streckte die Hand aus, um Unkraut aus einer Mauerfuge zu zupfen. «Eine seltsame Anspielung, falls Sie David für den Typ ‹Porphyrias Liebhaber› halten...» Ned lachte. «Glauben Sie mir, seine Beziehung zu Ivy Childess hatte nichts mit Leidenschaft zu tun.» Er wandte Melrose diese feuchten, umbrafarbenen Augen zu. «Und wie steht's mit Porphyria?»

«Porphyria? Sie erschien mir immer ziemlich bemitleidenswert.»

«Und mir kam es immer so vor, als hätte sie ein bißchen was von einem Flittchen», sagte Ned mit einem Lächeln.

13

«Was ist denn bloss los mit dir, Dolly? Du bist eingeschnappt, na ja, vielleicht nicht eingeschnappt, aber zumindest gereizt, seit du hier bist.» Und während Kate die Teetasse und einen aufgebackenen Teekuchen vor ihre

Schwester hinstellte, fragte sie sich zum wiederholtenmal, warum Dolly überhaupt gekommen war. Bisher war sie immer im Frühling oder Sommer gekommen, vor allem im Sommer, wenn das milde Wetter und das ruhigere Meer es ihr erlaubten, ihre fast perfekte Figur zur Schau zu stellen. «Hat's mit deinem Job zu tun? Oder einem Mann? Was ist es denn?»

Dolly blickte zu ihrer Schwester auf. «Nichts dergleichen. Ich bin nur nicht so ganz in Form, das ist alles.» Sie war dabei, ihren Teekuchen aufzuschneiden.

«Daß du jetzt hier bist... du weißt ja, du bist immer willkommen... aber warum gerade jetzt?»

Dolly seufzte. «Das ist doch wohl klar. Schließlich ist Weihnachtszeit?»

Kate beobachtete, wie sie sich langsam wie eine Katze die Butter von den Fingern leckte. Dolly bewegte sich mit einer Schläfrigkeit, die etwas Katzenhaftes hatte und überhaupt nicht zu ihrem Temperament paßte. Die Gereiztheit, von der Kate eben gesprochen hatte, war zwar durchaus nichts Ungewöhnliches, in dieser Intensität allerdings schon.

«Es ist doch ein Mann, oder?» Das war es meistens bei Dolly.

«Nein.» Weiter sagte sie nichts mehr, während sie ihre hochhackigen, weichen Wildlederstiefel hochzog. Sie stülpte sich eine herrliche Kosakenmütze aus weißem Pelz auf den Kopf und stopfte die Haare darunter. Sie erinnerte Kate an ein Foto vom russischen Frühling: kaltes Licht, das auf Eis und Schnee herabscheint.

«Wo willst du hin?» Kate räumte das Teegeschirr ab.

«Bloß zu Pia.»

Das war wieder so ein Punkt, dachte Kate. Dolly wartete ständig darauf, daß das Schicksal in ihr Leben eingriff, rechnete immer damit, daß sich die Sterne zu ihren Gunsten neigten. Vor zwei Jahren war es das Medium gewesen und nach dessen Sündenfall kamen die Astrologin und die Kartenlegerin an die Reihe. Pia, der Dolly momentan ihre Zukunft anvertraute, war eine Hellseherin, die in Brighton für ihre Ehrlichkeit berühmt war. Von der Astrologin hatte keine Gefahr gedroht. Bei all den Türen, die das Horoskop offenläßt und durch die das Schicksal entfleuchen kann, ist Astrologie im allgemeinen harmlos. Leider war Pia Negra das nicht. Sie erzählte ihren Klienten stets, was sie wußte, ob nun gut oder schlecht. Und in Dollys Fall, vermutete Kate, mußte es ziemlich schlimm sein; denn oft kam sie nervöser und ängstlicher zurück, als sie gegangen war.

Es muß einfach ein Mann sein, dachte Kate zum wiederholtenmal. Der falsche, selbstverständlich. Woran lag es bloß, daß Dolly, die wahrscheinlich jeden Mann, den sie wollte, haben konnte, sich immer den falschen aussuchte? Manchmal war er verheiratet, manchmal zu alt und manchmal beides zusammen. Wann immer sie Kate von einem erzählte, der sich (zumindest in Kates Ohren) ungeheuer passend anhörte, klang Dolly gelangweilt.

Und da wurde es Kate auf einmal klar, daß Dolly, und nicht sie, die Verliererin, das unglückliche Objekt der besessenen Liebe ihres Vaters gewesen war. Er hatte ihr das Erbe seiner zwei gescheiterten Ehen, seiner katastrophalen Liebesaffären und Enttäuschungen hinterlassen. Und dann hatte er ihr auch noch die Mittel hinterlassen, sich das alles selber anzulachen. Dolly mußte nur dasitzen und sich bewundern lassen wie ihre Mutter, schön und jetzt auch noch reich. Vielleicht war das der wahre Grund dafür, warum Kate nicht bedauerte, daß er mit Ausnahme des Hauses alles Dolly vererbt hatte. Kate hatte sich immer als die Gefangene dieses Hauses gesehen. Aber war Dolly nicht eine Gefangene der weiten Welt? Hatte sie sich ihre Freiheit nicht mit großen Einschränkungen erkauft?

Zumindest hatte Dolly ihre Fernseharbeit, die ihr Halt gab, wenn sie ihr vielleicht auch mehr Ruhm einbrachte, als gut für sie war.

Mit ihrer kleinen Rolle war Dolly wahrscheinlich in die Tagträume der meisten Londoner Männer eingegangen.

Dritter Teil

Gartenmauer

14

Vom Wohnzimmer in Stella Broomes Reihenhaus sah man auf die gegenüberliegende Straßenseite, auf einen Waschsalon und ein chinesisches Restaurant mit Straßenverkauf namens Mr. Wong and Son.

Jury saß in einem der zwei Sessel auf einem Schonbezug mit verblichenem Chrysanthemenmuster. Der Vorleger war in der Mitte und an den Ecken mit Rosengirlanden verziert. Die Tapete bestand aus einer endlosen Wiederholung von Pagoden, römischen Säulen und hängenden Gärten, über deren Mauern sich Rosen und Glyzinien rankten. Stella Broomes Schürze war mit Kamelien bedruckt, und der Aschenbecher in ihrem Schoß roch nach Holz. Aus der Art, wie sie beim Inhalieren trocken hüstelte, schloß er auf ein beginnendes Emphysem. Er war froh, daß Wiggins jetzt nicht dabei war und sah, wie sie sich die nächste Zigarette am Stummel der gerade gerauchten anzündete. Sie war zwischen fünfzig und sechzig, übergewichtig, und ihr Aussehen war ihr gleichgültig. Ihr Gesicht war rund, die Haut straff und ein wenig fettig, so daß sich das Kamelienmuster der Schürze darin spiegelte.

Es war schon deprimierend – dieser tote Garten von einem Zimmer, und wie um zu betonen, daß nichts atmete oder sich rührte, stand hier und dort, auf Tischen und Kaminsims, eine Vase mit Plastik-, Papier- oder Trockenblumen.

Stella Broome sprach über den Tod ihrer Tochter: «Ich hab's ihr ja immer wieder gesagt. Hab ihr gesagt, daß sie noch mal Ärger kriegt durch dieses Per-Anhalter-Fahren. Aber sie wollte ja nicht auf mich hören, die doch nicht.» Sie schüttelte den Kopf und griff wieder nach ihrem Sherryglas.

Daß sie über den Tod sprach, als habe die Tochter damit gegen ein elterliches Verbot verstoßen, erschien Jury wie der Versuch, die Tatsache zu verdrängen und die Tochter wieder zurückzuholen – etwas spät vielleicht, vielleicht auch besoffen, aber immerhin.

«Nein, ich kann Ihnen nicht helfen. Ich weiß nur, daß Sheila am Morgen zur Arbeit gegangen ist und gesagt hat, daß sie 'ne Mitfahrgelegenheit nach Bristol hat.»

«Nach unseren Ermittlungen sieht es nicht so aus, als hätte sie dort jemanden gekannt», sagte Jury.

«Oh, das hätte Sheila nicht gestört. Sie wollte einfach nur weg. Sie wollte schon immer weg.» Stella Broome goß sich ein weiteres Glas ein und zog ein Papiertuch aus der Schachtel, die neben einem silbergerahmten Foto von Sheila stand.

«Was wissen Sie über ihre Freunde, Mrs. Broome? Über den Burschen, mit dem sie ging, zum Beispiel.»

«Ich hab der Polizei das alles schon mal erzählt. Dieser Commander oder wie immer er sich auch nennt...»

«Divisional Commander.» Jury mußte lächeln. So wie sie redete, klang es, als hätte Macalvie einen Dienstgrad nach dem anderen aus dem Hut gezaubert.

«Wie auch immer. Belästigung nenn ich so was.» Sie zündete sich wieder eine Zigarette an.

«Divisional Commander Macalvie ist sehr gründlich. Und manchmal sieht das vielleicht nach Belästigung aus …» Und manchmal ist es das auch, dachte er. «… aber bekanntlich vergessen Zeugen manchmal Details, die ihnen möglicherweise wieder einfallen, wenn man ihnen die Fragen noch einmal stellt.» Vor allem, wenn sie beim erstenmal gelogen haben. Wenn Jury auch nicht unbedingt glaubte, daß die Mutter log.

«Vielleicht», sagte sie. Es klang zweifelnd. «Da wäre der Gerald, Gerald Fox. Das war sozusagen ihr Freund.» Sie schniefte. «Obwohl ich sagen muß, er war ihretwegen fix und fertig …» Stella Broome preßte sich das zerknüllte Papiertuch an den Mund, um einen Tränenerguß zuvorzukommen.

Vielleicht lag es an dem vielen Sherry, dachte er, aber vielleicht trug der auch nur dazu bei, aufgestaute Gefühle freizusetzen. Er fragte sich, ob sie durch die vielen Blumen in der Wohnung nicht unbewußt Gefühle ausdrücken wollte, die sie ansonsten unterdrückte. Stella Broome hielt sich wahrscheinlich etwas auf ihre Härte zugute. Bestimmt war sie ihr Leben lang einsam gewesen. Vielleicht benötigte sie all ihre Kräfte, um sich gegen diesen neuen Anschlag zu verteidigen. Deshalb auch ihre bissige Kritik.

«Ob ich wohl ein bißchen von dem Sherry haben könnte?» fragte Jury. Auf diese Weise konnte er ihr ein wenig Gesellschaft leisten. Er schenkte ihr ein und ging in die Küche, um sich ein zweites Glas zu holen. So blieben ihr ein paar Minuten zum Heulen, ohne von Scotland Yard angestarrt zu werden.

«Danke.» Sie schneuzte sich die Nase. «Weiß gar nicht, was über mich gekommen ist.»

«Tun Sie sich keinen Zwang an, Mrs. Broome.» Innerlich mußte er lächeln. Er redete schon wie Wiggins. Er fragte noch einmal nach Gerald Fox und spürte, daß er sich nur wiederholte. Macalvie hätte sie viel gründlicher bearbeitet.

«Ja, nun ja, er war Sheila völlig ergeben, und sie hat ihn behandelt, als wär er Luft. Tat mir manchmal leid, wirklich. Nur deswegen ist sie immer nach London gefahren – um ihn eifersüchtig zu machen. Oh, ich weiß, daß das wahrscheinlich alles gelogen war, die Männer, mit denen sie angeblich ausgegangen ist. Ein alter Kerl mit 'nem Haufen Geld, den sie immer ihren Sugar Daddy nannte – das war der eine. Sie sagte, er würde in seinem Superschlitten hier vorbeikommen und sie abholen. Wer's glaubt. Dann war da noch ein Tänzer aus irgendeinem West End-Musical, sicherlich schwul und...»

Jury unterbrach sie. «Hat sie je einen Namen erwähnt?»

«Guy Soundso. Das war der Tänzer. Er hatte ein tolles Auto, irgendeine ausländische Marke. Alle von denen hatten tolle Autos, von denen Sheila ganz hin war. Tolle Autos und tolle Männer, das war ihr Stil. Na schön, sie hatte keinen Führerschein. Das heißt, sie haben ihn ihr wegen Trunkenheit am Steuer weggenommen. Wenn Sie mich fragen: Die hatten schon recht. Wird sowieso zuviel getrunken heutzutage.» Traurig blickte sie auf ihr Glas. Vielleicht dachte sie, daß sie selber nicht das beste Vorbild gewesen war, daß sie Sheila vielleicht selber vom geraden und schmalen Pfad der Tugend abgebracht hatte. «Hätt ich wieder geheiratet, wär sie vielleicht nicht so wild geworden. Es braucht schon einen Mann, um so einem Mädchen den Kopf zurechtzusetzen. Alle diese Männer hätten sie umworben, sagte sie...»

Stella Broome drückte sich die Fingerspitzen an die Stirn, als bekäme sie von den Erinnerungen Kopfschmerzen. Schließlich schüttelte sie den Kopf. «Ich weiß nur, daß Sheila ständig von diesen Kerlen geredet hat, wahrscheinlich auch vor Gerald, um ihn eifersüchtig zu machen. Ich weiß nicht mal, ob sie die Wahrheit gesagt hat. Warum sollte denn irgend so ein reicher Mann um Sheila rumscharwenzeln?»

Jury sah auf das Foto, das neben der Sherryflasche stand. «Sie war sehr hübsch.» Auf eine nuttige Art, fand er. Zuviel Make-up, gebleichtes Haar. Wie hatte Macalvie gesagt – «wasserstoffblond»? Jury runzelte die Stirn. «Sie haben von einem älteren Mann gesprochen. Was hat sie von ihm erzählt?»

«Von ihm? Ich weiß nicht mehr genau. Wenn sie damit anfing, hab ich manchmal einfach abgeschaltet. All diese Männer, die sie angeblich am Gängelband hatte.» Ihre Stirn furchte sich vor lauter Anstrengung, und sie hörte abrupt auf zu schaukeln. «Dieser Lkw-Fahrer, der sie mitgenommen hat. Den haben sie gehen lassen.» Stella Broome drückte das Taschentuch wieder unter die Nase und zitterte.

«Eine Kellnerin vom Little Chef hat sie aus dem Führerhaus aussteigen und den Sattelschlepper wegfahren sehen. Divisional Commander Macalvie war froh, daß der nichts damit zu tun hatte.»

«Nun ja, es ist vorbei. Ich weiß nicht, warum die Polizei das jetzt alles wieder aufrührt. Irgendein Wahnsinniger hat sie mitgenommen. Irgend so ein Wahnsinniger.»

«Ja, das ist durchaus möglich. Aber ich will Ihnen sagen, warum wir nicht lockerlassen, Mrs. Broome. In London wurde eine Frau getötet, und zwar auf die gleiche Weise wie Ihre Tochter, mit ihrem eigenen Schal.»

Abrupt hörte sie auf zu schaukeln. «Meine Güte, das ist ja schrecklich. Glauben Sie, daß es der gleiche war?»

«Wegen der Methode wäre das schon denkbar.»

«Aber dann muß es ja so sein, wie ich gesagt habe. Ein Verrückter.»

«Hat Ihre Tochter je einen gewissen David erwähnt?»

«Nicht daß ich wüßte.» Sie hatte noch ein- oder zweimal zu tief in die Sherryflasche geguckt. Inzwischen war sie bei ihrem vierten oder fünften. Die Worte klangen undeutlich, als sie sagte: «Glaube nicht, daß sie den Namen jemals erwähnt hat.» Stella schien die Tapete über Jurys Schulter zu studieren, machte vielleicht gerade einen imaginären Spaziergang durch ihren botanischen Garten.

Er wartete einen Augenblick, um zu sehen, ob ihr noch etwas einfiel. Doch sie schien sich trinkend in den Schlaf zu schaukeln. Ihr Kopf nickte wie eine Blume auf dem Stengel. Er stand auf und sagte: «Ich werde jetzt wohl besser gehen, Mrs. Broome. Wenn Sie sich noch an was erinnern sollten, was es auch ist, melden Sie sich bitte.»

Ihr Kopf fuhr in die Höhe, und sie schüttelte sich. «Ja.» Sie stand mit großer Mühe auf und hielt sich an der Sofalehne fest. «Aber diesen Commander oder wie er auch heißt, den ruf ich nicht an.» Auf dem Weg zur Tür riß sie die Trockenblumen vom Tisch und wischte mit den Fingern darüber, um sie abzustauben. «Wo kann ich Sie erreichen?»

Jury reichte ihr seine Karte. «New Scotland Yard. Rufen Sie einfach diese Nummer an, Mrs. Broome.»

Sie schien ihn jetzt mit dem gleichen Widerwillen gehen zu lassen, mit dem sie ihn empfangen hatte. Immer wieder starrte sie auf seine Karte, als wäre sie möglicherweise ein Glücksbringer.

Er ließ sie nicht gerne allein, aber er konnte schließlich nicht den ganzen Tag hierbleiben. Und dann gäbe es ja auch immer noch einen nächsten Tag, dem man ins Auge blicken mußte. Jury sah sich im Zimmer um, sah die getrockneten Sträuße, die ummauerten Gärten. Bruchstücke aus einem Gedicht fielen ihm ein... *Schweig still, die hängenden Gärten sind ein Traum... weht über persischen Rosen, weht und küßt...* Auf was hätte «küßt» sich gereimt? Er konnte sich nicht erinnern, aus welchem Gedicht die Zeilen stammten oder wem dieser Kuß galt. Einer Königin, dachte er. Die Sheila Broome gerne gewesen wäre, vielleicht.

«Ihre Tapete gefällt mir. Sie ist sehr... hübsch», fügte er lahm hinzu, weil ihm einfach kein besseres Wort einfiel. «Auf Wiedersehen, Mrs. Broome. Und vergessen Sie nicht anzurufen. Sie haben mir sehr geholfen.»

Auf dem Bürgersteig blickte er zurück. Immer noch stand sie da und umklammerte ihren unechten Strauß. Ob die junge Stella damals ihren Brautstrauß wohl so umklammert hatte? Wahrscheinlich hatte sie das Glück eines solchen Tages vergessen. Und Sheila würde dieses Glück nie mehr erleben.

SERGEANT WIGGINS SASS IN Macalvies Büro und trank eine Tasse Tee, als Jury hereinkam.

«Wo ist er?» Jury wies mit einem Kopfnicken auf den Schreibtisch, der groß wie ein See war und auf dem Stöße von Papier, Schreibzeug und Akten schwammen.

«Im gerichtsmedizinischen Labor», sagte Wiggins. «Um sich mit einer Person namens Thwaite zu unterhalten.» Er schniefte und zerrte ein Bettlaken von einem Taschentuch hervor. «Bin nur froh, daß ich nicht Thwaite heiße.»

«Da sind wir schon zu zweit.» Jury lächelte und nickte in Richtung Tür. «Kommen Sie, sehen wir mal nach ihm.»

Ein uniformierter Polizist führte sie zum Labor, das am Ende eines Korridorlabyrinths lag.

Sobald sie durch die Schwingtüren des letzten Korridors getreten waren, wurde die Führung überflüssig. Jury folgte einfach einer Stimme, die sich beim Näherkommen allmählich in eine wüste Schimpfkanonade hineinsteigerte.

Thwaite war gar kein *er*, erkannte Jury, als er durch das verglaste Viereck in der Tür blickte. Die Frau reichte Macalvie kaum bis zu den Schultern, aber offensichtlich zielte sie nach seiner Schläfengegend, so wie sie ihm das Mikroskop hinhielt.

Obwohl er nicht besonders groß war, gelang es Macalvie, fünfzehn Zentimeter an Höhe und Umfang zuzulegen, als er sich wie ein Felsblock vor dem Objekt seiner Mißbilligung – vermutlich Sergeant Thwaite – aufbaute. Bei der Spannung, die im Zimmer herrschte, wäre die Tür beim Anklopfen wahrscheinlich aus den Angeln gesprungen, also machte Jury sie einfach auf und hörte, wie sich der Divisional Commander über irgendeinen Ex ausließ.

Oder vielmehr Exe, wie Jury jetzt begriff.

«...sich hier hinstellen und es mir den ganzen Tag wiederholen, Gilly. Wir haben ihn aus dem Exe gezogen, aber er lag nicht in dem Scheiß-Exe, als er starb...» Macalvie drehte sich ein wenig zur Seite, entdeckte Jury, nickte ihm gleichgültig zu und setzte den Streit wieder fort.

«Könnte ich das wohl jetzt wieder zurückhaben», sagte Gilly Thwaite und griff nach dem Mikroskop, das Macalvie ihr entrissen hatte. «Glauben Sie, der steht noch mal auf und salutiert?»

«Sie gehören nicht zur Spurensicherung, Gilly.»

«Sie ebensowenig», schnauzte sie.

Jury verlieh Thwaite einen goldenen Orden für ihre Courage. Sie hatte braune Korkenzieherlocken und rauchgraue Augen, wobei der Rauch zweifellos von dem Feuer in ihrem Innern stammte. Einen Arm hatte sie auf den schwarzen Marmor des Labortisches gelegt und die Hand zur Faust geballt, als könne sie es kaum erwarten, ihm einen Schlag zu versetzen. Als sie den Mund öffnete, starrte Macalvie darauf wie ein Zahnarzt, der seinen Bohrer ansetzen will.

Er wandte sich an Jury. «Verschwinden wir von hier. Ich brauche einen Drink», sagte er und zog Wiggins mit sich fort, nicht so sehr mit der Hand, die er ihm auf die Schulter gelegt hatte, als durch die Luft, die in das Vakuum nachströmte, das der Divisional Commander hinter sich zurückließ. Er drehte sich noch einmal zu Sergeant Thwaite um. «Würden Sie vielleicht Waliman einfach seinen Job machen lassen? Wie er es immer getan hat», fügte Macalvie *sotto voce* hinzu.

Gilly Thwaite, die sich wieder über ihr Mikroskop gebeugt hatte, blickte auf. «Dann müssen Sie eben ohne mich auskommen.»

«Was für eine Klappe! Wenn sie ihre Zunge mal irgendwo parken würde, dann garantiert im Halteverbot», sagte Macalvie.

Das Pub befand sich in der Altstadt von Exeter in einem der Tudor-Gebäude, die den Rasen und die Kathedrale umgeben. Die kurze Fahrt im Polizei-Cortina verkürzte ihnen Macalvie – während er von Bordkante zu Bordkante prallend das alte Exeter umrundete – mit diversen Klagen und Verwünschungen. Seit zwei Tagen habe er nichts mehr gegessen (Jury glaubte es ihm). Er würde kündigen und nach Amerika auswandern (das nahm er ihm nicht ab) und sich eine Detektivlizenz besorgen (dito). «Sie haben zu oft den ‹Malteser Falken› gesehen, Macalvie», sagte Jury, als sie die Tür zum Black Swan aufstießen.

Macalvie spähte durchs Glas der Vitrine mit den warmen Mahlzeiten und bat das Mädchen, ihm einen Teller mit Kartoffelauflauf, Würstchen, Erbsen und Brot zu geben. Er inspizierte den Teller, um zu sehen, ob noch etwas mehr draufpaßte, und sagte dann: «Wollt ihr auch was? Die kochen hier ganz gut.»

Jury schüttelte den Kopf. Wiggins bestellte einen Käsetoast. Als er danach auf Macalvies gehäuften Teller sah, schüttelte er den Kopf. «Sie brauchen Ballaststoffe. Grünen Salat. Wahrscheinlich sind Sie auch so wie er.» Wiggins nickte zu Jury hinüber. «Tagelang nichts Gescheites im Magen und dann alles auf einmal wieder gutmachen wollen und sich mit den falschen Sachen vollstopfen.»

«Nennen Sie einen Käsetoast was Gescheites?» Dennoch blickte er zweifelnd auf seinen Teller und reichte ihn noch einmal zurück, um sich etwas Salat geben zu lassen. Jury ging ans andere Ende der Theke, um Getränke zu holen, und dachte sich, daß sie einen gemeinsamen Vorfahren haben mußten. Macalvie, der von niemandem außer dem Erzengel Gabriel einen Rat akzeptierte, nahm Wiggins' Gesundheitsappelle in der Regel nur mit großem Vorbehalt hin.

Als Jury sich an den Tisch setzte, stritten sie gerade über Salz. «Bluthochdruck, pfeife ich drauf.» Macalvie schneite seinen Kartoffelauflauf mit einem halben Dutzend heftiger Schüttelbewegungen ein. «Also, was hat Stella Broome gesagt?» Er grub eine kleine Vertiefung in seinen Auflauf.

«Nichts, was Sie nicht schon wissen, nehm ich an. Sie erzählte von Sheilas Freunden, einem gewissen Gerald Fox, Guy Soundso und weiteren anonymen Typen. Leider setzte es bei Stella öfter aus, wenn sie erzählte. Was ist mit diesem älteren Mann, den Sheila ihren Sugar Daddy nannte?»

«Fehlanzeige, Jury. Offenbar gab's da einen älteren Blonden – alt heißt doppelt so alt wie sie selber. Ich habe Vera, das ist die, die sie immer besucht hat, darauf angesprochen. Leider hat Vera sich nicht viel aus Sheila gemacht, meinte, sie wäre eine Schnorrerin und sie habe Sheila auch nicht immer zugehört, wenn die was erzählt habe. Aber sie hat ihn mal neben seinem Wagen stehen sehen. Eins von diesen Jaguar XJ6-Modellen. Sie wissen, die mit den vierzehn austauschbaren Dächern, die sie uns Polypen anbieten. Aber wir konnten den Burschen nicht ausfindig machen.»

Macalvie schüttelte den Kopf und schüttete noch mehr Salz auf sein Essen. «Steht alles in den Akten. Wir haben uns mit zwei-, dreihundert Leuten unterhalten. Verwandten, Verwandten von Verwandten. Freunden, Freunden von Freunden. Nichts.»

Wiggins träufelte zwei, drei Tropfen einer neongelben Flüssigkeit in sein Bier. «Könnte dieser Lkw-Fahrer, dieser Riley, sie später nicht doch noch mitgenommen haben...?»

Macalvie beobachtete fasziniert die herunterfallenden Tropfen und sagte: «Der Fahrer war es nicht. Es gab keinerlei Anzeichen, daß in diesem Gehölz ein Lkw gestanden hat... Wiggins, was ist das eigentlich für ein Zeug?»

Das Bier hatte eine seltsame Farbe angenommen. «Ich hab es auf der Brust.» Er hustete und schlug sich mit der geballten Faust auf die Brust.

«Wahrscheinlich ein Marsmännchen», sagte Macalvie und wandte sich wieder seinen Würstchen zu. «Die Kellnerin sagte, daß er Sheila, gleich nachdem sie aus dem Little Chef kamen, am Straßenrand abgesetzt hat. Diese Higgins hat bestimmt nicht gelogen und ist offensichtlich sehr aufmerksam. Auch wenn sie das Foto von David Marr, das wir ihr gezeigt haben, nicht identifizieren konnte. Jedenfalls nicht mit letzter Sicherheit ja oder nein sagen konnte. Bloß, daß er ihr ‹irgendwie bekannt› vorkam. Das ist schon mal ein Ausgangspunkt. Nur, daß ihr dann der Constable, den ich zum Kaffeeholen reinschickte – er ist ebenfalls groß und dunkel wie Marr – auch ‹irgendwie bekannt› vorkam. Ich glaube, sie war zu sehr darauf erpicht, uns zu helfen.»

Wiggins ließ den gelben Tropfen rosa Kristalle folgen, die er vorsichtig aus einer kleinen, weißen Tüte ins Bier klopfte. «Offensichtlich sind Sie überzeugt, daß es jemand war, der Sheila gekannt hat. Dieses Schweigen im Café könnte bedeuten, daß sie sich gestritten hatten und der Streit in dem Moment, als sie ins Führerhaus stieg, wiederaufgeflammt ist.» Er trank sein Bier, das einen kitschigen, ins Gelbliche spielenden Rosaton angenommen hatte.

«Was haben Sie eigentlich, Wiggins, die Pest? Ja, sie haben sich gekannt. Ich behaupte weiterhin, daß sie sich gekannt haben.»

«Der Schal sieht mir nicht nach einem vorbedachten Plan aus, Macalvie. Es klingt eher nach spontaner Eingebung.»

Macalvie zuckte die Achseln. «Nicht, wenn er wußte, daß sie immer einen trägt. Das tun ja die meisten Frauen. Aber egal, glauben Sie, daß er vielleicht noch was anderes dabei hatte? Ein Messer oder eine Schußwaffe?»

Jury schüttelte den Kopf. «Wie ich schon sagte, es könnte sein, daß Sheila einfach zur falschen Zeit am falschen Ort war.»

«Das klingt so, als sei es eben Schicksal, Jury. Ich glaube nicht daran, daß unser Schicksal in den Sternen steht.»

«Soll aber vorkommen.»

«Nicht in Devon.» Macalvie lächelte.

15

DAS HAUS SELBER HATTE keinen Namen. Durch die Dämmerung und den fallenden Schnee erfaßten Jurys Scheinwerfer nur eine kleine Bronzetafel, die als Aufschrift lediglich das Wort Winslow trug und in eine Steinsäule am Ende der gewundenen Auffahrt eingelassen war. Einige Augenblicke blieb er noch im Wagen sitzen, rauchte und blickte zu dem kleinen Wald hinüber, wo heruntergefallene Äste und verfaulende Stämme verrieten, daß der Parkwächter – falls es einen gab – sich um alles kümmerte, nur nicht um den Park. Er schlug die Tür seines Ford zu und löste dadurch eine kleine Lawine aus, die von der Kühlerhaube zu Boden fiel.

Jury zog an der Glocke und sah an der glatten grauen Hausfront hoch. Er hätte das Haus sicher nicht als Zufluchtsstätte erwählt, wenn es auch bestimmt sehr ruhig war. Oder vielmehr trostlos, dachte er. Aber vielleicht steigerte gerade das noch seine baroneske Pracht.

Ein bäuerlich wirkender Mann, dessen Gesicht von den winzigen Äderchen des starken Trinkers durchzogen war, öffnete die Tür und steckte den Kopf durch den Spalt. Er musterte Jury mit einem Mißtrauen, das noch zunahm, als Jury ihm seinen Dienstausweis zeigte und sagte, er wolle Mrs. Winslow sprechen.

Der Mann öffnete die Tür etwas weiter und winkte ihn heran, als wolle er einen Zaudernden über die Schwelle locken. «Kommen Se rein. Ich sach Bescheid.» Sicher war er kein richtiger Butler, wahrscheinlich der Parkwächter oder Gärtner.

Die Eingangshalle war riesig und kalt und verstärkte mit den Rüstungen an der einen Wand und den Nischen mit Gipsbüsten von Heiligen oder Göttern an der anderen den Eindruck aristokratischer Pracht. Eine auf Hochglanz gewienerte Mahagonitreppe führte in der Mitte des Raumes hinauf zur Galerie im ersten Stock. Er ging zum Endpfosten des Geländers und blickte hinauf. Das Gemälde, das Plant am Telefon erwähnt hatte, zeigte eine blonde junge Frau und ein kleines Mädchen von vielleicht sieben oder acht Jahren.

Zu beiden Seiten des Eingangs gestattete ein Bogenfenster spärliche Aussicht auf den Wald. Langsam schwebte der Schnee herab und legte einen Schleier vor die schwarzen Buchen und Eiben, so daß sie eher wie Baumgespenster wirkten. Es erinnerte ihn wieder an die Straße nach Bristol und das Gehölz, in dem man Sheila Broome gefunden hatte. Er runzelte ein wenig die Stirn; irgend etwas irritierte ihn, etwas, das er über Sheila Broome gehört hatte, ein winziger Abdruck in seinem Gedächtnis wie eine dunkle, zarte Vogelspur. Eine Misteldrossel landete schaukelnd auf einem dünnen Zweig der nächststehenden Buche; kleine Schneeklumpen rieselten herunter.

«Entschuldigen Sie, Superintendent, daß ich Sie habe warten lassen.»

Es war David Marr. Jury hatte ihn nicht kommen hören und war, nachdem er die ganze Zeit auf die hypnotisierende Szenerie hinausgestarrt hatte, einen Moment lang verwirrt.

Marr lächelte schwach. «Wir sind uns schon begegnet.»

«Ich weiß.» Jury lächelte ebenfalls. «Ihr Wald hat mich wohl ein wenig verzaubert. Ich liebe Schnee.»

Marr hob mit gespieltem Erstaunen die Augenbrauen. «Sie gehen wohl auch im Schnee spazieren, wie?»

«Gelegentlich. Ich habe mich ein wenig verspätet wegen der Straßenverhältnisse.»

Sie gingen durch eine Flügeltür auf der rechten Seite der Halle. «Sie müssen sich nicht entschuldigen. Wir haben *Sie* warten lassen. John ist eigentlich kein richtiger Butler. Eigentlich auch kein richtiger Verwalter, wenn man's genau nimmt. Wir sind hier im Salon, bereit für Ihre Fragen.»

Die Winslows wirkten tatsächlich wie gestellt. Meisterhaft gestellt, gewissermaßen. Sie standen beziehungsweise saßen herum wie Schauspieler, die man gerade unterbrochen hatte und die sich jetzt mit ihren Drehbüchern beschäftigten. Marion Winslow, die ein Hauskleid aus schwarzem Samt trug, saß in einem Mahagonisessel mit hoher Lehne, der mehrere Meter von einem gewaltigen Marmorkamin entfernt stand. Ein Weihnachtsbaum, der bis auf die nicht brennenden elektrischen Kerzen und einen winzigen Engel aus Glasgespinst auf der Spitze nicht geschmückt war, stand ziemlich düster rechts neben dem Kaminsims. Edward Winslow stand rauchend vor dem Kamin. David Marr steuerte den lässigen Touch bei; genau den passenden Touch, um alles so überzeugend und improvisiert wirken zu lassen. Er schenkte für sich und Jury einen Whisky Soda ein. In der Haltung Marion Winslows und ihres Sohnes konnte man fast eine Nachahmung der Posen auf dem Porträt über dem Sims entdecken. Allerdings schienen sie sich dessen überhaupt nicht bewußt zu sein. Nachdem er Jury seinen Drink gereicht hatte, setzte sich David auf ein schönes Queen-Anne-Sofa und streckte die Beine von sich.

Jury hatte vor, sich jeden einzeln vorzunehmen, aber noch nicht jetzt. Er wollte die Familienversammlung nicht sprengen; sie interessierte ihn.

Einige Augenblicke lang unterhielten sie sich höflich über den Zustand der Straßen und die unerwarteten Schneefälle. Jury zündete sich eine Zigarette an und ließ den Blick über den runden, klauenfüßigen Tisch neben sich wandern, auf dem eine ganze Sammlung von Fotografien stand: kleine, große, schlicht oder aufwendig gerahmte. Als das Gespräch verebbte wie der langsamer herabschwebende Schnee, griff Jury nach einem kleinen, in getriebenem Silber gerahmten Bild des Kindes aus dem Gemälde über dem Treppenabsatz. Es war sehr hübsch, hatte große, feuchtglänzende Augen und hellblondes Haar. Edward Winslows kleine Schwester sah aus, wie Edward selber wohl in diesem Alter ausgesehen haben mochte, dachte Jury.

Jury bemerkte, daß Marion Winslow ihn beobachtete und die Bewegung des Rahmens vom Tisch zum Stuhl und wieder zurück genau verfolgte. «Das war meine Tochter, Phoebe.» Ihre Stimme klang angenehm tief, aber so flach und ruhig und kalt wie die Winterlandschaft, durch die er heute gefahren war.

«Ich habe von dem Unfall gehört. Es tut mir sehr leid.»

Sie nickte flüchtig. Ihr Bruder war aufgestanden, um sein Glas wieder zu füllen. Er stand jetzt mit der Hand in der Jackentasche da und starrte abwesend ins Feuer. Dann drehte er sich um, als wolle er etwas sagen, doch Edward kam ihm zuvor: «Ich hatte Phoebe sehr gern.» Er seufzte. «Tja, wir alle.» Er trat noch näher an den Sessel seiner Mutter heran und legte ihr die Hand auf die Schulter. Sie schien ins Leere zu starren.

Jury machte sich Gedanken über das schwarze Kleid. Das Mädchen war vor über zwei Jahren verunglückt, sicherlich nicht lange her. Wie gestern, was die Trauer anging, aber ein bißchen zu lange, um immer noch Trauerkleidung zu tragen. Auch wenn Jury bezweifelte, daß Marion Winslow mit diesem einfachen, elegant geschnittenen schwarzen Gewand daran gedacht hatte.

«Das Familienalbum ist faszinierend, finden Sie nicht?» sagte David und nahm seinen Platz auf dem Sofa wieder ein. «Haben Sie denn etwas gefunden, das mich entlastet?»

Trotz der unpassenden Bemerkung über das Familienalbum tat Marr Jury ziemlich leid. Ließ man die zufälligen Umstände einmal beiseite, gab es keinerlei Beweis für die Hypothese, daß er Ivy Childess getötet hatte. Aber es gab diese Umstände nun einmal. «Ich fürchte, nichts Bestimmtes, Mr. Marr.»

«Zum Teufel, dann geben Sie sich doch mit was Unbestimmtem zufrieden.»

Jury lächelte, schüttelte aber den Kopf. Er war froh, daß das Thema von einem von ihnen angesprochen worden war. «Es wäre gut, wenn ich alleine mit Ihnen sprechen könnte, Mr. Marr. In der Tat...»

Marr unterbrach ihn: «Sie haben mich schon alleine gesprochen, Superintendent.»

«Ich wollte eben sagen, daß ich mich eigentlich mit jedem von Ihnen alleine unterhalten möchte. Falls Ihnen das keine zu großen Unannehmlichkeiten bereitet.»

Als Marion Winslow lachte, war er ein wenig überrascht. «Irgendwie denke ich, daß wir die Zeit dafür schon erübrigen können, Mr. Jury.» Sie erhob sich aus ihrem Sessel und verließ zusammen mit Edward den Raum.

«DAS WIRD DER HÖHEPUNKT des heutigen Tages», sagte David und goß sich wieder einen Whisky ein, hielt die Karaffe in die Höhe und blickte Jury an.

Jury schüttelte den Kopf. «Ich bin froh, daß wir Sie nicht langweilen.»

«Ganz und gar nicht. Wie viele Möglichkeiten gibt es eigentlich, Erkundigungen über einen Telefonanruf einzuholen? Zumindest können Sie jetzt meine Schwester persönlich fragen.»

«Ich frage mich, Mr. Marr, ob Sie wohl je in Exeter waren.»

David Marr blickte überrascht von seinem Glas auf. «Nanu! Ein neuer Versuch.» Er lehnte seinen Kopf an die Sofalehne zurück. «Exeter, Exeter, Exeter. Ja, das ist schon lange her. Hab eine Tour zur Kathedrale gemacht. Und dann durch die Pubs.»

«Wie lange ist das her?»

David zuckte die Achseln. «Zehn Jahre vielleicht.» Er sah Jury an. «Ich sehe schon, daß sich da ganz neue Fragen eröffnen. Was ist denn in Exeter passiert?»

«Sheila Broome. Sie kannten sie nicht zufäl...?»

«Nie von ihr gehört.» Seine Antwort kam schnell und überschnitt sich mit dem Ende von Jurys Frage. «Dieses ‹kannten Sie nicht› heißt doch wohl, daß ihr was zugestoßen ist.» Er starrte wieder zur Decke hinauf. «Großer Gott.» Er seufzte. «Ich hoffe wirklich, Ihre nächste Frage lautet nicht: ‹Wo waren Sie in der Nacht zum...?›»

Jury lächelte. «29. Februar.»

Marr drehte sich rasch zu ihm um und sah ihn an. «Das ist *zehn Monate* her, Superintendent.»

«Ich weiß.»

«Wenn sich mir die Daten meiner aufregenden Affären mit jungen Damen auch ins Hirn gebrannt haben, so kann ich mich wahrhaftig nicht an diese spezielle erinnern. Sheila, sagen Sie?»

«Broome. Wirklich schade. Versuchen Sie's bitte, wenn Sie ein bißchen Zeit haben.»

David stöhnte. «Wollen Sie mir etwa erzählen, Superintendent, das *noch* eine Frau um die Ecke gebracht worden ist? Und zwar von mir, wie Sie offenbar glauben?» Er ließ sich noch ein Stückchen tiefer ins Sofa sinken und rollte das kühle Glas über seine Stirn.

«Nein, das wollte ich damit nicht sagen.» Jury rutschte auf die Sesselkante. «David, meinen Sie nicht, daß Sie sich für jemand in Ihrer Lage ein bißchen lässig geben?»

«Danke für den Rat. Aber es ist nun mal so, daß ich mit dem Tod von Ivy oder einer anderen nicht das geringste zu tun habe.» Er trank seinen Whisky aus und starrte mürrisch ins Feuer.

«Okay. Ich würde mich jetzt gern mit Edward unterhalten.»

David drehte sich überrascht um. «Sie meinen, das ist schon alles, Superintendent? Ich war überzeugt, Sie würden mich ausquetschen wie 'ne Zitrone. Ich könnte ja jetzt ganz entzückt sein, aber es hat sicher nichts Gutes zu bedeuten. Sie haben ja noch nicht einmal ein interessanteres Objekt als mich gefunden. Aber ich bezweifle, daß ich noch sehr ergiebig für Sie sein werde.»

«Ich werde mir Mühe geben.»

KEIN GEMÄLDE ODER FOTO konnte Edward Winslow wirklich gerecht werden. Der Schnappschuß, den Jury gerade David Marr zurückgegeben hatte, vermittelte nur eine Ahnung von der Attraktivität seines Neffen, wahrscheinlich, weil die Kamera die Anmut, mit der er sich bewegte, nicht festhalten konnte. Und doch, dachte Jury, hatte der Porträtist die aristokratische Statur und Haltung zu ernst genommen; denn wenn Edward auch schön und elegant war, so war er dennoch auch nachlässig, als stamme sein

Verhalten anders als seine Kleidung von der Stange. Ein Modedesigner hätte ihn sicher am liebsten mit breiter Krawatte und sportlichem Doppelreiher gesehen. Edward aber bevorzugte Pullover und offene Hemdkragen.

Er betrat das Zimmer irgendwie schlurfend und unsicher lächelnd. Dann setzte er sich in die Sofaecke, die David gerade geräumt hatte, und stützte den Kopf in die Hand. «Wenn es Sie nicht stört, daß ich das sage, aber es ist alles ziemlich merkwürdig – zum Beispiel, daß Scotland Yard nach Somers Abbas kommt. Oh, tut mir leid...» Edward errötete ein wenig, als hielte er es für ungehörig, die weiteren Nachforschungen von Scotland Yard in Frage zu stellen.

Hielten die das alle für ein Spiel, fragte sich Jury. Cricket oder so was? «Sie leben doch abwechselnd in Somers Abbas und London, nicht wahr?» Als Edward nickte, fuhr Jury fort: «Gibt es einen besonderen Grund, warum Sie sich hier lieber aufhalten als in London?»

Edward lachte. «Sie klingen wie meine Mutter. Mutter sagt, sie will nicht, daß ich hier rumhänge, um sie aufzumuntern.»

«Ihre Mutter sieht mir gar nicht danach aus, als müßte sie aufgemuntert werden, Mr. Winslow.»

Edward stand auf, wie David es getan hatte, und schenkte sich einen allerdings sehr kleinen Whisky ein. «Doch.» Er leerte das Glas auf einen Zug. «Obwohl sie das ziemlich gut überspielt, muß man schon sagen. Seit dem Tod meiner Schwester hat Mutter sich ziemlich zurückgezogen. Sie – Phoebe – wurde von einem Auto erfaßt. Sie rannte direkt in den Wagen hinein. Er sah sie erst, als er sie schon fast überfahren hatte. Hat er zumindest behauptet. Es war eigentlich auch keine Fahrerflucht; denn offenbar hielt der Bursche drei Straßen weiter an einer Telefonzelle und rief die Polizei an.» Er sah Jury traurig an. «Ich habe Phoebe gefunden. Hugh war im Haus.» Er machte eine Pause. «Er kam später rausgerannt.»

Jury nickte, sagte jedoch nichts. Er beobachtete nur den herumspazierenden Ned Winslow, der jetzt vor der Fichte stehenblieb, um den Engel aus Glasgespinst zurechtzurücken, worauf dieser, als Ned ihn wieder auf dem obersten Zweig befestigt hatte, im Licht aufglänzte. Da Ned Winslow ja dabeigewesen war – *Wie sah sie aus? Was hatte sie an? Hat sie noch etwas gesagt?* –, war er vielleicht dazu verdammt, die Last zu tragen, als sei er das Gedächtnis seiner Sippe.

«Es tut mir leid», sagte Jury. «Ihr Onkel sagte, Sie seien Dichter, und ein veröffentlichter noch dazu. Sie müssen sehr gut sein.»

Er lachte. «Na ja, da haben Sie wohl recht – ich meine, daß Veröffentlichung und Wert etwas miteinander zu tun haben. Und Gedichte schreiben klingt ja bestimmt nicht nach einer ordentlichen Arbeit, vor allem nicht für jemanden, der stempeln geht.»

«Ich habe mich gefragt», sagte Jury, «warum Sie sich eine eigene Wohnung in Belgravia leisten, wo Sie doch das Haus in Knightsbridge haben.»

«Das ist ganz einfach. Mein Vater lebt dort.» Er sah Jury an. «Ich versteh mich nicht besonders mit ihm.» Ned beugte sich nach vorn, um im Feuer zu stochern. Ein großes Scheit brach auseinander und zerfiel, und eine sägeblattähnliche bläuliche Flamme schoß hoch und warf ein Schattengewebe auf sein Gesicht. Als er Jury ansah, veränderte sich die Farbe seiner Augen wie bei einem Karneol von Braun zu Gold.

«Als Ihr Onkel am Montag abend anrief, waren Sie da zu Hause?» Jury beobachtete Ned Winslow, der nicht sofort antwortete.

«Nein.»

«Aber Ihre Mutter hat Ihnen von dem Anruf erzählt.»

«Oh, natürlich. Schließlich ist das doch wohl das einzige, das David vor der Anklagebank bewahren kann, oder?»

Marion Winslow wandte kein Auge von Jury, als sie zu dem Sessel mit der hohen Lehne hinüberging.

Auch Jury rührte sich nicht. Er blieb auf dem Sessel neben dem mittleren Tisch sitzen, fast zehn mit einem Kermanteppich ausgelegte Meter von ihr entfernt.

Ihre Hände ruhten auf den Enden der Mahagonilehnen. Sie hatte die Beine übereinandergeschlagen, so daß sich über ihren Schuhspitzen eine Welle schwarzen Samtes bildete. Sie trug keinen Schmuck und wenig oder gar kein Make-up. Von irgendwelchem Aufputz schien sie nicht viel zu halten.

«Ich kann Ihnen wirklich nicht mehr sagen, als ich Ihnen schon erzählt habe, Superintendent. Auch wenn es mir durchaus nichts ausmacht, es Ihnen noch einmal zu erzählen.» Sie lächelte kühl. «Der Anruf interessiert Sie vermutlich am meisten?»

«Unter anderem, ja.»

«David rief mich, ich würde sagen so um elf herum, am Montag abend an.»

«Und Sie können die Zeit nicht genauer eingrenzen?»

«Nein. Tut mir leid. Manchmal nimmt der Anrufbeantworter meines Mannes Gespräche entgegen und fragt nach der genauen Zeit. Wenn ich außer Hörweite bin und die Dienstboten nicht da sind, stelle ich auf den Anrufbeantworter um. Aber an diesem Abend war ich zum Lesen in der Bibliothek.» Sie dachte einen Augenblick nach. «Ich würde sagen, zwischen Viertel vor und ein paar Minuten nach elf.»

«Ein bißchen spät für einen Anruf.»

Sie lachte. «Nicht für David. Nicht bei uns.»

«Was wollte er von Ihnen?»

Mit einem kleinen Lächeln sagte sie: «Geld. Und eine Brust, an der er sich ausweinen konnte, nehme ich an. Wie ich Ihnen schon erzählte: Er hatte Ivy Childess gerade sitzenlassen. Er hatte ihr ständiges Drängen, sie zu heiraten, allmählich satt.»

«Hatte er denn nie die Absicht, sie zu heiraten?»

«Das bezweifle ich sehr.»

«Ihr Bruder scheint ja allgemein von der Ehe nicht viel zu halten?»

Sie schüttelte den Kopf. «Nein, nur im besonderen. Und ganz speziell hatte er etwas gegen eine Ehe mit Ivy Childess.»

«Sie kannten sie?»

Ihre Augenbrauen wölbten sich in gelindem Erstaunen. «Nein. Ich bin ihr wohl begegnet. Aber das ist ja etwas anderes. Es war in unserem Haus in London. Wir hatten ein paar Freunde auf einen Drink eingeladen. Mein Sohn und mein Bruder waren da. Und David brachte Ivy mit.» Sie zuckte die Achseln und fügte hinzu: «Und Lucinda St. Clair, wie ich mich noch erinnere.»

«St. Clair.»

«Ja. Sie wohnen am Nordrand von Somers Abbas. Ein

ziemlich barockes Haus, das sie The Steeples nennen. Lucinda ist die älteste Tochter, und wir kennen sie schon lange.» Marion legte den Kopf an die hohe Rückenlehne des Sessels und sah zur Decke hinauf. «Eigentlich glaube ich, daß Sie sich mal mit Lucinda unterhalten sollten. Sie hat David sehr gern.» Sie streckte die Hand aus, griff nach einem kleinen Notizbuch und einem goldenen Stift und schrieb rasch etwas auf. «Verstehen Sie mich bitte richtig, ich will damit nicht gerade sagen, daß Lucinda Ihnen einen unbefangeneren Bericht liefern wird. Hier ist ihre Telefonnummer und Adresse. Obwohl Ihnen jeder im Dorf sagen kann, wo die St. Clairs wohnen.» Sie riß eine Seite heraus und legte sie auf den Tisch. Sie saßen zu weit auseinander, als daß sie sie ihm hätte reichen können.

Marion Winslow war eine praktische Frau, dachte Jury. Verschwendete keine überflüssigen Worte, beschönigte nichts. Eigentlich hatte sie Ähnlichkeit mit einem Fischer. Alles wurde eingeschätzt und gewogen, bevor sie vom Gedanken zur Tat schritt. Behutsam holte sie die Angelschnur ein und wickelte sie auf. «Meinen Sie mit ‹sehr gern haben›, daß sie in ihn verliebt ist?»

Sie nickte. «Ja, und das ist wirklich ein Jammer. David erwidert ihre Gefühle nicht.» Sie starrte wieder auf die Feuerschatten an der Decke und fügte – doch so, als habe das weiter keine Bedeutung – hinzu: «Ich mag Lucinda.»

«Sie sind dann also gewissermaßen die Vertraute Ihres Bruders?»

Wieder nickte sie. «Deswegen war ich ja auch gar nicht überrascht, als er am Montag noch so spät anrief.»

«Sie erwähnten, Sie hätten etwa zwanzig Minuten miteinander gesprochen. Können Sie das noch genauer sagen?»

«Nein. Zwanzig Minuten bis eine halbe Stunde.»

Es würde bedeuten, daß Marr von etwa zweiundzwanzig Uhr fünfzig bis dreiundzwanzig Uhr zehn oder zwanzig in seiner Wohnung war, falls er das Pub genau um Viertel vor elf verlassen hatte und nach Wiggins' Schätzung in etwa zehn Minuten nach Shepherds Market gegangen war. Wobei ja die meiste Zeit für Ivy Childess' Ermordung draufging. Kein hieb- und stichfestes Alibi, aber besser als nichts. Natürlich hätte er innerhalb der zwanzig Minuten zwischen der Schließung des Pubs und dem Vorbeikommen der Frau mit dem Hund zum Running Footman zurücklaufen, sie erdrosseln und dann wieder nach Shepherd Market laufen können. Obwohl, zwanzig Minuten, ziemlich schwierig. Bei dreißig wäre es überhaupt kein Problem. Diese zusätzlichen zehn Minuten könnten entscheidend sein. Doch dann bliebe noch die Frage, warum Ivy zwanzig Minuten lang in Hay's Mews hätte herumhängen sollen.

«Ihr Mann lebt meistens in London?» fragte Jury behutsam.

Marion zuckte zusammen. «Ja, das ist richtig.»

«Aber Sie fahren nicht oft nach London?»

«Nein.»

«Mr. Winslow hat eine Art Büro hier?»

«Ja. Er ist Anlageberater. Ich nehme an, er muß mit den Kunden Kontakt halten.»

Jury fand, daß dieses «ich nehme an» ganz gut die Beziehung der Winslows charakterisierte. Marion und Hugh waren mit Sicherheit nicht die oder der Vertraute des anderen. Dennoch fragte er: «Mochte Ihr Mann Ivy Childess denn auch nicht?»

«Ich kann mich nicht erinnern, daß er sich jemals über

sie geäußert hätte, wie auch immer.» Sie zuckte die Achseln.

«Ihr Mann verbringt also die meiste Zeit in London, nicht wahr?»

«Ja.»

«Auch wenn er selten kommt, kommt er – sagen wir, regelmäßig?»

«Nein. Unregelmäßig.»

«Und Sie, übernachten Sie manchmal dort in Ihrem Haus?»

Sie schien nachzudenken. «Selten. Häufiger im Claridge. Ich fahre einzig und allein nach London, um David und Ned zu besuchen. Ich will nicht, daß sie sich immer verpflichtet fühlen, hierherzukommen.»

Jury lächelte. «Falls es zwei Männer gibt, die nicht so aussehen, als erfüllten sie damit eine unangenehme Pflicht, dann sind das David und Ned, würde ich sagen.»

«Danke. Das klingt ja fast wie ein Kompliment.» Sie schien in die Betrachtung ihrer Hände vertieft. «Sehen Sie – ich bin sicher, Sie verstehen das –, ich habe eine tiefe Abneigung gegen das Haus in Knightsbridge.» Sie sah auf. «Phoebe ist dort gestorben.» Ihr Blick löste sich von Jury und wanderte zum Tisch neben ihm und zu den gerahmten Fotos.

«Das kann ich durchaus verstehen.» Er folgte ihrem Blick, der zum mittleren Tisch schweifte. In einem altmodischen Walnußrahmen stand da das Foto eines kleinen lächelnden Mädchens, dem der Wind die hellblonden Strähnen ins Gesicht blies. Jury betrachtete es eingehend. «Mir ist da ein Gemälde aufgefallen, ein Porträt über dem Treppenabsatz oben. Ist es von ihr?»

«Ja. Phoebe und Rose.» Sie sah weg. «Rose war Edwards Frau. Sie ist weggelaufen. Ich wünschte, er würde wieder heiraten. Vielleicht hätte er dann mehr Glück. Wie eine Frau Ned wegen seines Geldes heiraten kann, übersteigt meine Phantasie. Aber sie hat es getan. Sie brachte es fertig, das Konto abzuräumen, ehe sie ohne ein Wort verschwand. Und doch haßt vor allem David das Porträt und nicht Ned. Er sagt mir ständig, ich soll es abhängen. Aber es ist das einzige, das wir von Phoebe haben, und man geht ja nicht her und schneidet irgendwelche Leute aus einem Porträt heraus.»

Aber man enterbt sie, dachte er. «Sie sagten, Ihr Bruder wollte Geld. War es viel?»

Sie lachte. «Das tut er ständig. David ist entsetzlich verschwenderisch. Wie er all das Geld ausgeben konnte, das er in den letzten Jahren gekriegt hat, ist mir schleierhaft.»

«Wie steht es denn mit dem Familienvermögen? Wer erbt was?»

«Es wurde gleichmäßig auf uns drei verteilt. Es sind so um die fünf Millionen, nehm ich an.» Sie zuckte mit den Achseln, als handle es sich um fünf Pfund. «Allerdings gibt es da einen Zusatz zum Testament: David erbt erst, wenn er heiratet. Unser Vater dachte, er bringt seinen Anteil in einem Jahr durch, wenn er keine Frau hat, die ihm ein bißchen Vernunft beibringt.» Ihre Augen blitzten auf. «Also hätte er doch allen Grund gehabt, Ivy Childess am Leben zu halten, finden Sie nicht?»

Ihr Blick verweilte auf einem weiteren Foto, das wie eine Vergrößerung des Schnappschusses aussah, den er sich aus Marrs Wohnung ausgeliehen hatte. David und Edward, lauthals lachend. Sie trugen Tennispullover, und Neds Hand umklammerte den Griff eines Schlägers, der hinter seiner Schulter verschwand. Aus der Haltung der beiden erriet Jury, daß sie sich vorher den Arm auf die Schulter gelegt hatten. Einer hatte gewonnen, einer verloren, beide waren zufrieden.

«Edward mag David sehr, nicht wahr?»

«O ja. Und, ob Sie's glauben oder nicht, das beruht auf Gegenseitigkeit.»

Jury stellte das Foto wieder zurück. «Warum ‹ob Sie's glauben oder nicht›?»

«Nur, weil David sich so gerne als Zyniker ausgibt. Nehmen Sie ihm das bloß nicht ab.»

«Tu ich ja gar nicht.»

«Weil er leidenschaftlich genug ist, einen Mord zu begehen?»

«Das habe ich damit nicht sagen wollen.»

Jury hatte die Fotografie wieder hingestellt. Sie griff nach dem Zettel aus dem Notizbuch. Schweigen. Er fühlte sich irgendwie verlegen, wie er so dasaß und die letzten Tropfen seines Whiskys trank – er kam sich wie ein Dummkopf vor, wußte aber nicht warum. Er blickte von seinem Glas auf die seidige Oberfläche eines belgischen Wandteppichs, der sich im Licht, das durch die hohen Fenster drang, wie die Schaumkronen herannahender Wellen zu kräuseln schien. Durch die Scheiben erkannte er im Dämmerlicht, daß es nicht mehr schneite. Die Buchen standen in einer dunklen Kolonne, doch waren sie jetzt aschbraun. Durch den Schleier des fallenden Schnees hatten sie schwarz gewirkt. So konnte einen die Oberfläche der Erscheinungen täuschen.

«Mr. Jury?»

Jury sah auf. Sie war zum Fenster gegangen, um es fest zu verschließen und die schweren Vorhänge zuzuziehen, fast so, als solle er nicht die Metamorphose der Dämmerung mitbekommen. Sie hielt den Kopf ein wenig schräg, als ob sie seine Augen sehen wolle. «Entschuldigen Sie. Ich habe wohl ein bißchen geträumt.»

Sie lächelte. «Sie müssen sich nicht entschuldigen. Ich tue das ständig.»

Ihr Versuch, sich zwanglos zu geben, wirkte auf ihn sehr gewollt.

«Ich versuche nicht, Ihnen auszuweichen. Ich dachte mir nur, Sie hätten vielleicht keine Fragen mehr.»

«Stimmt genau.» Wie sie so vor dem Fenster stand, die Hände locker ineinander geschlungen, mit ihrem dunklen Haar und der blassen Haut, vermittelte Marion Winslow den Eindruck eines Menschen, den großes Unglück sehr still, aber auch sehr sicher gemacht hatte. Und vielleicht zu allem fähig. Lügen, um jemanden zu schützen, fiele ihr leicht, weil die alten Regeln nicht mehr galten, der Wind moralische Bedenken wie Sand verweht hatte. Auch er war nun aufgestanden: «Vielen Dank, Mrs. Winslow. Ich würde mich gern noch ein wenig umsehen, falls es Sie nicht stört.»

Sie nickte. «Ich schicke Ihnen Ned, er wird Ihnen alles zeigen, was Sie sehen wollen.»

Er nickte ebenfalls. Wie sie so in ihrem Trauergewand aufrecht zur Tür schritt, erschien ihm Marion Winslow wie eine Frau, die sich von der Gesellschaft nicht mehr beeindrucken läßt. Sie hatte die Fenster verriegelt, die Vorhänge zugezogen, die Tür geschlossen.

16

Das Wirtshausschild des Mortal Man knarrte gespenstisch in Wind und Schnee, beleuchtet allein von einer trüben Metallampe, die dem fahlgesichtigen Sensenmann auf dem Schild ihre Lichtsichel lieh. Das Licht, das sich aus den Fenstern der Schankstube des Gasthofes ergoß, war um keinen Deut heller oder freundlicher. Und es entwich durch den Rahmen und die Ritzen eines vernagelten Fensters, dessen Läden genauso mürrisch klapperten wie das Schild. Mochte der Mortal Man tagsüber auch durchaus zu dem hübschen Bild beitragen, den Dorfanger, Ententeich und die Reihe reetgedeckter Häuser dahinter abgaben, in der Dunkelheit und der Kälte wirkte er ausgestorben, vergänglich, bar jeglichen Lebens und jeder vergnügten Wirtshausstimmung.

Im Innern wurde dieser Eindruck jedoch rasch zerstreut. Da gab es mit Sicherheit genug Leben für mehrere Dorfanger mit allem, was dazugehört. Eine Kakophonie plärrender Stimmen schlug ihm entgegen beziehungsweise zog in Person einer Frau, eines jungen Mädchens und eines noch jüngeren Burschen mit Hund schmetternd an ihm vorüber. Der Hund stoppte bei Jurys Anblick so verdattert, als wäre er gegen eine Wand gerannt, umkreiste dann wie verrückt dreimal Jurys Beine und japste schließlich wieder dem Jungen hinterher.

Nach einer weiteren Minute raste das glückliche Quartett aus der anderen Richtung zurück, hatte also sein logistisches Problem, falls es darum ging, nicht gelöst. Der Hund dachte daran – als handle es sich um eine Beschwörungsformel –, erneut um Jurys Beine zu rennen, ehe er den anderen nachwetzte.

«Die übliche Begrüßung im Mortal Man», sagte Melrose Plant, der breit lächelnd und eine seiner kleinen Zigarren rauchend im Eingang der Schankstube erschien. «Sie kommen wieder. Diesmal sind Sie ja noch glimpflich davongekommen, aber verlassen Sie sich lieber nicht darauf.» Plant winkte ihn herein. «Die St. Clairs ersparen Ihnen möglicherweise eine Fahrt zu den Steeples. Betrachten Sie es als doppeltes Glück.»

Hinter der Bar stand der stämmige Besitzer und verglich offensichtlich Notizen mit einem hochgewachsenen Mann, der mit drei Gläsern vor sich an einem danebenstehenden Tisch saß. Er wurde Jury als St. John St. Clair vorgestellt und die junge Frau neben ihm als seine Tochter Lucinda. Der Gentleman hinter der Bar, der offensichtlich auf Fliegenjagd mit seinem Handtuch herumfuchtelte, klatschte es so hart gegen den Spiegel, daß ein Stückchen des vergoldeten Rahmens herunterfiel.

Jurys Angebot, die Drinks zu spendieren, wurde von St. Clair mit einem traurigen Kopfschütteln quittiert. Er habe, sagte er und musterte dabei die drei Gläser vor sich, schon alle irischen Whiskeysorten des Warboysschen Bestandes ausprobiert. Alle seien mangelhaft. Selbstverständlich sage dies nichts über Mr. Warboys aus, sondern nur etwas über die allgemeine Instabilität jenes Landes. Der Hauptunterschied zwischen dem Gastwirt und seinem unglücklichen Gast war, daß der eine ein rundes, rotes und der andere ein trauriges, langes Gesicht hatte. Beiden erschien das Weltende nicht mehr fern.

Nathan Warboys verlor keine Zeit, Jury davon zu überzeugen, daß er, falls er irgendwelche Heiratspläne habe, sie sofort aufgeben solle. «Nehmen Sie nur meine Sally. Also, glauben Sie nich, daß ich nich weiß, auf was die aus is. Geht jede Nacht aus und takelt sich auf wie 'ne Fregatte. Is ja schon bekannt wie ein bunter Hund.»

Offensichtlich hatte der Hund dies als einen Ruf an die Front aufgefaßt, denn er raste jetzt durch den Raum und riß sich mit einem mächtigen Knurren St. Clairs Spazierstock zwischen die Zähne. Während er so zerrte und knurrte, verhakte sich der Griff am dünnen Stuhlbein und ließ Tisch und Gläser umstürzen. Nathan Warboys nahm ein Scheit von dem Holz, das aufgestapelt an der Theke lehnte, und ließ es durch die Luft sausen, wobei er Melroses Kopf nur knapp verfehlte. Dann sagte er, es käme gleich jemand, um die Sauerei aufzuwischen.

Bloß nicht, hoffte Melrose. St. Clair nahm es recht philosophisch, tupfte an seinem Hemd herum und nahm das Gespräch an dem Punkt wieder auf, wo Nathan es abgebrochen hatte. «Natürlich haben Sie recht, Mr. Warboys. Die Ehe kann eine ungemein traurige Angelegenheit sein, wenn ich Ihnen auch nicht zustimmen kann, daß es allein die Schuld der Frau ist. Nein, Schuld haben stets beide. Sicher gibt es Ehefrauen – nicht Ihre, nicht meine, zumindest bisher nicht –, die entsetzlichen Ärger machen. Sehen Sie sich doch nur mal die arme Marion an…»

«Marion hat nie Ärger gemacht, Daddy.»

«Sie nicht, nein. Wir wissen von keinerlei Ärger, den sie verursacht hat. Die Tatsache, daß Hugh wegbleibt, muß einen anderen Grund haben, aber darüber sollten wir lieber nicht reden. Der Stoff ist auch nicht mehr, was er mal war. Ich bezweifle, daß dieser Fleck rausgeht.» Er tupfte sich die Krawatte mit dem Handtuch ab. «Ich spreche von dieser Person, deren Ermordung man dem armen David zur Last legt. Was für eine entsetzliche Geschichte.»

«Haben Sie sie gekannt, Mr. St. Clair?» fragte Jury.

Nathan Warboys schenkte sich wieder nach: «Von so einer hält man sich besser fern, was.»

«Nein, ich habe sie nicht gekannt. Gott sei Dank. Aber Lucinda, glaube ich.»

Als Jury sich an Lucinda wandte, sagte sie: «Ich bin Ivy Childess nur einmal begegnet. Ich kannte sie kaum. Es war auf einer kleinen Party in Knightsbridge.» Eifrig beugte sie sich zu Jury vor und sagte: «David *kann* das gar nicht getan haben. Es ist einfach nicht seine Art, etwas so – Schreckliches zu tun.»

Kein Zweifel, daß Plant in bezug auf Lucindas Gefühle für David Marr recht gehabt hatte. Jury fragte sich, wie weit diese Gefühle sie treiben würden. «Dann sind Sie also oft im Winslow-Haus zu Besuch? Kommen Sie manchmal nach London, Miss St. Clair?»

«Ganz selten», sagte Lucinda.

«Am besten gar nicht, mein Liebes», sagte ihr Vater. «Und vergiß nicht Edwards Unglück», fuhr St. Clair fort, wobei sich seine sonore Stimme mit dem hohlen Klang der Glocke in der Dorfkirche vermischte, die gerade schlug.

Warboys, der einen Zahnstocher in seinem Mund herumhüpfen ließ, sagte: «Sie meinen wohl, die Frau von ihm war so 'n richtiges Überraschungsei? Einfach auf und davon, sagt nicht auf Wiedersehn und läßt nie wieder was von sich hörn. Na ja, is lang her. Trotzdem ist das schon ein Ding, wenn eine Frau so reagiert, einfach abhaut ohne ein einziges Wort.» Nathan schien gerade die Vorzüge eines solchen nichtgattinnenhaften Betragens zu überdenken, als seine Frau auftauchte, um lautstark zu verkünden, daß jetzt die Bestellungen fürs Abendessen fällig seien.

Die St. Clairs verabschiedeten sich. Plant und Jury gingen durch die Diele ins Speisezimmer, während aus dem oberen Stock mehrfach ein leichtes Rumoren zu hören war.

«Das ist nur eine Warboys, die Ihr Zimmer herrichtet», sagte Melrose.

«Willkommen zu einem Abend mit den Warboys in voller Aktion.» Melrose ordnete sein Besteck und steckte sich die verschlissene Serviette in den Kragen.

Jury kniff die Augen zusammen. «Noch nie im Leben habe ich Sie mit einer Serviette unterm Kinn essen sehen.»

«Weil Sie mich noch nie bei den Warboys haben essen sehen.» Er hob sein Brötchen, merkte, daß es steinhart war und schlug mit dem Griff seines Messers drauf. «Da!» Das Brötchen zersprang und zerbröselte auf dem Teller. «Die Warboys haben gewalttätige Neigungen bei mir freigesetzt.»

«Dann essen sie also mit uns?» fragte Jury, der unter den Tisch gefaßt hatte, um Osmond hinter den Ohren zu kraulen.

«Wahrscheinlich.» Melrose hob den Rand des Tischtuchs, um nach dem Jagdhund zu sehen, der glücklich zu Jurys Füßen ein Nickerchen machte. «Der Hund muß tot sein.»

Das Speisezimmer wirkte festlicher als sonst, und sie waren nicht die einzigen Gäste. In der gegenüberliegenden Ecke saßen ein Mann und eine Frau, die zweifellos durch den Anschlag draußen, daß sie hier ein «Traditionelles englisches Abendessen mit allen Beilagen» erwarte, hereingelockt worden waren. Die Warboyssche Vorstellung von «traditionell» hatte wahrscheinlich mehr mit Sainsbury-Sandkuchen als mit selbstgemachtem Yorkshire-Pudding zu tun, dachte sich Melrose. Er stellte fest, daß seine und Jurys Leidensgenossen recht schweigsam waren und zu den schwarzen Fensterscheiben blickten, in denen sie nichts als ihre eigenen Spiegelbilder erkennen konnten. Verheiratet, vermutete er und hoffte, daß er dem Paar nicht nur seine Klischeevorstellung überstülpte. Er fragte sich jedoch, warum verheiratete Leute immer so unbehaglich wirkten, wenn sie in der Öffentlichkeit dinierten, als hätten sie Angst, jemand könnte denken, sie kämen gerade von einem heißen Rendezvous, wenn sie sich mal ansähen.

Eine Kette weißer Lichter beschrieb einen Bogen am oberen Fensterrand. An die Kamineinfassung waren die Strümpfe der Warboys genagelt. Melrose hatte zugesehen, wie sich Bobby Warboys energisch ans Werk machte und dabei fortwährend meckerte und plapperte, als ob er die ganze Weihnachtszeit an einen Baum nagle. Ein kleiner Weihnachtsbaum mit winzigen blinkenden Lichtern stand zwischen irgendwelchen Andenken auf einem Regal darüber – zwischen einer grünen Flasche mit Blumen und der Aufschrift *Ein Geschenk aus Wells-Next-the-Sea,* mehreren kleinen Fotos mit Gestalten, die nach abwesenden Warboys aussahen, einer noch lebenden und einer sich in der Agonie befindlichen Pflanze, einem ausgestopften Rotfuchs, der ein Auge auf Melrose richtete (das andere hatte Nathan ihm wohl rausgeschossen), einer Schale mit Plastikobst, dessen Trauben, wie Melrose meinte, diesem Wein wohl seine spezielle Würze verliehen. Neben der Speisezimmertür saß ein schielender, lamettageschmückter Porzellanleopard. So wie es aussah, lauter bei einem Ramschverkauf aussortierte Reststücke.

«Wo bleibt unsere Suppe?» sagte Melrose und drehte sich um, um zur Küche zu starren.

Wie auf ein Stichwort kam Mrs. Warboys mit zwei Tellern Suppe herausgestürmt. Klein, dick, blaß, hatte die Küchenkatastrophe sie in eine zitternde, aschgraue Masse verwandelt. Sie erinnerte Melrose an einen verrückten Mandelpudding. Die Suppe schwappte an den Schalenwänden hoch, als sie sie vor ihnen absetzte und die Auswahl an Hauptgerichten verkündete: «Kalbskotelett, Wiener im Schlafrock und Bombay-Ente.» Sie ließ den Blick nach rechts und links schießen, um zu sehen, wie sie es aufnahmen.

Melrose sah Jury an, der sagte: «Oh, zuerst Sie.»

«Ich versuche mal die Bombay-Ente, wenn das auch kaum meiner Vorstellung von einem *traditionellen* Weihnachtsessen entspricht. Ich hatte eher an so was wie ein schönes, nicht durchgebratenes Roastbeef gedacht.» Er lächelte so angestrengt, daß er schon befürchtete, Grübchen davon zu bekommen.

«Ganz recht. Leider aus.»

«Aus? Schon?»

Mrs. Warboys nickte über die Schulter in Richtung des Paares am Fenster. «Die beiden hatten das letzte Stück.»

«Aber sie sind doch die einzigen außer uns.»

Jury, der alle die ganze Zeit über im Auge behielt, lächelte und nippte an seinem Wein. Melrose hatte die Flasche Nathans Vorrat abgerungen. Die Warboys betrachteten alles, was sie besaßen, als ganz persönlichen Schatz, vom Fuchs mit dem blinden Auge bis zu dem mittelmäßigen Wein. «Für mich Wiener im Schlafrock, Mrs. Warboys», sagte Jury.

«Ja, Sir.» Sie glättete ihre Schürze und ihre Stirn und machte beinahe einen Knicks. Dann preßte sie das Tablett an ihren Busen und stapfte, nachdem sie etwas Dampf abgelassen hatte, davon.

«Ein Wiener im Schlafrock? Das wird Ihnen noch leid tun. Wahrscheinlich ist das wörtlich zu verstehen.»

«Ich habe das seit meinen Tagen in Good Hope nicht mehr gegessen.»

«Ist dieser Name nicht ein Euphemismus für diese frostige Anstalt, in der Sie Ihre Kindheit verbracht haben? Für mich klang das immer nach sibirischem Winter.»

«Das war es auch.»

Da die Küchentür nach beiden Seiten aufschwang, ermöglichte Mrs. Warboys' Abgang gleichzeitig Williams Auftritt. Er raste am Tisch vorbei. «Ham Sie Sally gesehen?» fragte er sie, obwohl er Jury bis zu diesem Augenblick noch nie gesehen hatte. Nein, hatten sie nicht. «Sie ist weg und hat die Kartoffeln fürs Abendessen vergessen.» Er trollte sich davon.

«Wer ist Sally?»

«Eine weitere Warboys, die gibt's hier in rauhen Mengen.» Melrose fuhr fort, seine Suppe zu löffeln.

Jury trank seinen Wein. «Was hatten Sie für einen Eindruck von der Familie Winslow?»

«Ehrlich gesagt, glaube ich nicht, daß David Marr ein gutes Alibi hat.»

«Es gab einen Anruf. Wir haben es überprüft.»

«Ja, aber sie haben auch einen Anrufbeantworter. Nicht

einmal Telecom, das beim Ermitteln rückständiger Zahlungen so unglaublich effizient ist, könnte Ihnen sagen, wer oder was den Anruf entgegengenommen hat. Nur, daß eine Verbindung hergestellt wurde.»

Jury schwieg einen Moment. «Und Sie glauben, daß Marion Winslow lügt.»

Melrose zuckte die Achseln. «Marion, David, Edward – jeder von denen würde für den anderen lügen.»

«Aber wenn das Telefon geklingelt hat, muß es doch jemand gehört haben.»

«Nein. Die Dienstboten waren außer Haus. Wissen Sie, ich denke mir...», er leerte seinen Teller und legte den Löffel beiseite, «...daß Alibis ja immer zwei Leute entlasten.»

In diesem Augenblick jagte Sally Warboys durch das Speisezimmer wie eine graue, vor dem Sturm hertreibende Wolke und schleppte eine braune Tasche mit (wie Melrose vermutete) den Kartoffeln fürs Abendessen. «Vor dem Sturm» traf die Sache, denn ihr Vater war ihr hart auf den Fersen, fuchtelte wild mit den Armen und achtete nicht auf seine Kundschaft. Sally knallte in die Küche, und Nathan dachte offensichtlich, daß er den Tumult (das Donnern herabstürzender Töpfe, den Regen von Gabeln und Messern) nicht noch vergrößern müsse, denn er kam sofort wieder heraus. Einer staubfarbenen Katze gelang es fast noch, durchzuschlüpfen und Nathans Fuß auszuweichen, ehe sie von der einen Türhälfte gequetscht und von der anderen gestoßen wurde. Melrose beobachtete, wie sie blitzschnell durch den Raum sauste und beim Türbogen schlitternd zum Stehen kam, wo sie dann den Porzellanleoparden anfauchte, den sie anscheinend nie als Cousin akzeptiert hatte.

«Da kommt er. Tun wir so, als seien wir noch mit der Suppe beschäftigt», flüsterte Melrose Jury zu.

Nathan Warboys hätte sich sowieso nicht darum gekümmert, da er nicht eben ein sparsamer Redner war und nicht verlangte, daß ihm ein anderer seine Bemerkungen mit gleicher Münze zurückzahlte. Mit der üblich finsteren Miene sagte er: «Also, also, sieh dir das an. Wieviel Leute sitzen da drin, sach ich zu ihr. Issen richtches Fest, nich, und sie, jed'n Amd haut sie...»

Melrose schaltete ab. Aber Jury war ganz Ohr. Melrose fragte sich, unter welchem Schlackenhaufen von Nathans Konversation Jury den Goldklumpen zu finden hoffte. Bei Jury wurde noch eine eingefrorene Quelle zu einem Wasserfall, und Warboys schickte sich an, wie die Niagarafälle loszulegen. Glücklicherweise rief das schrille Brr-Brr des Telefons Warboys zu seinen Pflichten zurück.

An seine Stelle trat nun Sally, die wie eine Kartenspielerin die Teller austeilte und dabei die Hälfte der Bestecke vom Tisch schubste, ehe sie zu weiterem Unheil davonschlurfte.

«Sie haben von Marrs Anruf gesprochen. Erzählen Sie weiter.» Jury gabelte sich ein paar Kartoffeln.

«Der Anruf verschafft auch Marion Winslow ein Alibi. Ich habe nur einen flüchtigen Eindruck von ihr bekommen. Doch auch der hinterließ bei mir das Gefühl, als sei sie eine resolute Frau. Und Edward findet das offensichtlich auch, loyal wie er ist. Loyal, wie sie ja alle sind. Natürlich habe ich sie nur einen Augenblick auf der Treppe gesehen.» Melrose stellte sein Weinglas ab, inspizierte seine Bombay-Ente und stocherte so hier und dort mit seiner Gabel. Einen Augenblick später sagte er: «Ist Ihnen das Porträt von Edwards Frau aufgefallen?»

Jury nickte. «Mrs. Winslow sagte, sie behält es wegen Phoebe. Sie und die Ex-Frau hatten offensichtlich nichts füreinander übrig.» Jury zog eine halbe Wurst aus dem Teigmantel.

Melrose beugte sich hinüber, um auf Jurys Teller zu sehen: «Ich verstehe nicht, warum Mrs. Warboys den Yorkshire-Pudding an den Wiener im Schlafrock verschwenden mußte.»

«Es scheint Sie ja richtig mitzunehmen. Wie ist Ihre Bombay-Ente?»

«Ist von Bombay zu Fuß gekommen. Wissen Sie, Roses Verschwinden ist sicherlich nichts, für das man sich begeistern könnte. Aber für diese Ente hier auch nicht.» Er hielt ein Stückchen in die Höhe.

«Zurück zum Anruf. Wann hat sie die Dienstboten weggeschickt?»

«Ich hab mir ausgerechnet, daß es am Mordtag gewesen sein muß.»

«Aber sie konnte ja nicht wissen, daß ihr Bruder anrufen würde. Wegen eines nicht vorhersehbaren Anrufs hätte sie die Dienstboten kaum weggeschickt.»

«Vielleicht hatte sie die Absicht, nach London zu fahren, ohne daß es jemand erfuhr. Natürlich hätte sie dann den Anrufbeantworter eingeschaltet. Mit Sicherheit wollte sie in dieser Nacht keinen Anruf verpassen. Natürlich nur, wenn sie nach London geflitzt ist. Und da sie das Gerät auch häufig benutzt, wenn sie sich in einem anderen Teil des Hauses aufhält oder ein Nickerchen macht, würde sich niemand wundern, wenn sie nicht ranginge. Klar?»

«Da haben wir wieder das alte Problem, die Frage nach dem Motiv. Warum sollte sie Ivy Childess denn umbringen?»

«Vielleicht, um einen der beiden zu schützen – David oder Edward. Das wäre vielleicht das einzige, das sie dazu bringen könnte, jemanden zu töten.»

«Aber vor was denn beschützen?»

Melrose seufzte. «Mit Ihnen macht es wirklich keinen Spaß.»

«Aber das hier ist einer. Wie die Münze im Weihnachtskuchen.» Er spießte die zweite Hälfte der Wurst auf und hielt sie auf den Gabelzinken hoch. «Ihre Theorie gefällt mir ziemlich gut, bis auf eine Sache, die ziemlich offensichtlich ist.»

«Ich hoffe, Sie sind nicht so tollkühn, derlei bei Divisional Commander Macalvie vorzubringen. ‹Offensichtlich›, was Sie nicht sagen!»

«Nehmen Sie zum Beispiel die Beedles da drüben...»

«Wen?» Melrose folgte Jurys Blick. Der Herr am Tisch auf der anderen Seite bezahlte gerade seine Rechnung. «Woher kennen Sie denn ihren Namen?»

«Von Nathan Warboys. Haben Sie ihm denn nicht zugehört? Ich habe sie beobachtet und gesehen, wie lange sie schwiegen. Eine Ehe kann sehr entspannend sein, denke ich. Schließlich verlangt niemand von einem, daß man bei Tisch kluge Konversation macht...»

«Warum heiraten Sie denn nicht?» Melrose holte sein Zigarettenetui hervor, nahm eine dünne, handgerollte Zigarre heraus und ließ das Etui wieder zuschnappen.

«Ich spreche davon, wie es von außen betrachtet erscheint. Der Anschein kann oft stimmen. Man muß ihr Schweigen nicht als Ärger deuten oder sonst was außer dem Wunsch, sich nicht unterhalten zu müssen. Sheila Broome und der Lkw-Fahrer beispielsweise. Warum nicht annehmen, daß Sheila und der Fahrer sich ganz natürlich verhielten? Daß sie die typische Anhalterin war, die keine Lust hat, sich mit der Person, die sie mitnimmt, zu unterhalten? Und dann der Anruf, der tatsächlich gemacht wurde, von David, und entgegengenommen von Marion? Und die Dienstboten sind weg, um einen Krankenbesuch zu machen, weil an diesem Wochenende wirklich jemand krank geworden ist? Der Mörder könnte eine Frau gewesen sein, ja, natürlich, und es könnte auch Marion Winslow gewesen sein. Aber wie ich schon sagte, wir haben noch kein Motiv.»

Melrose zog Edward Winslows Gedichte aus der Tasche und reichte sie Jury. «Er ist ziemlich gut. Sie meinen ja, daß diese zwei Morde eins gemeinsam haben: nämlich die Methode. Die Opfer wurden mit ihren eigenen Schals, die sie sich um den Hals geschlungen hatten, erdrosselt. Es erinnert mich an Porphyria.»

«Porphyria?»

«Brownings Porphyria: ‹... Da glitt herein Porphyria.› Ihr Liebhaber erdrosselte sie mit ihren Haaren.»

«Das ist ja interessant. Die Porphyria-Morde. Das würde Macalvie gefallen. Für Wiederholungsdelikte ist er Experte.» Jury sah auf die Uhr. «Ich werde in Kürze bei den Winslows erwartet und fahre dann nach London zurück. Warum kommen Sie nicht mit?»

Melrose schüttelte den Kopf. «Nein, ich glaube nicht.» Er hielt eines der beiden kleinen auf dem Tisch liegenden Fotos in die Höhe, legte es wieder hin und hielt das andere hoch. Er hielt es auf Armeslänge von sich entfernt, zog es wieder heran und streckte erneut den Arm aus. Er kratzte sich am Kopf und schnitt eine Grimasse. «Diese Kellnerin im Little Chef. Was genau hat sie noch gesagt, als Sie ihr den Zeitungsausschnitt mit dem Foto von Marr zeigten?»

«Macalvie hat ihn ihr gezeigt. Mary Higgins sagte, er – das heißt David – sehe irgendwie bekannt aus. Also schickte Macalvie einen gutaussehenden, dunkelhaarigen Polizisten zum Kaffeeholen rein, einen Mann von Marrs Größe und Statur, und sie meinte, er käme ihr auch irgendwie bekannt vor. Macalvie glaubt, daß sie einfach zu bemüht war.»

Melrose griff wieder nach dem Foto der Winslows. «Trotzdem ist die Sache irgendwie komisch.»

«Komisch, warum?»

«Na ja, es ist doch unwahrscheinlich, daß die Person, die Sheila Broome umbrachte, ins Café gegangen ist. Aber angenommen, er hat es gemacht. Diese Kellnerin, haben Sie gesagt oder vielmehr Macalvie, war sehr aufmerksam. Sah den Lkw, den Fahrer, das Mädchen im Regen.» Er zuckte die Achseln. «Es kommt mir nur merkwürdig vor, daß sie, was die Identifizierung des Bildes angeht, dann so vage geblieben ist, immer vorausgesetzt natürlich, daß es da etwas zu identifizieren gab. Vielleicht ist das für sie alles ein bißchen schleierhaft... Ich wollte morgen nach Northants zurückfahren. Aber ich könnte ja vielleicht auch nach Exeter fahren, wenn Ihnen das recht ist.»

«Natürlich ist es mir recht. Aber wozu?»

Melrose schüttelte den Kopf. «Ich weiß nicht. Nur so ein Gedanke. Meinen Sie, ich könnte ein paar Abzüge davon mitnehmen?» Er hielt die Fotos in die Höhe.

«Klar. Ich lasse sie machen, wenn ich heute abend wieder im Yard bin, und kümmere mich drum, daß Sie morgen die Abzüge haben.» Jury wandte sich um. «Oh, hallo, William.»

William Warboys stand neben Jurys Ellbogen und guckte angespannt. Als sei das plötzliche Auftauchen seines Herrn das Signal zu einem Überfall, stürzte sich Osmond mit einem Hechtsprung auf Melroses Fuß.

Melrose zuckte zusammen. «Gütiger Gott, kann man diesen Hund nicht an die Leine nehmen?» Er machte mit dem Fuß einen Schlenker, um Osmond abzuschütteln.

William ignorierte es und sagte: «Ich habe rausgekriegt, wer Weldon getötet hat.»

«Weldon? Wer Osmond getötet hat, wäre ein befriedigenderer Krimi.»

«Sidney war's.»

«Sidney? Sidney? Ich dachte, Sidney ist Weldons bester Freund.»

«Muß ja nicht sein, sonst hätte er ihn ja nicht umgebracht», sagte William sehr vernünftig. Dann wandte er sich an Jury. «Haben Sie Lust, hinten rauszugehen?»

«Und was ist da zu sehen?» fragte Jury.

«Gräber. So eine Art Friedhof. Wenn hier bei uns was stirbt, begrab ich es immer.» William sah auf sein Notizheft. «Da finde ich meine Anregungen.»

Melrose entgegnete: «Da findet ihr ja alle eure Anregungen.»

17

MACALVIE HATTE DIE FÜSSE auf Jurys Schreibtisch gelegt und die Arme vor der Brust verschränkt. Sein Blick wanderte zwischen Wiggins, der seinen Tee impfte, und dem Bildschirm eines kleinen tragbaren Fernsehers, auf dem ein Asiate die Freuden der Akupunktur vorführte, hin und her. Wiggins bewahrte den Fernseher in einem Aktenschrank auf und holte ihn jeden Mittag zum Akupunktur-Kursus heraus.

«Eigentlich müßte ja irgend jemand was gesehen oder gehört haben», sagte Wiggins, warf nun zwei Alka Seltzer in seine Tasse und sah zu, wie sich auf der bräunlichroten Oberfläche Blasen bildeten.

«Mit Sicherheit.» Macalvie zog die Stirn in Falten. «Was zum Teufel ist das, Wiggins? Klingt ja wie eine Eruption.» Er streckte die Hand nach dem Ordner aus, den Jury soeben auf seinen Schreibtisch geschmissen hatte.

«Diese Kopfschmerzen sind brutal. Wenn ich nicht aufpasse, hab ich bald eine Migräne am Hals.» Wiggins nippte an seinem Tee.

Macalvie brummte: «Bei Ihnen klingt das, als handele es sich um einen tollwütigen Hund. In Hay's Mews gibt es zwei Dutzend Häuser. Irgend jemand verschweigt was.»

«Haben Sie Andrew Starr erreicht, Wiggins?»

«Ja, Sir. Ich habe gesagt, wir kämen am Spätnachmittag bei ihm vorbei.»

Macalvie hatte den Hut ins Gesicht geschoben, aber seine blauen Augen blitzten unter der Krempe hervor. «Sie würden sich's zweimal überlegen, bevor Sie mich nach Covent Garden schicken, nehme ich an.»

Jury warf ihm ein strahlendes Lächeln zu. «Nicht zweimal, einmal. Sie können sich jederzeit mit ihm unterhalten, sobald ich mit ihm fertig bin.»

«Danke. Was ist mit diesem Freund von Marr? Paul Swann.»

«Hab noch nicht mit ihm gesprochen. Er ist in Brighton.»

Wiggins bekam das kalte Grausen. «Um diese Jahreszeit.» Er schüttelte langsam den Kopf.

«Sie können Ihren Mantel ruhig ausziehen, Macalvie. Die hiesige Polizei wird Sie nicht anstecken.»

Macalvie öffnete zwei Knöpfe. Sein Blick wanderte wieder zum Fernseher zurück, wo das eichhörnchenartige Geschwätz des Asiaten von den Zwölfuhrzwanzignachrichten abgelöst worden war. Weiterer Terroranschlag am römischen Flughafen. Kind im Dart ertrunken. Alter Mann überfallen. «Vielleicht gibt es ja noch Schlimmeres als Mord», sagte er.

«Vielleicht, aber ich bezweifle es.»

«Bei Dante heißt es...»

Jury sah verblüfft auf. «Dante? Sie lesen Dante?» Jury öffnete einen weiteren Ordner aus seinem Stoß. «Ich hätte nie gedacht, daß Sie Zeit haben, sich hinzusetzen und ein Buch zu lesen.»

«Ich habe nicht gesessen. So ein alter Knabe wurde in seiner Bibliothek zusammengeschlagen. Ich habe mir die Bücher angesehen. Er – Dante, meine ich – hält es noch für schlimmer als Mord: den ‹Verrat an Freunden und Wohltätern› nämlich. Schlimmer als Mord, Jury.» Macalvie nahm die Füße vom Schreibtisch und streckte die Hand nach einem Fisherman's Friend aus.

Wiggins riß eine Packung auf. «Kriegen Sie eine Erkältung, Sir?»

«Nein. Ich habe mit dem Rauchen aufgehört.»

«Gut. Wie lange schon?»

Macalvie sah auf die Uhr. «Vor 'ner halben Stunde.» Er nahm einen der abgelegten Ordner. «Was ist mit dem hier? Sagt, er war zwischen halb zwölf und Mitternacht an seiner Haustür am Ende der Charles Street.»

«Das Pub hat um elf zugemacht.»

«Ja, aber das heißt nicht, daß sie um elf getötet wurde.»

«Sie hätte aber sicher nicht noch eine Stunde in Hay's Mews rumgehangen.»

Macalvie zuckte die Achseln und warf den Ordner wieder auf den Schreibtisch. «So genau kann niemand die Todeszeit bestimmen. Wenn Ihre Pathologin das auch gar nicht zu schätzen wußte, als ich ihr das sagte...»

Jury fuhr sich mit den Fingern durch die Haare, so daß sie in Büscheln hochstanden. Er seufzte. «Macalvie, hören Sie bitte auf, durch die Korridore zu schleichen. Lassen Sie bloß die Leute von der Gerichtsmedizin in Ruhe.»

Macalvie wechselte das Thema. «Dieser Bursche David Marr, der hat doch überhaupt kein Alibi. Die Dienstboten waren weg, und der Anrufbeantworter kann das Gespräch entgegengenommen haben. Die Schwester lügt.»

«Gelegentlich sagt auch jemand die Wahrheit, Macalvie.»

Macalvie wirkte nicht überzeugt. Er fuhr mit dem Daumen am Ordnerstapel entlang. «Irgend jemand weiß etwas.» Er schlang die Arme wieder um die Brust.

«Was ist mit Sheila Broome? Weiß jemand was über sie?»

«Natürlich.»

Jury sah ihn an. «In zehn Monaten haben wir nichts zutage gefördert.»

«Werden wir aber noch.»

Jury griff nach dem Hörer. «Jury.» Der Anruf kam von Constable Whicker, der am Empfang Dienst tat.

«Ich hab einen Jungen hier unten, er heißt Colin Rees, sagt, er weiß vielleicht was über den angeblichen Mord in Hay's Mews, Sir.»

Jury hätte Whicker auch an der Art seiner Schilderung erkannt. Was Constable Whicker anging, war «Tatsache» ein relativer Begriff, und er gab Informationen stets mit Warnschildern versehen weiter, so als ob Fleet Street eventuell mithören könnte.

«Schicken Sie jemanden mit ihm rauf, Constable.»

Constable Whicker ließ den Hörer sinken, und man hörte leises Gemurmel. «Anscheinend will er nicht, Sir.»

«Okay. Ich komme runter.» Er legte auf und sagte zu Macalvie: «Drunten im Foyer ist ein Knabe wegen des Hay's-Mews-Mords.»

Macalvie schob den Hut zurück und lächelte.

Zwei Jungen. Der ältere von ihnen, Colin Rees, elf oder zwölf Jahre alt, mit ausgeblichenem blondem Haar in der Farbe von Malzmilch und kleinen, grauen Kieselsteinaugen. Er hielt eine Mütze in den Händen, die ihm offensichtlich mehrere Nummern zu groß war und die er zusammenquetschte und auseinanderzog, als sei sie ein Akkordeon. Er hatte das magere, angespannte Aussehen eines Kindes, das es gewohnt ist, auf dem Spielplatz gehänselt zu werden.

«Du bist Colin Rees?»

«Colly, ja, Sir.» Der Junge schüttelte Jurys ausgestreckte Hand. Er war mager, hatte spindeldürre Beine und Finger wie trockene Zweige.

«Ich bin Superintendent Jury. Das ist Divisional Commander Macalvie.» Der Junge nickte Macalvie mit der Feierlichkeit eines Meßdieners zu. «Das hier ist mein Bruder Jimmy. Sag Guten Tag, Jimmy.»

Daß Jimmy, der eine untersetztere Ausgabe von Colly war, nicht «Guten Tag» sagen würde, sah man ihm an, denn er hielt den Kopf gesenkt, als wolle er mit den Augen ein Loch durch die Schuhe des Divisional Commander bohren.

Colly Rees zuckte die Achseln. «Jimmy hat schon nich viel geredet, bevor Onkel Bub ihn sich wegen dieser Dame vorgeknöpft hat, und jetzt sagt er gar nichts mehr. Onkel Bub hat gesagt, er soll sich da raushalten. Er ist eigentlich kein richtiger Onkel, aber...»

«Setzen wir uns doch, Colly. Jimmy?»

Jimmy stand da wie ein Baumstumpf und fixierte weiter Macalvies Schuhe.

Colly, der auf der äußersten Kante einer Lederbank saß, wie sie an den Foyerwänden entlang standen, holte tief Luft für die nächste Runde und sagte zu Jury: «Es war so, Jimmy und ich waren im Pub...»

«Was hattet ihr denn da drinnen zu suchen?» fragte Wiggins und wirkte ein wenig verärgert beim Gedanken an einen möglichen Verstoß gegen das Jugendschutzgesetz.

«Ach, wir haben nur in der Küche gewartet. Auf Onkel Bub. Er ist so 'ne Art Hausmeister da, er schließt dort ab. Ich und Jimmy sind vom Kino in der Curzon Street gekommen.»

Jury blickte zu Macalvie auf, der jetzt zwar schwieg, Colly Rees aber mit seinem Blick an die Wand hätte nageln können. «Erzähl nur weiter», sagte er zu Colly.

«Jimmy hat sie gesehen. Er hat auf einer Bank gestanden und durchs Fenster in den Regen rausgeguckt.»

«Und wen hat er gesehen?»

«Diese Lady, Sir. Sagt er jedenfalls. Also ich, ich war in der Nähe vom Seiteneingang, der noch offen war. Und ich hab jemand weglaufen hören. Das muß dieselbe Lady gewesen sein, Sir.» Vor lauter Ernsthaftigkeit drückte er die Mütze zu einer Kugel zusammen.

«Du hast sie gehört. Aber du hast sie nicht gesehen?»

Colly Rees schüttelte ungeduldig den Kopf und verdrehte seine Mütze. «Gesehen hat Jimmy sie. Keiner von uns hat sich was dabei gedacht, nur weil jemand im Regen weggelaufen ist. Erst als wir dann ferngesehen haben und die Nachrichten über diese Lady gehört haben, die...» Colly zog ruckartig an seinem Schal. Wiggins zuckte zusammen.

«Okay. Erzähl weiter, Colly.»

«Sonst war nichts mehr, nur daß es eben eine Lady war.»

«Jimmy?» sagte Jury im Rücken des Kleinen. Jimmy Rees hatte sich, seit er sich neben Macalvies Schuhen aufpflanzte, keinen Zentimeter von der Stelle gerührt. Und Macalvie hatte das größtmögliche Opfer gebracht, dachte Jury: Er hatte ihm weder Handschellen noch Schläge verpaßt und ihn nicht einmal angebrüllt.

Colly sagte: «Oh, aus Jimmy kriegen Sie nichts raus, Sir. Der ist stocktaub, wenn er will.»

«Hat er die Frau nicht beschrieben?»

«Nein. Er nennt sie die ‹Regendame›.» Er sah seinen Bruder an, dessen Kopf sich ein wenig hob wie ein Apfel am Ast, was vielleicht Zustimmung bedeuten sollte.

Jury sah zu Macalvie und dann wieder zu Colly hinüber. «Es hat geregnet. Will er das damit sagen?»

«Weiß ich doch auch nicht, Sir. Immer wenn ich ihn frage, sagt er nur: ‹Die Regendame war's.›» Stirnrunzelnd fixierte er Jimmys Rücken, als solle der mit seiner rätselhaften Botschaft lieber nicht in den Mauern von Scotland Yard rausplatzen. «Und Tante Nettie hat ihm ein paar schlimme Sachen gesagt von wegen Lügen verbreiten und ihm was hinter die Ohren gegeben und Onkel Bub auch, weil er uns im Pub hat warten lassen. Hat gesagt, sie walkt uns kräftig durch, wenn wir was über diese Nacht erzählen.»

«Wegen Tante Nettie würd ich mir keine Sorgen machen, Colly...»

«Sie natürlich nicht. Sie ist ja auch nicht Ihre Tante, oder? Aber sie sagt, sie läßt uns nicht mehr fernsehen, und wir kriegen keine Süßigkeiten mehr. Jimmy ist ganz verrückt nach Fernsehen, deswegen redet er auch nicht viel. Sollen doch die anderen reden, soviel sie wollen. Ich hab ihn gefragt und gefragt. Aber er sagt bloß: ‹Die Regendame war's.›»

Macalvie riß seinen Blick von Jimmy Rees' gesenktem Kopf los und wandte sich strahlend an dessen älteren Bruder. «Du sagst, du hast jemand wegrennen hören. Woher weißt du, daß es eine Frau war?»

«Muß wohl eine gewesen sein, wenn Jimmy doch 'ne Lady gesehen hat», sagte er einsichtig.

«Das habe ich nicht gefragt: Ich habe dich gefragt, was du *gehört* hast.»

«Sie ist gerannt, Sir. Ich meine, ‹die Person›», fügte er rasch berichtigend hinzu. «Die Person ist gerannt, Sir.»

Macalvie schenkte Colly ein Lächeln wie Sägespäne. «Hör mal, woran hast du gemerkt, daß sie oder er gerannt ist?»

Er machte mit der Zunge ein schnalzendes Geräusch am Gaumen. «Wegen der Stöckelschuhe. Ich hab noch nie von einem Mann gehört, der welche trägt.»

«Und sie ist gerannt?»

«Ja, Sir.»

«Vielleicht nur schnell gegangen.»

«Gerannt.»

«Gegangen.»

Wiggins blickte von Macalvie zuerst zu dem einen und dann zu dem anderen Jungen. «Sir, macht das einen großen Unterschied?»

Macalvie funkelte ihn an. «Als erstes stellt man fest, ob es die Wahrheit ist. Als zweites, ob es einen Unterschied macht.» Er wandte sich wieder an Colly. «Nehmen wir an, es war eine Frau», räumte er gnädig ein. «Dann hättest du das Klappern der Absätze nicht gehört. Wenn sie gerannt wäre, hätten die Absätze nicht den Boden berührt. Also ist sie schnell gegangen.»

«Wie auch immer, sie könnte etwas gesehen haben, Macalvie.»

Jury wandte sich an Colly. «Okay, Colly, das war wirklich sehr mutig von euch, hierherzukommen. Von euch beiden, auch von Jimmy.»

Jimmy reagierte nicht auf die Verkündung seines Heldentums. Er hielt den Blick weiter auf die Schuhe gesenkt.

«Sergeant Wiggins kann euch jetzt nach Hause bringen. Wo wohnt ihr denn?»

«Bei den Wapping Old Stairs, Sir.»

Macalvie riß eine weitere Kaugummipackung auf. «Ich kann das schon machen», sagte er.

«Sie?»

«Sicher. Vielleicht kaufen wir unterwegs noch ein paar Süßigkeiten und Eis. Was meint ihr, Jungs?»

Colly meinte, Jimmy äße gern Borkenschokolade. Jimmy sagte dazu nichts.

Jury lächelte und schüttelte den Kopf. Es gab Augenblicke, in denen Kinder einfach nicht auftauten – später vielleicht, jetzt aber nicht, trotz Kaugummi und Borkenschokolade.

«Nett von Ihnen, Macalvie.»

«Keine Ursache. Vielleicht können wir uns ja ein bißchen über diese Lady unterhalten.»

So, als komme seine Stimme aus dem Boden und würde durch die Schuhe des Divisional Commander übermittelt, sagte Jimmy plötzlich: «Die Regendame war's.»

Vierter Teil

Stardust Melody

18

Das Haus in Knightsbridge lag gegenüber einem jener kleinen grünen Parks, die von schmiedeeisernen Zäunen umgeben sind und deren Tore sich nur mit einem Schlüssel öffnen lassen. Straßauf, straßab weder Menschen noch Verkehr. Jury wunderte sich oft über die Ruhe in diesen Wohngegenden; sogar der Verkehr hielt Abstand. Mehrere Straßen weiter schoben sich Autos und Busse durch die Sloane Street. Jury sah sich die Wagen an, die vor dem Haus geparkt waren: ein weißer Lotus Elan, der zwischen dem langen schwarzen Jaguar und dem dunkelbraunen Mercedes wirklich aussah wie eine heruntergefallene Blüte. Während er wartete, öffnete eine ältere Frau mit zwei Labradorhunden das Parktor und ging hinein.

Er ließ den Blick über die Tür nach oben wandern, über das Buntglas und den Ziergiebel, in den ein inzwischen verblichenes Wappen eingeschnitzt war. Die Frau, die die Tür öffnete, wahrscheinlich die Haushälterin, war klein und barsch. Falls sie der Anblick von Jurys Dienstausweis überraschte, verbarg sie es gut.

Hugh Winslow war ein hochgewachsener, hagerer Mann von Mitte sechzig, der sich wahrscheinlich durch regelmäßige sportliche Betätigung auf Tennis- und Squashplätzen in Form hielt. Die Augen in seinem höhensonnengebräunten Gesicht wirkten sehr blau, die Haut spannte sich straff über die Wangenknochen und wirkte wie Pergament. Als er sich in dem tiefen Sessel niederließ, wo er offenbar vorher gelesen hatte, entspannte sich sein Körper. Er hatte das Gebaren eines Mannes, der all seine Probleme schon seit geraumer Zeit gelöst hat, und er sah Jury an, als ob das, was die Polizei zu ihm geführt habe, entweder geringfügig oder von vornherein ein Irrtum sein müsse.

«Was kann ich für Sie tun, Superintendent? Möchten Sie vielleicht etwas trinken?» Er wollte aufstehen.

«Nein, danke. Ich wollte Ihnen nur ein paar Fragen stellen, Mr. Winslow, und zwar im Zusammenhang mit einer jungen Dame, die vor vier Tagen in der Nähe eines Pubs mit dem Namen I Am the Only Running Footman ermordet wurde. Kennen Sie es?»

«Nein, ich glaube nicht.»

«Ihr Schwager war Stammgast dort.»

«Ich habe David einige Male in Shepherd Market besucht, aber ich war nie in diesem Pub...» Mitten im Satz brach er ab.

«Ich habe nichts von Shepherd Market gesagt.»

Nervös suchte Winslow nach Zigaretten und Worten. «Ich habe nur angenommen...»

«Ich verstehe. Vielleicht haben Sie mit Ihrer Frau oder Ihrem Schwager gesprochen?»

«Ja, genau.»

Das hätte dir früher einfallen müssen als mir, dachte Jury. «David Marr war, soweit bekannt, der letzte, der Ivy Childess lebend gesehen hat. Er steckt in der Klemme. Ich frage mich, ob Sie mir wohl etwas über ihn erzählen könnten.»

«Wir sehen uns kaum, Superintendent. David kommt selten hierher, gewöhnlich nur, wenn Ned da ist.»

«Ihr Sohn.»

«Ja.»

«Und Sie haben ein gutes Verhältnis zu ihm?»

Hugh Winslow antwortete indirekt. «Er wohnte hier, als er nach London kam. Jetzt hat er sich eine Wohnung in Belgravia genommen.»

«Aber wie kommen Sie miteinander aus?»

«Nicht besonders. Dafür hat er ein überaus inniges Verhältnis zu seiner Mutter. Beide, Ned und David.» Sein Lächeln wirkte angestrengt.

«Was meinen Sie mit ‹überaus›?»

Hugh Winslow drückte seine Zigarette aus und goß sich einen Whisky ein. «Ich meinte nur ‹ein sehr inniges›, mehr nicht. Es ist nichts Unnatürliches, vor allem nicht im Hinblick auf Marion. Sie ist eine Frau, die in Männern starke Gefühle weckt.»

«Auch in Ihnen, Mr. Winslow?»

Er betrachtete Jury über den Rand seines Glases. «Ich verstehe nicht, was das mit – Miss Childess zu tun hat.»

Jury lächelte. «Tun Sie mir den Gefallen.»

Winslow seufzte. «Marion und ich haben uns irgendwie entfremdet. Seit dem Tod unserer Tochter.»

«Das mit Ihrer Tochter tut mir leid, Mr. Winslow.»

«Ja.» Er stand auf und begann ziellos im Zimmer herumzuwandern, im Feuer zu stochern und sich dem hohen Fenster zu nähern. Er erinnerte Jury an Marion Winslow. «Es ist direkt da draußen passiert», sagte er und nickte zur Straße hinaus. «Der Fahrer wurde nicht bestraft – es war wohl auch nicht seine Schuld. Er schien tatsächlich ein anständiger Bursche zu sein. Wells oder so ähnlich hieß er.»

«Miles Wells. Ich habe im Unfallbericht nachgesehen. Zehn Uhr abends, nicht wahr?»

Hugh nickte abwesend und setzte seinen Gedankengang fort. «Ich glaube, ja. Es ist schwer, wenn man für perfekt gehalten wird, wissen Sie. Denn dafür hielten sie Phoebe offensichtlich. Das hat ihr wohl nur sehr wenig Luft zum Atmen gelassen. Sie hatte durchaus Temperament, wie andere Kinder auch. Sie war nur ein kleines Mädchen, keine heilige Ikone. Aber seitdem scheint sich alles verändert zu haben.»

«Bis zu ihrem Tod waren Sie und Ihre Frau also recht glücklich, nicht wahr?»

«Würde ich schon sagen, ja.»

«Dennoch gab es andere Frauen, Mr. Winslow.»

Hugh Winslow war zu seinem Sessel am Kamin zurückgekehrt. Ein dunkler, lederner Ohrensessel, und wieder mußte Jury an die Unterhaltung mit seiner Frau denken. Ein seltsames Gefühl, wie bei einem Déjà-vu-Erlebnis.

Hughs Lächeln war ein wenig frostig. «Tja, das stimmt. Sie verstehen das vielleicht nicht, aber Marion ist so ziemlich die vollkommenste Frau, die ich je kennengelernt habe...»

«Und es war schwierig für Sie, mit der Vollkommenheit zu leben.»

Er nickte. «Aber wenn Sie etwas über David erfahren wollen, wäre es besser, Marion zu fragen.» Er schenkte sich einen weiteren Drink ein.

Hugh Winslow wirkte so allein wie die privilegierten Spaziergänger im Park gegenüber. Ohne Schlüssel würde man nicht in sein Inneres dringen.

«Ich habe mich schon mit ihr unterhalten. Ich wollte mich bei Ihnen eigentlich auch nicht speziell nach David Marr erkundigen. Sondern nach Ivy Childess.»

Die Karaffe hing in der Luft. Dann setzte er sie ab, stöpselte sie wieder zu und sagte: «Ich weiß wirklich nicht, was Sie meinen.» Es war ein schwacher Versuch, seine Gelassenheit zurückzugewinnen. Der Schlüssel hatte sich gedreht, das Tor stand offen.

«Es soll heißen, daß Sie Ivy Childess kannten.»

«Ich bin ihr einmal begegnet. Hier, auf einer kleinen Cocktail-Party.»

«Und seitdem trafen Sie sie immer wieder, nicht wahr? Im Running Footman.»

Er warf einen Blick auf das ausgehende Feuer. Dann wandte er den Kopf: «Ja.»

«Aber warum haben Sie sie in dem Pub getroffen, in das Ihr Schwager doch häufig kam?» Jury glaubte, die Antwort darauf zu wissen.

Und er erhielt die Bestätigung, als Winslow sagte, es sei Ivys Idee gewesen. Ihr habe es dort gefallen. «Aber sie wußten nichts über Ivy und mich. Marion ganz sicher nicht.»

«Sind Sie sicher, daß sie keinen Verdacht hatte?»

«Ja. Hätte sie...»

«Dann hätte sie sich scheiden lassen. Ist es nicht so?»

«Ivy hat ihre Beziehung zu David nur deshalb aufrechterhalten, damit niemand Verdacht schöpfte.»

Vielleicht glaubte er das ja tatsächlich. «Hat sie auf Heirat bestanden? Drohte sie Ihnen damit, eine Szene zu machen?» Aus Hugh Winslows unglücklichem Blick konnte Jury ersehen, daß er recht hatte. «Und diesen Preis wollten Sie nicht bezahlen. Ihre Frau ist ja sehr vermögend.»

«Ich nage auch nicht gerade am Hungertuch, Superintendent. Ach ja, Sie haben in gewisser Hinsicht ja recht. Ich war nicht bereit, den Preis zu bezahlen. Ich liebe Marion. Ich hatte nie die Absicht, Ivy zu heiraten.»

Jury schwieg einen Augenblick. Seine Gedanken waren zu dem Gespräch mit Stella Broome zurückgewandert. *Tolle Schlitten und tolle Männer*. Im Grunde das gleiche wie bei Ivy Childess. «Mr. Winslow, vor etwa zehn Monaten wurde eine junge Frau in einem Gehölz am Straßenrand zwischen Exeter und Bristol ermordet. Sie hieß Sheila Broome. Sagt Ihnen der Name etwas?»

Hugh Winslow schien erleichtert, daß sie das Thema Ivy Childess verließen. «Nein, nein, ich habe den Namen nie gehört.»

«Ende Februar. Am neunundzwanzigsten, um es genau zu sagen.»

Er versuchte zu lachen, doch es blieb ihm im Halse stekken. «Offensichtlich fragen Sie mich, wo ich da war.»

Jury lächelte. «Ganz richtig.»

Winslows Stimme wurde frostig. «Ich glaube, ich war im Ausland. Ich habe ein Büro in Paris. Aber ich kann das selbstverständlich in meinem Terminkalender nachprüfen, wenn ich auch bezweifle, daß dieses spezielle Treffen darin notiert ist, wenn ich nach Devon gefahren wäre.»

«Überprüfen Sie es trotzdem, Mr. Winslow. Ist das Ihr Jaguar da draußen?»

Er schien verwirrt. «Nein. Der Mercedes gehört mir. Warum?»

«Haben Sie mal einen Jaguar besessen?»

«Natürlich.» Er zuckte die Achseln.

Hat das nicht jeder? Jury lächelte. «Wann war das?»

«Oh, vor zwei oder drei Jahren, glaub ich. Aber ich verstehe nicht, warum...?»

«Sie haben gesagt, Sie hatten nie die Absicht, Ivy zu heiraten. Das klingt ganz ähnlich wie das, was auch Ihr Schwager sagte.»

Winslow rutschte unbehaglich in seinem Sessel hin und her. «Ivy war – na ja, sie war entsetzlich opportunistisch. Und ich habe nie jemanden gekannt, der so geschickt war, Sachen aus einem herauszukitzeln. Die Art Frau, der man sich anvertraut und es anschließend bereut...»

Er schwieg. Jury dachte einen Augenblick lang nach. «Ist es denkbar, daß Ihr Schwager ihr etwas anvertraut hat?»

«David? Wahrscheinlich. Er ist viel weicher, als man gemeinhin annimmt. Aber ich wüßte nicht, was er ihr anzuvertrauen gehabt hätte. David ist ein sehr offener Mensch.»

Angesichts der Tatsache, daß man Hugh aus dem Familienkreis ausgeschlossen hatte, fand Jury ihn ziemlich nachsichtig. «Mr. Marr scheint ziemlich viel Geld durchgebracht zu haben, wie Ihre Frau sagte. Und er scheint gerne an Orte wie Cannes oder Monte Carlo zu reisen...» Jury kam David Marrs erfreulich schlampige Pinnwand in den Sinn. «War er eigentlich mal in Amerika?»

Hugh Winslow runzelte die Stirn. «Nicht daß ich wüßte. Keiner von uns war jemals dort. Rose – das war Edwards Frau – redete immer davon, hinzufliegen. Ich wollte auch immer...»

«Ja, ich auch. David Marr scheint eigentlich keine teuren Vorlieben zu haben, auch wenn er gern vom Spielen, von Casinos und vom flotten Leben redet. Deshalb wundere ich mich über all das durchgebrachte Geld.»

«Ich kann mir nicht vorstellen, daß David Ivy Schweigegeld gezahlt hat. David ist viel eher der Solls-doch-jeder-wissen-und-denken-was-er-will-Typ.»

«Hängt wohl davon ab, was es da zu verbreiten gibt. Und wie steht es mit Ihnen, Mr. Winslow? Sind Sie der gleiche Typ?»

Erschrocken wandte sich Winslow ab. «Ich habe Ivy wohl ein bißchen was geliehen.»

«Geliehen. Und was heißt ‹ein bißchen was›?»

«Ein paar tausend.» Hastig, als würde dies das Darlehen rechtfertigen, fügte er hinzu: «Sie wollte sich in den Laden einkaufen, in dem sie als Verkäuferin arbeitete. In Covent Garden…»

«Vielleicht entspricht ein paar tausend ja Ihrer Vorstellung von ‹ein bißchen was›, meiner nicht. Natürlich würde es ein Erpresser so nennen.»

Winslow war aschfahl.

«Dieser Unfall Ihrer kleinen Tochter passierte gegen zehn Uhr…»

«Was hat denn *das* damit zu tun?»

«Vielleicht eine ganze Menge. Um zehn Uhr abends rannte Phoebe auf die Straße hinaus. Sie sagen, sie hatte manchmal Temperamentsausbrüche. Soll das die Erklärung dafür sein, warum eine Achtjährige spätabends auf eine dunkle Straße hinausrennt? Oder gab es da noch einen anderen Grund? Obwohl Edward, wie Sie sagen, hier war, blieb er nicht über Nacht. Das heißt, sie waren zusammen mit Phoebe hier. Und möglicherweise mit noch jemand anderem.»

«Ivy war da», sagte er und stützte den Kopf in die Hand, als sei er ein zerbrochener Gegenstand. «Phoebe hat uns gesehen.» Er blickte nach oben, als riefe er sich eine Szene im ersten Stock in Erinnerung. «Es war entsetzlich.» Wieder ließ er den Kopf auf die Hand sinken. «Aber sie hat mich nicht erpreßt, Superintendent.»

«Vielleicht nicht so richtig. Aber lief es nicht im Grunde auf das gleiche hinaus? ‹Ein paar Tausender, und ich erzähle Marion nicht, was in dieser Nacht passiert ist›?»

Winslow schwieg.

Jury erhob sich: «Wir werden uns später noch mal unterhalten müssen.»

Hugh Winslow brachte ihn zur Tür, wo er, als spräche er noch immer über sie, meinte: «Der Preis wäre Marion gewesen. Ich bin ja wohl jetzt schon ein Paria. Sie melden sich kaum noch bei mir.» Er wirkte sehr erschöpft.

«Ja», war Jurys einzige Antwort. Ein Paria. Wie er da in der Halle stand, hatte Jury Mitleid mit ihm und dachte daran, wie einsam er doch war. Sie hatten ihn in die Verbannung geschickt.

Vom Bürgersteig blickte er zurück und sah den Mann noch immer im Türrahmen stehen und über ihm den Ziergiebel mit dem verblichenen Wappen, dessen Ursprünge wohl längst in Vergessenheit geraten waren. In dem kleinen Park auf der anderen Straßenseite gingen ein paar Leute spazieren und genossen die privilegierte Abgeschiedenheit.

19

Es war einmal ein Marktplatz, doch er war ersetzt worden durch das unerbittlich kommerzielle, einstöckige Einkaufszentrum mit den üblichen Boutiquen und widerwärtigen Naturkostrestaurants, Süßigkeitenläden, Kartenläden, Krimskramsläden, die wegen der Adresse überteuerte Preise nahmen. Jury waren Gemüsestände und Fischhändler tausendmal lieber. Und Wiggins ging es offensichtlich ebenso.

«Früher hat es mir hier besser gefallen. Als sie noch frisches Gemüse verkauften und so was. Hätte sich der Stadtrat da bloß rausgehalten. Wen hat es schon gestört, daß alles ein bißchen schmuddelig war und gestunken hat. Das war wenigstens noch London.»

«Sie haben recht, Wiggins. Das war noch London.»

Eine blaue, ins Silberne changierende Neonschrift buchstabierte stotternd den Namen des Ladens: Starrdust. Vor dem schwarzen Hintergrund verloren sich die drei letzten silberbestäubten Buchstaben in eine andere Dimension.

Der Laden befand sich gegenüber vom neuen Markt von Covent Garden – zumindest würde ihn Jury immer als neu empfinden. Während er mit Wiggins davorstand und ins Schaufenster blickte, dachte er sich, daß das Starrdust vielleicht sogar eine Art Oase in all dem Getöse war, dem Brausen der Rockmusik, die in Wellen aus den Läden brandete, dem endlosen Verkauf von Schallplatten und Jeans und Croissant-Sandwiches.

Zuerst dachte Jury, es sei ein Laden mit Zauberartikeln. Vor einem Hintergrund aus schwarzem Samt (der ebenfalls mit Silberstaub besprenkelt war) waren schwarze Spitzhüte mit goldenen Viertelmonden zu sehen, mit falschen Edelsteinsternen besetzte Ebenholzstäbe, ausgestanzte silberne Planeten, die an unsichtbaren Fäden hingen. Auf einer Seite stand ein kleines Waldhaus, aus dem auf dem Gleis einer elektrischen Eisenbahn ein mechanischer Merlin in schwarzem Sternenumhang und Hut gefahren kam und einen winzigen Stab umklammerte, den er einmal wie segnend hob, ehe er wieder in sein Heim rollte.

«Haben Sie das gesehen, Sir?» fragte Wiggins, der die drei Kinder, die sich gerade erst zu der Zauberervorstellung eingefunden hatten, offensichtlich gar nicht bemerkt hatte.

Jury studierte die Pappsternbilder, wo die Namen – Pluto, Skorpion, alle Tierkreiszeichen waren vertreten – an Silberfäden baumelten. Auch eine Sonne, die ein bleiches, winterliches Licht abgab und die Aufmerksamkeit auf ein großes geöffnetes Buch mit Leuchtschrift lenkte. Und weiter unten stand auf einem kleinen goldenen Schild «Horoskope und seltene Bücher.» Der Laden belieferte keine Zauberer, sondern Schicksalsgläubige.

Als Jury schützend die Hände über die Augen legte und durch die Glastür (mit einem Schild «Verkäuferin gesucht») blickte, dachte er, der Laden sei über Mittag geschlossen, weil er so dunkel war. Aber Wiggins hatte angerufen und sie angemeldet. Er drehte den Knauf, und die Tür öffnete sich. Wiggins riß sich von Merlin und den drei Kindern los und folgte ihm.

Wie im Kino, an dessen Dunkel man sich ebenfalls erst gewöhnen muß, war es auch im Starrdust düster wie in einer Höhle. Jury blinzelte. Der Raum war ziemlich lang und schmal, und die hintersten Ecken konnte er überhaupt nicht erkennen. Wer für die Einrichtung des Ladens verantwortlich war, hatte sehr viel Phantasie an den Tag gelegt. Falls es Andrew Starr war, hatte er wohl das Glück gehabt, nie so richtig erwachsen geworden zu sein. Es gab auch eine Beleuchtung, strahlende Lichtpünktchen, die Jury ans Lesen unter der Bettdecke mit einer Taschenlampe erinnerten. Allmählich wurde es etwas heller. In einer Ecke befand sich ein Haus in Kindergröße, das im gleichen Neonblau wie das Schild bemalt und mit astrologischen Symbolen bedeckt war und über dessen Tür ein Schild mit der Aufschrift *Horror-Raum* leuchtete. Die Kinder, die nicht danach aussahen, als hätten sie alle drei zusammen auch nur einen Penny, waren mit Jury und

Wiggins hineingeschwärmt und steuerten auf das Spielhaus zu. Offensichtlich waren sie mit den Wundern des Starrdust wohlvertraut. An den langen Wänden standen in regelmäßigen Abständen mehrere große Regale. Dazwischen hingen silbergerahmte Fotos von Filmstars aus längst vergangenen Zeiten, wie Judy Garland und Ronald Colman. Sie alle blickten durch das Geglitzer der Sterne und Monde aus der Vergangenheit herüber. Jury warf einen Blick auf die Bücher und sah, daß sie wirklich antiquarisch und wie eine Mondbibliothek inmitten der Monde und Sterne aufgestapelt waren.

Die *pièce de résistance* aber hatte Wiggins entdeckt, der zur gewölbten Decke hinaufstarrte, die der Eigentümer äußerst vorteilhaft genutzt und in eine Art Pseudoplanetarium verwandelt hatte. «Sehen Sie sich nur das an», sagte Wiggins schon zum zweitenmal. «Das ist ja wie bei Madame Tussaud.»

«Nicht ganz», sagte Jury und betätigte sich selber als Sterngucker. «Sehen Sie, da verschwindet Venus...» Ein Licht verlosch allmählich hinter dem Planeten. «...und da kommt Mars.» Stumm knipste sich ein Licht an. Die Sternenanlage ließ ihre kleinen Lichter aufleuchten und verlöschen und vermittelte einem das unheimliche Gefühl, als bewege sich der Himmel.

«Mir kommt es vor, als würde ich schweben», sagte Wiggins.

Aus dem Horror-Haus drang ein fast schläfriges Gelächter. Von irgendwoher aus dem Hintergrund tönte scheppernd Hoagy Carmichaels Schlager «Stardust». Aber nicht besonders laut, nicht in Stereo. Überraschenderweise spielte man die sehr zerkratzt klingende Schallplatte auf einem simplen Plattenspieler ab. Die Zeit schien sich zu dehnen wie der Raum. Jury sah sogar auf seine Uhr, obwohl er wußte, daß er erst eine Minute, wenn nicht noch kürzer hier war.

Aus der Tiefe des Raums näherten sich zwei Mädchen von vermutlich neunzehn oder zwanzig Jahren. Sie trugen graue Cordhosen und schwarze Bauernblusen, die mit einer Art Silberfaden durchwirkt waren, der im Licht der Planetariumdecke schimmerte. Beide hatten hellblondes Haar, das sie mit sternenbesetzten Kämmen zurückhielten, helle, fast opalisierende Haut, blau und silber umschattete Augen und perlmuttrosa Lippen, so daß das Licht, das über sie hinwegflutete, sich in einen zerfließenden Regenbogen verwandelte. Man hätte sie für Zwillinge halten können, obwohl sie das nicht waren, ja vielleicht nicht einmal Schwestern. Eine fragte, ob sie ihnen behilflich sein könnten. Die andere kicherte ein wenig. Worauf ihr die erste einen warnenden Blick zuwarf. Aber sie strahlten so viel gute Laune aus, daß Jury selber ein wenig schmunzeln mußte, wie sie so kerzengerade dastanden und sich um die Taillen faßten wie Schlittschuhläuferinnen auf einem Teich.

Auf Jurys Reaktion hin strahlten ihre heiteren Gesichter, falls das überhaupt noch möglich war, gleich noch mehr, fast so, als seien hinter ihren Augen die Sternenlichter angeknipst worden. Er zeigte ihnen seinen Dienstausweis.

«Oje!» sagte eine von den Starrdust-Zwillingen. «Da wollen Sie sicher mit Andrew sprechen. Wissen Sie, er hat uns gesagt, wir sollen nach zwei Polypen –» Sie hustete, errötete und sagte: «Entschuldigung, aber Sie sehen beide gar nicht wie Polizisten aus...»

Jury lächelte, als sie verstummte. Wiggins sah wahrscheinlich nach nichts aus außer nach einem Sterngucker.

Er war immer noch dabei. «Meinen Sie Andrew Starr? Mein Sergeant hat schon mit ihm gesprochen.»

«Richtig, mit Andrew. Wir holen ihn rasch.» Die Starrdust-Zwillinge taten offensichtlich alles zu zweit. Erneut hörte man ein Kichern, doch diesmal kam es nicht von den Mädchen. «Das sind wieder die Kinder, Meg», sagte die eine. «Oh, Andy hat nichts dagegen», erwiderte die andere. Ob oder nicht, sie scheuchten jedenfalls die Kinder aus dem angemalten Haus. Die drückten sich noch ein wenig herum, sahen sich um, faßten aber nichts an, kamen schließlich heran und blickten mit offenen Mündern und Zahnlücken zu Jury auf, der nicht so recht wußte, für wen sie ihn hielten. Um jedoch kein Risiko einzugehen, blechte er ein Zehnpencestück auf den Ladentisch und nahm drei Gummibärchen aus der Glasschüssel.

Sie sahen sich an, lächelten scheu und zogen dann ab. Schön war's wieder im Starrdust.

Andrew Starr sah gerade noch ihre Rockschöße, als er hereinkam. Er blickte ihnen nach, wie sie draußen vor der Scheibe auf den Spielzeug-Merlin starrten. Er schüttelte den Kopf. «Sie kommen mehrere Male in der Woche», sagte er, ohne sich vorzustellen. «Stammkunden. Das Starrdust hat wie ein Pub seine Stammgäste.»

Jury blickte auf Wiggins, den immer noch die Sterne in Bann schlugen, und dachte sich, daß Starr wohl einen weiteren auf seine Liste setzen konnte.

Andrew Starr war ein gutaussehender junger Mann, schmächtig, aber gut gebaut und gut gekleidet, jemand, bei dem seine nicht gerade außergewöhnliche Kleidung – tadellos sitzendes Baumwollhemd und Jeans – aussah, als stamme sie von einem Maßschneider. Haar und Augen waren dunkel, der Knochenbau zierlich. Er trug einen schweren Anhänger, wahrscheinlich sein Sternzeichen, und ein goldenes Armkettchen, das er gewohnheitsmäßig ums Handgelenk kreisen ließ.

«Es geht natürlich um Ivy.» Starr setzte sich hinter seinen Ladentisch und fischte eine Zigarette aus einem Porzellanbecher. Er zündete sie an und bot auch Jury eine an. Wiggins war inzwischen wieder mit beiden Beinen auf der Erde gelandet und holte sein Notizbuch hervor. Die Starrdust-Zwillinge ordneten Bücher aus einer Kiste in die Regale.

«Ivy Childess, stimmt. Wie lange hat sie eigentlich hier gearbeitet?»

«Knappes Jahr vielleicht. Hatte einen Job hinterm Ladentisch bei Boots, bevor sie zu uns kam. Ivy war viel zu ehrgeizig, um ihre Tage damit zu verbringen, älteren Damen Lidschatten auf die Augen zu stäuben.»

«Ehrgeizig?»

«O ja, und wie. Ivy konnte man mit drei Worten beschreiben. Ehrgeiz, Ehrgeiz und noch mal Ehrgeiz. Natürlich war sie sehr gut hier...»

«Was genau hat sie denn gemacht?»

«Sie war Verkäuferin. Wie Sie sehen, suche ich eine neue. Tut mir leid, klingt ein bißchen makaber. Na ja, ich kann mich einfach nicht so furchtbar aufregen wegen Ivy. Ehrlich gesagt, mochte ich sie nicht so besonders, aber, wie ich schon sagte, sie war verdammt gut. Außerdem» – Starr griff unter den Tisch – «war sie eine ziemlich gute Madame Zostra.»

Er hatte einen mit Flitter besetzten Wickelkopfputz, so eine Art Turban, und ein großes Kartenspiel, Tarotkarten, hervorgezogen. Jury lächelte. «Ivy hat wahrgesagt?»

Andrew Starr lächelte breit. «Zum Spaß, zur Unterhaltung. Nicht um die Kundschaft auszunehmen. So gern sie das auch getan hätte», fügte er trocken hinzu.

Jury breitete die Karten aus. «Dann glauben Sie also nicht an all das?»

Starr wirkte ein wenig verletzt. «Natürlich tu ich das. Das heißt, an Astrologie. Und die meisten meiner Kunden kommen schon seit einer Ewigkeit.» Er warf einen Blick auf die Fotos zwischen den Bücherregalen. «Theater- und Filmstars. Na ja, nicht die großen. Die sind ja wohl alle tot. Marilyn Monroe hab ich nie zu Gesicht bekommen, leider.»

Jury lächelte. «Sie wären viel zu jung gewesen, um sie so richtig zu würdigen.»

«Nicht für Marilyn Monroe.»

«Hat Ivy an Tarot, Astrologie und diese Dinge geglaubt?»

«Um Himmels willen, nein. Deswegen war sie wahrscheinlich so gut im Verkauf. Sie konnte einem Schwein einen Silbertrog andrehen. Nein, aber sie wußte, was gut war – und Starrdust *ist* gut, das kann ich Ihnen sagen.»

«Ich glaube es Ihnen, Mr. Starr.»

«Andrew. Nennen Sie mich Andrew. Ivy hatte ein bißchen Geld, und ständig hat sie mich damit genervt, daß sie hier einsteigen will. Wollte meine Partnerin werden, wirklich wahr. Ich habe gar nicht richtig hingehört, weil ich dachte, daß sie nicht mehr als ein paar hundert Pfund hat – das heißt, ich hab mir nicht mal die Mühe gemacht, ihr zu sagen, daß ich keinen Partner will. Sie muß das als Ermutigung aufgefaßt haben. Eines Tages kam sie doch tatsächlich mit einem Scheck über zweitausend Pfund an. Da habe ich die Sache dann klargestellt. Daß ich keinen Partner brauche.

Aber das verdammte Weib – tut mir leid – war so zäh wie ihr Name, Efeu. Wenn sie etwas wollte, bekam sie es auch. Macht wollte sie, und Geld bedeutet Macht. Denken Sie nur an diesen Typen, David, mit dem sie ausging...»

«David Marr.»

«Armer Teufel. Kam ein paarmal vor Ladenschluß hier vorbei, hing rum, wartete auf sie. Ich persönlich fand ihn nett. Es ist schon komisch, wie manche Leute, egal wie einfach sie sich kleiden und reden, förmlich nach Geld stinken. Marr war so einer. Also hängte sie sich an ihn ran. Pardon.» Er griff hinter sich und legte eine neue Schallplatte auf. Sie war genauso verkratzt wie die erste. Dinah Shore sang «Stars Fell on Alabama».

«Glauben Sie, daß Ivy ihn heiraten wollte?»

Andrew johlte. «Mein Gott, und ob. Der Mann hatte Geld wie Heu. Das heißt, hätte es bekommen. Sie redete oft davon, was er noch alles erben würde. Als ob sie Miterbin wäre, natürlich. Allerdings schien er nicht besonders erpicht darauf. Am wenigsten auf eine Heirat. Aber Ivy dachte wohl, sie könnte seinen Widerstand allmählich brechen. Sie saß ständig da und blätterte die Karten durch und sagte, sie hätte noch einen ‹Trumpf› in der Hand.»

«Was, glauben Sie, hat sie damit gemeint?»

Er zuckte die Achseln. «Keinen Dunst.» Andrew drehte das Goldkettchen wieder und wieder um sein Handgelenk und runzelte die Stirn. «Ich denke mal, dieser Marr dachte zu Anfang, er kriegt da mit Ivy ein süßes kleines Ladenmädchen, und merkte dann später, daß sie ein gieriges und herzloses kleines Biest ist. Entschuldigung.»

«Sie müssen sich nicht entschuldigen, Andrew. Die Toten sind nicht liebenswerter, weil sie tot sind.»

Andrew Starr entspannte sich und zündete sich noch

eine Zigarette an. «Wenn Sie *meine* Meinung hören möchten, glaube ich, daß ihr Freund sich tatsächlich irgendwo niederlassen wollte. Wahrscheinlich in einem kleinen Landhaus in Kent oder so...»

Jury lächelte. «Diesen Eindruck macht David Marr nun nicht gerade auf mich.»

«Ich habe eine ungeheure Intuition, Superintendent. Ehrlich.» Er sah sich im Laden um. «Diese Dinge haben mich schon immer fasziniert – wann ist Marr geboren, wissen Sie es?»

Jury rechnete nach. «Neunzehnhundertsechsundvierzig. Monat und Tag müßte ich nachsehen.»

«Und die Stunde. Kriegen Sie das für mich raus, und ich kann Ihnen genau sagen, was für ein Mensch er ist.»

Jury hatte zwar von Hellsehern gehört, die beim Lösen von Kriminalfällen eingesetzt wurden, nicht aber von Astrologen. «Danke. Wir können jede Hilfe gebrauchen. Aber glauben Sie, daß er zu einem Mord fähig wäre?»

Zu Jurys Überraschung sagte Andrew Starr nicht sofort nein. Statt dessen starrte er zu seinem falschen Planetarium hinauf und sagte schließlich. «O ja, er wirkt zwar sehr gelassen, aber er gehört zu den Leuten, die zu allem – sogar Mord – fähig sind, wenn sie schlimme Enttäuschungen erleben.»

Wiggins sah von seinem Notizheft auf. «Diesen ‹Trumpf›, den sie noch in der Hand hatte, Sir. Würden Sie sagen, sie könnte etwas über David Marr gewußt haben?»

«Kann schon sein. Irgendwie hat sie sicher daran geglaubt, mit ihrem Trumpf bei Marr noch einen Stich machen zu können. Nein, nein, nein, Kinder...»

Das war an die Starrdust-Zwillinge gerichtet, die gerade den Spiegel aufhängen wollten, der an den Bücherregalen gelehnt hatte. Eine von ihnen stand auf einer kurzen Leiter, die andere hielt den Spiegel von unten.

«...ein kleines bißchen höher. So ist's richtig.»

Ein seltsamer Spiegel, eine Mischung aus Spiegel und Kaleidoskop. Ausgehend von seiner angebrochenen Mitte drehten sich Farbplättchen und warfen glitzernde Pailletten auf die Gesichter der Zwillinge. «Wo haben Sie den denn her?» fragte Jury.

«Von einem Antiquitätenhändler in Brighton. Ich dachte, der paßt gut hierher. Der Kaleidoskopeffekt ist eine optische Täuschung.» – «Brighton?»

Andrew nickte. «Ich hab mal in Hove gelebt. Hab in Brighton mit Horoskopen ein ziemlich gutes Geschäft gemacht. Die Stadt ist bekanntlich ziemlich berühmt für ihre Wahrsagerei – wenn man das so sagen kann. Astrologen, Hellseher und so weiter haben dort Tradition. Natürlich, es ist ein Badeort, da ist das vielleicht zu erwarten. Die meisten sind ehrlich, würde ich sagen. Ein oder zwei sogar brillant. Ich gehörte nie zu diesen ein oder zwei», sagte er wehmütig. «Aber ich bin ehrlich.»

Wiggins betrachtete äußerst fasziniert das Spiegelereignis. «Meinen Sie nicht, ich sollte den jungen Damen ein wenig zur Hand gehen, Sir?» Ohne auf Jurys Zustimmung zu warten, legte er sein Notizbuch auf den Tisch und stand auf.

«Interessant. Wir müssen uns mal mit jemand aus Brighton unterhalten.» Da Jury dies Wiggins zu überlassen gedachte, war er froh, daß der sich außer Hörweite befand. Wiggins hatte nicht viel für Badeorte übrig, weder im Sommer noch im Winter. Vor allem im Winter bedeuteten sie den sicheren Tod. «Wissen Sie, ob Ivy Childess schon mal dort war?»

«Meines Wissens nicht. Wie schon gesagt, Ivy Childess glaubte in erster Linie an kaltes, hartes Bares. Ihr Sergeant scheint sich hier wohl zu fühlen...» Er nickte zum Spiegel hinüber. «Glauben Sie, er würde gern hier arbeiten, wenn er die Polizei mal satt hat?»

Jury lächelte. «Meinen Sie etwa das Schild im Fenster? Wo wir gerade davon reden, hat sich schon jemand gemeldet?»

«Oh, ja. Einige. Aber irgendwie passen sie nicht so recht hierher.» Andrew zuckte die Achseln. «Entweder sind sie arrogant oder ungehobelt.» Er sah zu den Planeten hinauf. «Anscheinend glauben sie, das ist alles nur ein Witz oder gerissene Geschäftemacherei oder ihrer beträchtlichen Talente nicht würdig.»

«Ich frage, weil ich eine Freundin habe, die Ihnen vielleicht zusagen würde. Na ja, wenn Sie jemanden mögen, der ein bißchen verrückt ist. Aber fleißig und verläßlich und sehr, sehr hübsch.»

«Klingt phantastisch. Was ihre Verrücktheit angeht, wunderbar. Genau unser Stil. Und wenn sie auch noch hübsch ist, um so besser. Die Kunden mögen das und ich auch. Ein hübsches Gesicht hebt die Laune, Superintendent, meinen Sie nicht auch?»

«Auf jeden Fall.» Er blickte zu den Starrdust-Zwillingen hinüber, die den Spiegel mit Wiggins' Hilfe am Neonhimmel aufgehängt hatten. Alle drei standen jetzt darunter, sahen zu ihm hinauf und schnitten regenbogenbunt gesprenkelte Clownsgesichter. «Sind sie eigentlich Schwestern?»

«Meg und Joy? Oh, nein. Viele Leute glauben sogar, sie seien Zwillinge. Ich lasse sie immer das gleiche anziehen, und ich denke, das ist wieder so eine Illusion. Die meisten

Leute sehen, was sie sehen wollen oder zumindest, was ihren Erwartungen entspricht. Nein, Meg und Joy kamen eines Tages hier vorbei, als ich eine Verkäuferin suchte. Sie standen bloß da und strahlten und machten schließlich lange Gesichter, als ich ihnen sagte, daß ich nur eine brauche. Sie sahen so unglücklich aus, daß ich sie schließlich beide anstellte. Ich konnte sie einfach nicht trennen, der Gedanke, das Team auseinanderzureißen, war mir unerträglich.» Er lächelte. «Und ich habe es nicht bereut. Sie müssen wissen, sie sind jetzt schon fast zwei Jahre hier, und in der ganzen Zeit hab ich nicht *ein* böses Wort zwischen den beiden gehört. Aber 'ne Menge böse Worte von Ivy Childess. Und sie konnte Meg und Joy nicht ausstehen. Was mir eine Menge über Ivy Childess verrät. Ich wollte sie nicht nur nicht zu meiner Partnerin machen, ich wollte sie sogar rausschmeißen.»

«War sie denn so schlimm?»

«Allerdings. Ehrlich gesagt, ich bin erstaunt, daß es nicht andersherum war, daß *sie* umgebracht wurde. Ich hätte eher gedacht, daß *sie* Marr umbringt, weil er sie nicht heiraten wollte. Armer Kerl.»

«Hat sie je von anderen Männern gesprochen, Andrew? Hätte das vielleicht ihr Trumpf in der Hand sein können?»

Andrew Starr dachte einen Augenblick nach. «Ich kann mich wirklich nicht erinnern, ob je von einem anderen Mann die Rede war. Er hätte schon reich sein müssen.»

«Oder vielleicht jemand, der David Marr hätte eifersüchtig machen können.»

«Ihn eifersüchtig? Oh, nein, das glaub ich nicht. Ich glaube sogar, daß Marr und ich den gleichen Gedanken hatten, nämlich sie loszuwerden.»

«Sie hätte darauf nicht besonders freundlich reagiert.»

Jury steckte Wiggins' Notizbuch ein und stand auf. «Andrew, ich bin Ihnen sehr dankbar für Ihre Hilfe.»

«Gern geschehen. Und sagen Sie Ihrer Freundin, sie soll anrufen und einen Termin ausmachen. Aber sie kann auch einfach vorbeikommen, obwohl in der Regel ziemlich viel Betrieb ist.» Andrew schrieb etwas auf die Rückseite einer Starrdust-Karte und reichte sie Jury. «Wir haben hier noch eine andere Nummer. Eine Geheimnummer. Das Geschäftstelefon ist an manchen Tagen andauernd besetzt. Eigentlich haben wir heute geschlossen. Wir haben die Tür nur für Sie und Ihren Sergeant offen gelassen.»

«Fein, ich sammle jetzt nur noch meinen Sergeant ein und verschwinde.» Er rief Wiggins, der sich unglücklich vom Spiegel losriß und vom Gekicher der Mädchen begleitet zum Ladentisch zurückkehrte. Die Starrdust-Zwillinge fingen an, den Spiegel zu putzen.

«Ihr Laden gefällt mir, Mr. Starr. Für die Kinder muß das ein wahres Paradies sein mit all den Lichtern und Sternen und dem kleinen Haus da hinten.» Wiggins nickte in Richtung *Horror-Raum*.

«Ja, das stimmt. Waren Sie noch nicht drinnen, Sergeant?» Andrew warf Jury ein kleines Lächeln zu, als Wiggins zögernd zum Haus hinübersah.

«Führen Sie ihn nicht in Versuchung. Und nochmals vielen Dank.»

«Keine Ursache. Ich habe gar nicht das Gefühl, verhört worden zu sein.» Er lächelte.

«Vielleicht kommt noch mal jemand vorbei, um ein paar Fragen zu stellen. Die Polizei von Devon hat Interesse an diesem Fall. Möglicherweise» – Jury lächelte – «haben Sie dann ja das Gefühl, von der Polizei verhört worden zu sein.»

«Da bin ich aber gespannt. Wiedersehen, Superintendent, Sergeant.» Sie schüttelten sich die Hände, und die Starrdust-Zwillinge sahen ihnen dabei zu. Eine winkte von der Leiter herab mit dem Staubtuch.

Auf dem Bürgersteig blinzelte Jury. «Netter Kerl, netter Laden.»

«Wissen Sie, Sir, dieses ganze Gehampel mit dem Spiegel – hoffentlich denken Sie jetzt nicht, ich wollte nur rumalbern.»

«Nein, natürlich nicht. Und wenn schon, wir brauchen alle hin und wieder mal ein bißchen Spaß.»

Sie steuerten die U-Bahnstation Covent Garden an.

«In Wirklichkeit habe ich den Mädchen ein paar diskrete Fragen gestellt.»

«Oh? Und haben Sie etwas herausgefunden?» Jury blickte beiseite und lächelte.

Wiggins marschierte tief in Gedanken versunken neben ihm her. Um sich auf die Sprünge zu helfen, zog er sein Röhrchen mit Pastillen hervor. «Eigentlich wußten sie nichts Besonderes, Sir. Aber sie haben mich zum Tee und auf einen Schwatz bei sich nach Hause eingeladen. Hier, brauchen Sie ihre Adresse?»

«Heben Sie sie auf, Wiggins. Man weiß ja nie. Die U-Bahnstation.» Sie blickten hinauf zu dem blauroten Schild. «Es wird sicherlich hübsch, wenn es endlich mal fertig ist.» Er nickte zu den Gerüsten hoch. «Wird mit so einem Gartenmotiv verziert. Na ja, ist ja schließlich Covent Garden.»

«Stimmt. In den nächsten fünf Tagen werden wir nicht mehr allzu viele Gärten zu sehen bekommen. Ich möchte mich mit Marrs Freund Paul Swann unterhalten. Deshalb denke ich gerade, wir fahren morgen früh einfach nach Brighton.»

Für einen Londoner Markt mochten es die Pillen vielleicht tun. Als er jedoch Brighton hörte, direkt an der Küste gelegen, mußte Wiggins sein Taschentuch zücken. «Brighton, Sir.» Er schneuzte sich die Nase, und obwohl er noch keinen Blick auf die kalte See werfen und die Nase nicht in die kalte Seeluft stecken mußte, sah er aus, als brüte er einen See-Virus aus. «Das ist ja direkt am Meer, Sir.»

«Ich weiß.» Jury fiel plötzlich auf, daß Wiggins im Starrdust kein einziges Mal Nasentropfen, Taschentuch oder Pastillen gebraucht hatte. Jury starrte in den Himmel, der hart wie Beton war. «Schlimm, wenn man wieder auf dem Boden der Wirklichkeit landet, was?»

20

Kate blickte hinauf zur hohen, riesigen Kuppel, zum Drachen mit den silbernen Flügeln, dem Stern aus Spiegelglas, den Blumenornamenten und den Edelsteinschnüren, an denen der großartige Kronleuchter hing, und fragte sich, wie es wohl gewesen sein mußte, wenn der Saal festlich erleuchtet war. Ein durch den Glanz von Diamanten hervorgezauberter künstlicher Tag.

Kate, die hinter der roten Samtkordel stand, war inzwischen die einzige Besucherin. Von dem halben Dutzend anderen, die vorher noch herumgewandert waren, war nichts mehr zu sehen. Der Wärter am Ende der Festtafel wirkte gelangweilt, wollte wahrscheinlich nur noch nach Hause. Die vergoldeten Schlangen und silbernen Drachen und Edelsteine konnten ihn schon lange nicht mehr beeindrucken. Vielleicht betrachtete er das alles als eine Art Witz, einen Schabernack, wie er Königlichen Hoheiten eben so einfiel. Er gähnte und verschränkte die Hände im Rücken.

Ihre eigenen Gedanken, dachte Kate, waren ja nicht minder prosaisch, nicht minder aufs Häusliche gerichtet. Inmitten all dieser Pracht – welche exotischen Gerichte mußten an dieser Tafel serviert worden sein! – dachte sie ans Essen, das sie kochen mußte, an Karotten und Kohl, die sie vergessen hatte. Karotten und Kohl.

Kate steckte die Hände in die Manteltaschen, ließ die Tasche am Handgelenk baumeln und fragte sich, was Dolly wohl machte und wo sie jetzt war. Sie hatten sich wieder über Kates Pensionspläne, die Vermietung eines Zimmers an einen Fremden, gestritten. Entschuldige, Dolly, aber es sind nun mal im allgemeinen Fremde, die Zimmer mieten. Wer er denn sei? Was sie über ihn wisse? Ob sie denn nicht begriff, wie gefährlich das sein könne?

Er hatte gar nicht gefährlich ausgesehen. Er sah sogar recht attraktiv, recht interessant aus. Hatte sie Dolly eigentlich erzählt, daß sie ihn im Spotted Dog kennengelernt hatte – oje, da wäre sie vielleicht völlig durchgedreht. Kate seufzte. Jemand in einem Pub kennenzulernen und ihm ein Zimmer anzubieten, wo man doch gar nichts über ihn wußte...

Ein Wärter stand neben ihr und sagte ruhig, daß es gleich fünf sei und sie schließen würden. Wie lange hatte sie hier schon gestanden? Als sie in den langen Korridor hinaustrat, beschäftigte sie immer noch die Frage: Was wußte sie eigentlich über ihn, außer daß er charmant war? Nichts. Er kam aus London, aber was hatte das schon zu bedeuten?

Vielleicht hatte Dolly diesmal doch recht. Aber Dolly litt schließlich auch nicht unter ihrer, Kates, Einsamkeit.

Unter einer durch zartes Gitterwerk unterteilten Decke marschierte Kate durch rote und blaue Fahnen, Bambus und Porzellan und fragte sich, was für ein Mensch, was für ein König das wohl gewesen war, der sich eine solche Phantasiewelt erbauen ließ. Welche Leben hatte er damit ruiniert, welche Leiden damit angerichtet?

Kate überquerte den Castle Square. Eine feine Regengischt hob und blähte sich wie ein zarter Vorhang, und nur, weil außer ihr so wenige Menschen auf dem Platz waren, fiel ihr der Mann am äußersten Ende auf. Er war zu weit weg, als daß sie sich absolut sicher sein konnte, aber sie glaubte, daß er dem Mann ähnelte, den sie im Spotted Dog kennengelernt hatte. Er bewegte sich nicht. Er schien zu ihr herzusehen.

Obwohl sie wußte, daß es lächerlich war, machte es sie dennoch nervös. Er betrachtete natürlich den Royal Pavilion, nicht Kate. Sie hielt inne, drehte sich um und blickte zurück. Die erlesene Architektur der Pavillonfassade wurde durch das hohe Gerüst brutal entstellt. Die meisten Arbeiter waren schon gegangen, aber zwei saßen noch immer da oben, rauchten und tranken aus Styroporbechern. Ein Palast voller Silberdrachen und Diamanten und Trokkenfäule. Sie stopfte ihr Haar unter die Strickmütze und dachte, daß das Gerüst die Wirklichkeit sei und nicht das Silber und das Blattgold. Die Arbeiter schnipsten ihre Zigaretten übers Geländer, packten ihre Sachen zusammen und gingen, sie waren sich gar nicht bewußt, daß sie ein Phantasiegebilde zusammenflickten. Paläste zerfallen, und das bedeutet Arbeitsplätze.

Als Kate sich wieder umdrehte, war der Mann fort.

21

Oben im zweiten Stock holte Carole-anne Palutski die Slips ein, die sie auf einer zwischen Fensterbrett und einem nahen Ast aufgespannten Leine aufgehängt hatte. Die Reihe bunter Bikinihöschen blähte sich im Wind wie Fähnchen auf einer Yacht. Sie lebten nur zu dritt in diesem Haus in Islington – Mrs. Wasserman im Tiefparterre, Jury im Erdgeschoß und Carole-anne zwei Stockwerke höher, wo die Miete billiger war. Die Wohnung dazwischen stand leer, und Carole-anne hatte den Hauseigentümer dazu überredet, daß sie sie Interessenten zeigen durfte. Sie machte das nicht nur wegen des Mietnachlasses, den er ihr dafür einräumte, sondern auch, um sicherzugehen, daß niemand einzog, der ihre traute Dreisamkeit gefährdete.

«Hi, Super!» rief sie und winkte aufgeregt mit der freien Hand, als sähe sie ihn nicht jeden Tag. Die Unterhöschen schossen in die Fensteröffnung, der Kopf verschwand.

Jury stieg die Stufen zu seiner Islingtoner Wohnung hinauf und sah als erstes nach, ob Mrs. Wasserman zu Hause war. Jetzt, wo Carole-anne hier wohnte, hatte Mrs. Wasserman nicht mehr soviel Angst auf den Londoner Straßen, ging wieder öfter in die Läden und zum Schlachter und zum Gemüsehändler.

Während Jury die Treppe hochstieg, kam Carol-anne heruntergerannt, ließ ihre Espadrilles, schlapp schlapp, über die Stufen schlappen und hielt ein Fläschchen korallenroten Nagellack in der Hand. Fünf Finger und einen Fuß hatte sie schon fertiglackiert. Sie konnte gerade noch einen Zusammenstoß vor seiner Tür verhindern, was Jury nicht überraschte. Draußen auf der Straße hatte sie schon öfter

Zusammenstöße verursacht. Carole-anne war der einzige Mensch, den er kannte, der nonstop über den Piccadilly Circus schlendern konnte. Heute trug sie Shorts und Oberteil in grellem Pink, was zusammen mit ihrem rotgoldenen Haar eine erstaunliche Kombination ergab. Bloß daß ein Teil des Haars, seit er sie vor fünf Tagen zum letztenmal gesehen hatte, noch intensiver rot getönt war. Warmes Korallenrot, verwegenes Rosa, metallisches Orange, feurig züngelndes Haar.

«Hallo, Carole-anne. Sie sehen ja aus wie ein mexikanischer Sonnenuntergang.» Als sie in seine Wohnung traten, fragte er sie, was sie denn mit ihren Haaren gemacht habe.

«Jetzt geht das wieder los», sagte sie ärgerlich, plumpste auf sein gefedertes Sofa und trug den Nagellack auf die restlichen Zehen auf. Dann meinte sie nachlässig «Oh», entknäulte ihre Gliedmaßen und zog einen Zettel aus dem Bund ihrer Shorts. «Hier. Von SB-Strich-H.»

Carole-anne weigerte sich, Susan Bredon-Hunt bei ihrem Namen zu nennen, gerade so als könne die Genannte durch eine solche magische Beschwörung aus einer Feuer-und-Rauch-Wolke vor ihnen auftauchen. Jury blickte auf den Zettel und die knappe Botschaft: *acht Uhr*.

Nun denn, Jury wußte nur zu gut, daß Susan Bredon-Hunt keine Frau weniger Worte war. Er wedelte mit dem Zettel. «Ist das alles? Kein blumiger Tribut an New Scotland Yard und seine Lakaien, deren erster ich bin? Keine Schnörkel und Umschreibungen? Nicht mal ‹herzliche Grüße, Susan›?» Er setzte sich hin, zog seine Zigaretten aus der Tasche und fragte sich, ob er noch Bier da hatte.

«Sie brauchen sich gar nicht so aufzuregen», sagte Carole-anne, ja, stieß es geradezu heraus. Sie lag jetzt schon fast auf dem Sofa, streckte die Beine in die Luft und hatte die Hände ins Kreuz gestützt. «Ich bin doch bloß der Scheiß-Anrufbeantworter hier, aber echt.»

Jury lächelte. Es stimmte schon. Carole-anne kam gerne herunter, um seine Anrufe entgegenzunehmen und ihre Platten auf seinem alten Plattenspieler zu spielen. Manchmal kam er nach Hause und hörte das klagende Wimmern von Tiny Rudy, ihrem Lieblingssänger, oder die Küchenchaos-Klänge (zerscheppernde Glas und Porzellan) von Ticket to Hell, ihrer Lieblingsrockgruppe. Nachdem sie einmal Zutritt zu seiner Wohnung besaß, hatte Carole-anne vor drei Monaten beschlossen, daß ihr Lieblingspolizist sich neu einrichten sollte, und (selbstverständlich ohne sein Wissen) bei Decors, einem der protzigsten Einrichtungshäuser Londons, angerufen, damit sie mit ihren Musterbüchern vorbeikämen.

Ihren großzügigen Umgang mit imaginären finanziellen Mitteln hatte sie inzwischen schon längst wieder vergessen, aber die Musterbücher waren trotzdem aufgetaucht, und zwar in den Händen von Susan Bredon-Hunt – groß, Mannequinfigur, hochmodisches Outfit und Messerschnitt...

Es klang allmählich richtig hart. Alles Carole-anne zu verdanken mit ihren zahlreichen Beschreibungen Susans. Ihre Kleider seien flach wie Backbleche. Aber wenn man da oben schon nichts hatte (die Beschreibung wurde allmählich anschaulich), mußte man ja auch nicht noch extra darauf hinweisen. Und dann diese Backenknochen. Sie sieht aus wie ein Kinderdrachen, besteht nur aus Flügeln – die Hüften, das Gesicht... Eines schönen Tages gucken Sie noch mal hoch zu meinen Höschen und sehen sie vorbeifliegen.

«Sie brauchen jemanden mit ein bißchen mehr

Schwung», sagte sie und hielt die Beine wieder in die Höhe.

«Sie sind mir gerade schwungvoll genug. Kommen wir doch bitte noch mal auf den Job in diesem Schmuddelladen zurück. Sie können diesen Job einfach nicht...»

«Warum sind Sie bloß so ein alter Stockfisch, Super. Ist doch ein Aufstieg, oder?» Langsam ließ sie die Beine sinken.

«Aufstieg, daß ich nicht lache. Vom King Arthur's nach Soho, das ist wie vom Regen in die Traufe.»

Sie keuchte jetzt vor Anstrengung, als sie die Füße über dem Kopf langsam wieder senkte. «Der Q. T. Club will nur, daß die Hostessen drauf achten, daß die Kunden immer was zu trinken und Chips haben. Sie wissen schon, zum Spielen.»

«Oh, und ob ich das weiß. Die ganze Sitte weiß es. Sie sehen aus wie eine Brezel.»

Sie wandte ihm den Kopf zu und streckte die Zunge heraus.

«An der verrenkten Takelage könnten Sie glatt noch ein Großsegel hissen.» Carole-anne seufzte und setzte sich auf. «Sie sollten erst mal das Kleid sehen, das ich anhabe...»

«Nein, danke.»

Sie hatte die Hände in die Hüften gestützt. «Mein Gott, Sie sind ja schlimmer als 'ne alte Mutti.» Sie warf den Kopf zurück. Ein erfolgloser Versuch, sich mit dem ganzen Schwall rotgoldener Locken über ihrem Gesicht hochmütig zu geben.

Jury seufzte. Er hatte größtes Verständnis für die alten Muttis dieser Welt, die ihre Kinder davon zu überzeugen versuchten, daß sie nicht tun sollten, was sie sowieso nicht tun wollten. Aber er nahm an, daß die Kinder eben auf irgend jemanden eindreschen mußten, weil sie eine solche Wut auf sich selber hatten und nicht den Nerv, etwas zu unternehmen, das gewöhnlich mit Schmerzen und Gefahr verbunden war.

«Um in diesem Lokal zu arbeiten, müssen Sie einundzwanzig sein. Und Sie sind unter.»

Es war schlimmer, als ihr zu sagen, sie sei häßlich. «Bin nicht unter, sogar schon drüber. Zweiundzwanzig.»

«Ach, tatsächlich? Letzte Woche, als Sie sich um diesen Steno-Job bemüht haben, waren Sie fünfundzwanzig. Weil fünfundzwanzig das gewünschte Alter war. So schwindet das Alter von Deinem göttlichen Antlitz.»

Sie wechselte das Thema. «Wie lange werden Sie denn weg sein?»

«Fünf Minuten. Lang genug, um den Q. T. Club zu schließen.»

«Mein Gott! Hören Sie doch endlich damit auf!» Sie packte ein Kissen.

Jury fühlte einen weichen Schlag an seiner Stirn. «Und was ist mit dem Theater? Sie können ja schlecht nachts arbeiten und Ihren Job dort ebenfalls behalten.»

Sie warf sich wieder auf die Couch. «Ist ja nicht mal West End. Sondern Camden Scheiß-Town! Und das nennen Sie *Theater*?»

«Rufen Sie einfach im Club an und erzählen ihnen, es täte Ihnen leid, aber sie müßten verreisen. Ihre alte Mutti liege im Sterben.»

Sie lag jetzt auf der Seite und machte mit den Beinen schnelle Scherenbewegungen. «Dann kommt SB-Strich-H also vorbei?»

«Sie heißt Susan. Ja, auf einen Sprung.»

Carole-anne setzte sich wieder auf und warf ihm aus ihren ägäisblauen Augen einen vernichtenden Blick zu. Zumindest bildete Jury sich ein, daß die Ägäis so blau sein mußte, von einem dunklen, schimmernden Blau, das in einen purpunen Horizont überging. «Heute abend wollten wir in den Angel gehen.» Sie ließ sich zurückplumpsen wie eine Tote.

«Tut mir wirklich leid, Carole-anne. Ich hätte Susan eigentlich gestern abend treffen sollen und hab's versäumt.»

Es waren Pluspunkte für ihn, daß er Susan versetzt hatte. Carole-anne ließ sich ein wenig erweichen, spielte die Gelangweilte und ließ eine Espadrille von ihren Zehen baumeln. «Wenn Sie mit 'nem Eis am Stiel ins Bett gehen wollen, von mir aus.»

Jury schloß die Augen, nicht so sehr vor Carole-annes Gemecker, als vielmehr, um das Bild von Susan, das sie gerade heraufbeschworen hatte, ein wenig aufzutauen. «Mit wem ich ins Bett gehe, ist doch wohl meine Sache, meinen Sie nicht auch?»

Nein, meinte sie nicht. Sie begann, den neuen Lack von ihrem Daumennagel zu schälen, und sagte: «Sie sollten lieber aufpassen und nicht mit jeder X-Beliebigen ins Bett hüpfen...»

«Carole-*anne*.» Es klang gefährlich.

Und irritierte Carole-anne nicht mehr als die Sandale, in die ihr weißes Füßchen gerade probehalber und sozusagen aschenputtelmäßig schlüpfte. «Wie spät ist es eigentlich?»

Jury war mißtrauisch. Carole-anne kümmerte sich nie um die Uhrzeit, wenn sie sich, aus welchem Grund auch immer, in seiner Wohnung aufhielt. Ihm war es so, als hätte er nur einen Teilzeitmietvertrag abgeschlossen. «Halb fünf. Warum?»

Sie stand auf und streckte sich, eine echte Augenweide,

das sah selbst ein Blinder. «Oh, ich hab bloß gedacht, ich geh ein bißchen spazieren.» Sie drehte sich mit gestreckten Armen in der Taille. «Wann kommt SB-Strich-H denn?» Rechts herum, links herum...

Als ob sie das nicht wüßte. «Um acht. Warum?»

Sie setzte ihre Freiübungen fort. Jetzt waren tiefe Kniebeugen dran. Gleichzeitig zuckte sie mit den Achseln. «Nur so.» Sie beendete das Ganze mit einem Spagat.

«Sie können den Haus-Cheerleader spielen. Könnten Sie sich nicht ein bißchen um Mrs. Wasserman kümmern, während ich weg bin? Gehen Sie doch zum Beispiel mal mit ihr zum Bingo in der Upper Street oder so was.»

Carole-anne hielt auf halbem Wege zum Fußboden inne. *«Bingo?»* In einem Ton, als hätte er sie gebeten, ein Kloster zu besuchen.

«Natürlich. Sie hat Busenfreundinnen, die jede Woche hingehen.»

«Na schön...»

«Als Belohnung hab ich auch eine Überraschung für Sie.»

Carole-anne liebte Überraschungen. «Klar, ich geh mit ihr zum Bingo. Seh ich denn nicht sowieso ständig nach Mrs. W.?»

Das tat sie wirklich. Jury sagte. «Ich habe einen Job für Sie gefunden.»

Noch immer mißtrauisch, nahm sie die Karte, die er ihr hinhielt. «Ist *das* die Überraschung? Was ist das denn?» Sie blickte auf die Karte.

«Sie werden begeistert sein. Sie dürfen ein Kostüm tragen, Carole-anne.»

Damit hatte er ihre Aufmerksamkeit geweckt. Carole-anne würde im Untertagebau arbeiten, wäre es mit einem Kostüm verbunden. Es war einer der Gründe, warum sie eine begeisterte und gute Schauspielerin war.

«Was für ein Kostüm?» Ihre Augen leuchteten, als sie sich vom Boden hochrappelte.

«Oh, so eine Art Satin-Turban gehört dazu. Mit lauter Sternen drauf. Sie dürfen wahrsagen.» Er mußte lächeln, als er ihr breites Lächeln sah. Carole-anne hatte schon eine Menge Spaß daran, Jurys Zukunft vorherzusagen. Und dann erst die Vorstellung, sie auf völlig fremde Menschen loszulassen, von deren tatsächlichem Leben sie nicht die Bohne wußte. Sie würde die Planeten herumschieben, wie es ihr gerade paßte. Auf dem Weg zum Angel hatte sie ihn einmal davon zu überzeugen versucht, daß das funkelnde Licht auf dem Postamt der Halleysche Komet sei.

«Ist das so eine Art Kirmes? Hab ich einen Stand?»

«Eigentlich ist es ein Laden. Was den Stand angeht, bin ich mir nicht so sicher.» Er reichte ihr die kleine Karte. «Der Besitzer möchte, daß Sie sofort vorbeikommen. Madame Zostra sollen Sie da heißen», fügte er hinzu. *«Madame Zostra, berühmte Hellseherin...»* Wo hatte er das nur gelesen?

«‹Starrdust›, na so was», sagte sie und studierte die Karte. «Was verkaufen die denn da?»

Jury lächelte. «Oh, Verschiedenes. Träume vielleicht.»

Carole-anne seufzte und steckte die Karte in den Bund ihrer Shorts. «Wenn SB-Strich-H kommt, haben Sie auch so einen Traum nötig, Super.»

Ihre Espadrilles schlappten in den Flur und die Treppe hinauf.

Susan Bredon-Hunt, die barfuss und im Seidenteddy im Zimmer herumspazierte, sprach über eine Zukunft, von der sie offensichtlich glaubte, daß sie sie gemeinsam verbringen würden. Sie redete in der Tat eine Menge. Sobald sie in seine Wohnung kam, zog sie sich stets aus, aber nicht, wie er merkte, um sofort mit ihm ins Bett zu gehen oder gar, um auf sympathische Weise wollüstig zu wirken. Anscheinend mußte sie ausgezogen sein, um nachdenken zu können. Hin und her tänzelnd (irgend etwas Pferdehaftes hatte Susan, die an Fuchsjagden teilnahm, schon an sich) zog sie an ihrer Zigarette und trank ihren Wein. Das ballonförmige Glas hielt sie in beiden Händen wie eine kleine Kristallkugel, aus der sie ihre gemeinsame Zukunft las.

«...und es wird Zeit, daß du Daddy mal kennenlernst, Richard. Ich hab erst heute mit ihm im Claridge's zu Mittag gegessen, und er möchte, daß du mal auf einen Drink vorbeikommst...»

Und so weiter. Eigentlich deprimierte es ihn, nur daran zu denken. Das Herrenhaus irgendwo in Suffolk. Eine mit Orden gespickte Familie, die aus allen möglichen Variationen von höchsten Ordensträgern des Britischen Empire bestand. Hier ein Befehlshaber, dort ein paar Offiziere, aber selbstverständlich keine gewöhnlichen Ordensmitglieder. Daddy, erinnerte er sich, war Knight of the Thistle. Jury vermutete, daß er selber irgendeine verwegene Seite in Susan ansprach, den Wunsch, etwas Schockierendes zu tun, wie etwa einen Beamten, einen Polizisten, zu heiraten.

Er wünschte, sie würde mit ihrem Auf- und Abmarschieren, dem Pläneschmieden und all dem Gerede über eine Zukunft aufhören, die sie mit Sicherheit nie gemeinsam verbringen würden. Sogar ein Streit wegen seines plötzlichen Verschwindens an einem der letzten Abende wäre befreiend gewesen und hätte sie ihm nähergebracht. Doch als er darauf zu sprechen kam, wischte sie die Sache einfach nur beiseite und redete weiter über die Zukunft, ihre gemeinsame Zukunft, als dekoriere sie ein Schaufenster mit irgendwelchen großartig harmonierenden Sekretären und türkischen Teppichen.

Als sie an seinem Sessel vorbeikam, griff er nach ihr und zog sie auf seinen Schoß, wobei er ein wenig Wein über die pfirsichfarbene Seide verschüttete, die ihre kleinen Brüste bedeckte. Er ließ die Hände über ihre Seiten wandern, von den eckigen Schultern bis zu den knochigen Hüften, während sie am Weinflecken rubbelte.

«Der war nagelneu, Richard», sagte sie und zog ein Gesicht.

«Ich kauf dir einen neuen.» Er vergrub das Gesicht an ihrem Hals...

Es klopfte an der Wohnungstür.

Er wußte, wer es war.

«Oh, hoffentlich störe ich nicht...», sagte die Mieterin aus dem zweiten Stock. Carole-anne Nouveau trug ein feuerwehrrotes Kleid, über dessen Vorderseite jeder Mann mit Vergnügen ein Faß Wein verschüttet hätte. Am Hals war es rautenförmig ausgeschnitten, und der chinesisch wirkende Stehkragen wurde von irgendeinem glitzernden Modeschmuck zusammengehalten. Die Hautenge des Kleides machte echte Diamanten auch überflüssig. Er konnte es kaum fassen, aber sie trug tatsächlich eine Kasserolle in den Händen, die herrliche Düfte verbreitete. «Dein Lieblingsgericht.» Sie lächelte lieb.

Er hatte zwar keine Ahnung, was sein Lieblingsgericht war, aber plötzlich verspürte er einen Wahnsinnshunger. Auf Alkohol, Essen, Sex. «Danke», sagte er mit unbewegtem Gesicht.

«Und hier ist dieser Song...» Süßes Lächeln. Sie tänzelte zum Plattenspieler hinüber, stellte die Kasserolle ab und zog die Platte aus der Hülle. Sie drückte auf den Knopf, wandte sich an Jury und blinzelte ihm zu, falls man eine so schläfrige Bewegung der Wimper blinzeln nennen darf. «Kannst du dich erinnern... ach ja...»

Mit einem langgezogenen Seufzer lauschte sie ein paar Takten. *«Of all the girls I LOVED before...»* Verträumt fixierte sie Jury so lange, daß es für den Countdown auf einer Raketenabschußrampe gereicht hätte. «Das ist Julio. Erinnerst du dich noch an Spanien?»

Das einzige Spanien, das er je mit Carole-anne erlebt hatte, hatte zwanzig Minuten gedauert und war das Foyer des Regency Hotel gewesen. Er funkelte sie an, während Julio sich all der Mädchen erinnerte, die durch seine Tür gekommen und wieder gegangen waren.

Carole-anne tat, als bemerkte sie Jurys finsteren Blick nicht, als sie Susan die Kasserolle an den aprikosenfarbenen Busen drückte und (mit völlig anderer Stimme) sagte: «Zehn Minuten auf dem Herd, meine Liebe. Tja.»

Der Dampf, der aus der Kasserolle stieg, war nichts im Vergleich zu dem, den Susan Bredon-Hunt abließ.

Am nächsten Morgen verstaute Jury seine Sachen im Wagen und stieg die Stufen zur Wohnung im Tiefparterre hinab. Er war erstaunt, als er sah, daß die Tür einen Spaltbreit offen stand und die schweren Vorhänge zurückgezogen waren. Mrs. Wasserman besaß genügend Schlösser, um die Auslage eines Schlossers zu bestücken, und normalerweise brauchte sie fünf Minuten, um die Tür zu öffnen. Heute allerdings nicht. Seit Carole-anne vor einem Jahr die Wohnung im obersten Stock übernommen hatte, hatte Mrs. Wasserman die Zugbrücke ihrer Festung herunter- und auch ein wenig Licht hereingelassen.

«Ich wollte nur kurz fragen, ob Sie gerne was aus Brighton hätten», sagte Jury, als sie aus der Küche kam. Sie trug eine Schürze über dem marineblauen Kleid. Das Haar hatte sie straff nach hinten gekämmt und zu einer Spirale verdreht, die einer gespannten Uhrfeder glich.

«Ah! Mr. Jury, schön, daß Sie mal ein bißchen Urlaub machen. Warten Sie, ich hab was für Sie.»

«Kein Urlaub, Mrs. Wasserman», rief er ihr nach. «Schön wär's.»

Während er wartete, sah er sich in der Wohnung um. Jetzt, wo die Sonne die Fensterscheiben wärmte und Lichtpunkte auf den kräftig gemusterten, noch aus Polen stammenden Teppich warf, sah es hier schon ganz anders aus als in dem finsteren Raum von damals mit vorgezogenen Gardinen und der Panzertür. Aber Jury verstand ihre Ängste. Mrs. Wasserman hatte ihr jetziges Alter von gut sechzig über diverse Fluchtrouten erreicht – Seitengassen, Tunnels, gesperrte Straßen, Stacheldrahtzäune. Das war in ihrer Jugend gewesen, in einer Zeit, die sie immer als den großen Krieg bezeichnete. Es war etwas, das sie trotz ihres Altersunterschieds gemeinsam hatten – den Verlust ihrer Familien.

Sie kam herein und trug ein kleines, mit Bindfaden verschnürtes Paket. «Ich hab das für Ihre Reise gemacht. Sandwiches. Feinste Putenbrust und eines mit Käse und Essiggurken.»

Er dankte ihr und nahm das Paket. «Passen Sie bitte ein bißchen auf Carole-anne auf. Vielleicht könnten Sie sie ja mal zum Tee einladen. Vielleicht könnten Sie sie auch zu Ihrem Bingo-Abend mitnehmen. Sie läßt sich's ja nicht anmerken, aber ich glaube, sie fühlt sich manchmal einsam.»

«So ein süßes Kind, Mr. Jury.» Sie stiegen die drei Stufen zu ebener Erde hinauf. «Ist es nicht schön, daß sie jetzt diese neue Stelle hat.»

Jury war mißtrauisch. Er glaubte nicht, daß Carole-anne Mrs. Wasserman schon vom Starrdust erzählt haben konnte. Und sie würde doch weiß Gott nie über den Job reden, den sie im Q. T. Club annehmen wollte. «Eine neue Stelle?»

«Sie wissen doch, in dem Tag-und-Nacht-Waschsalon. Carole-anne sagt, sie muß Spätschicht arbeiten und kommt erst in den frühen Morgenstunden nach Haus. Ich hab ihr schon gesagt, sie soll aufpassen und ein Taxi nehmen.»

«Der Waschsalon. Ja, das hatte ich ganz vergessen.»

«Ist ja soviel besser als ihre alte Arbeit.»

Die alte Arbeit war Oben-ohne-Tanzen im King Arthur gewesen. «Ja, viel besser.»

«In der Bibliothek.»

Jury betrachtete eingehend den Boden zu seinen Füßen und blickte erst wieder auf, als die Haustür aufsprang und die Bibliothekarin in ihren hautengen Jeans und der unechten Pelzjacke heraustrat. «So verrückt sie auch nach Büchern ist, wurde wohl einfach zu schlecht bezahlt.»

«Ah ja, es ist verdammt schwer, heutzutage Arbeit zu finden. Und im Waschsalon kann sie auch noch gratis ihre Sachen waschen.»

«Hi, Mrs. W.!» rief Carole-anne fröhlich.

«Hallo, meine Gute», sagte Mrs. Wasserman. «Wie hübsch Sie wieder aussehen!»

«Danke, Mrs. W. Bin unterwegs zu einem Vorstellungstermin.» Sie blickte überallhin, bloß nicht in Jurys Richtung: straßauf, straßab, zum Himmel hinauf, um zu sehen, ob es schneite, regnete oder die Sonne schien – alles interessierte sie, nur nicht Jurys Gesichtsausdruck.

«Hallo, meine Gute», sagte Jury in einem gespielt-freundlichen Ton, den er selten an sich hatte. «Wenn Sie mit dem Turban und den Sternen fertig sind, können Sie gerne meine Wäsche waschen.»

Carole-anne sah ihn schief und frech an, als sei ihr dieser ungewaschene Fremde an der Türschwelle nicht ganz geheuer. Ihre weiße Stirn runzelte sich; die Tropfenohrringe zitterten. «Hä? Ich muß los. Bis dann.» Sie hauchte ein Küßchen in die Luft und schwang sich die Tasche über die Schulter.

Sie sahen, wie sie die Straße hinunterging. Erst wandte sich einer, dann noch einer der ihr entgegenkommenden männlichen Anwohner um. Auf der anderen Straßenseite verriegelte ein kleiner Mann mit Melone sein Gartentor, machte einen Quickstepschritt und schloß sich den beiden anderen an. Auch der Postbote ging gleich munterer an die Arbeit und stopfte die Briefe kreuz und quer durch die Türschlitze entlang Carole-annes Route.

«Tja, Mrs. Wasserman, jetzt sehen Sie sich bloß mal unsere Nachbarschaft an», sagte Jury mit einem Lächeln.

Fünfter Teil

Der Old Penny Palace

22

«BRIGHTON IST FÜR SEINE wunderbar klare Luft bekannt», sagte Jury und blickte über das bleifarbene Wasser zum Horizont, der sich im Nebel verlor.

Mit zusammengekniffenen, wegen der Gischt fast geschlossenen Augen warf Wiggins seinen langen Schal noch einmal um den Hals und blickte drein, als hätte er nicht das geringste dafür übrig.

Jury schnippte seine Zigarette weg und atmete tief durch.

«Es ist nicht gesund, Sir.»

«Das Atmen?»

«Die Seeluft», sagte Wiggins und fügte belehrend hinzu: «Egal was die Leute meinen, jeder Arzt wird Ihnen sagen, daß sie nicht gesund ist.» Dann zog er seine Fisherman's Friends heraus, einen Standardartikel seiner tragbaren Apotheke seit jenen feuchtkalten Tagen in Dorset. Er hielt Jury die Tüte hin. «Die helfen, wenn man einen schlimmen Hals hat.»

«Hab ich aber nicht, Wiggins.»

«Kriegen Sie aber», sagte der Sergeant fast fröhlich. Er schob Jury eine Pastille in die Hand.

Wiggins hätte auch eine Schockbehandlung in Kauf genommen, dachte sich Jury, um einer Erkältung vorzubeugen. Die Floskel «Der Sieg des Geistes über die Materie» kam in Wiggins' Wortschatz nicht vor. «Da drüben ist

Paul Swann, das heißt, ich nehme es zumindest an.» Jury deutete über das Geländer zum Kiesstrand hinunter. «Da unten beim Palace Pier.»

Die Putzfrau hatte Jury erzählt, daß Mr. Swann nicht zu Hause sei; er sei zum Strand hinuntergegangen, zum Palace Pier. Gestern sei er am Royal Pavilion gewesen. «Hat den östlichen Säulengang gemacht. Letzte Woche hat er schon den Haupteingang gemacht. Er macht alles, wissen Sie, auch innen», fügte sie hinzu, als verlege Swann Fußböden.

Paul Swann saß auf einem Klappstuhl und sah den Strand hinab Richtung West Pier. Skizzenbuch und Farben lagen zu seinen Füßen, ein Aquarell stand vor ihm auf der Staffelei. Er war ein Mann undefinierbaren Alters mit hagerem Gesicht und wasserblauen Augen. Nachdem Jury sich vorgestellt hatte, schlug Swann vor, sich auf eine nahe Bank zu setzen, von der aus er sein Bild im Auge behalten könne. Ein Gespräch an der frischen Luft, so klar sie auch sein mochte, brachte Wiggins nur zum Husten.

Paul Swann sagte mitfühlend: «Sie sind doch nicht krank, Mr. Wiggins?»

«Noch nicht, danke der Nachfrage.» Wiggins verkroch sich in seinen Mantel.

Nachdem sie sich auf die Bank gesetzt hatten, erwiderte Swann auf Jurys Frage nach David Marr: «Ich sehe David eigentlich nicht sehr oft und befürchte daher, daß ich Ihnen nicht viel helfen kann, Superintendent. Obwohl er ein sehr netter Kerl ist», fügte er eilig und nachdrücklich hinzu, als sei er besorgt, seine mangelnde Vertrautheit mit Marr könne so ausgelegt werden, als wolle er ihn der Polizei ausliefern.

«Mr. Swann, Sie waren doch am besagten Abend im Running Footman?»

«Stimmt. Ich habe auch schon darüber nachgedacht und versucht, mich genau zu erinnern, wann er gegangen ist, was Ivy gemacht hat und an andere Einzelheiten.» Er schüttelte den Kopf. «Aber ich war nicht mehr ganz nüchtern und habe nicht besonders darauf geachtet. Ich glaube, sie hat ihren Mantel geholt und ist gegangen, als sie dazu aufgefordert wurde.»

«Hat sie nichts zu Ihnen gesagt?»

«Nein, nichts.»

Wiggins war gerade lange genug aus seinem zitternden Kokon aufgetaucht, um zu fragen: «Wie gut kannten Sie diese Ivy Childess, Mr. Swann?» Wie eine Schildkröte zog er den Hals wieder zurück in den Schal, um der Antwort zu lauschen.

«Im Haus in Knightsbridge fand mal eine Cocktailparty statt. Ich ging mit David hin, der die Childess im Schlepptau hatte.» Er hielt inne und blickte zum Himmel hinauf. «Entschuldigen Sie mich bitte einen Augenblick.» Swann lief über den Kiesstrand, um seine Staffelei und die Palette zu holen. «Hoffentlich stört es Sie nicht. Ich muß nur noch ein paar Striche machen, ehe das Licht weg ist.» Er sprach weiter und sagte ihnen, was er von Ivy Childess hielt. «Was David in diesem kleinen Fratz sah, ist mir völlig schleierhaft. Ich weiß, daß er weder dumm noch sexbesessen ist – oh, sie war natürlich recht drall und nicht ohne –, und mit all den wilden Saufereien und so weiter hat er den anderen doch nur Sand in die Augen gestreut.» Als wolle er ein wenig von diesem Sand wegschnipsen, wischte er rasch mit dem in blassestes Gelb getunkten Pinsel über das Bild vom West Pier.

«Warum sollte er das denn tun, Mr. Swann?»

«Weiß nicht. Wir alle haben etwas zu verbergen, Superintendent. Unter anderem die Person, die wir in Wirklichkeit sind.»

Jury lächelte. «Vor Ihnen läßt sich das allerdings schwer verbergen. Ich habe Ihr Porträt der Winslows gesehen.»

Swann blickte von seinem Bild auf und lächelte. «Das ist ein großes Kompliment, würde ich sagen. Na ja, ich bin eben ein sehr guter Porträtist, male allerdings auch nur bestimmte Leute. Wenn ich jeden Auftrag annehmen würde, wäre ich ein reicher Mann. Aber die meisten Angebote lehne ich ab. Ich empfinde die meisten Menschen als viel zu oberflächlich und affektiert und narzißtisch, als daß ich mich mit ihnen abgeben will.»

«Die Winslows aber nicht?»

Er lächelte. «Nein, die Winslows ganz bestimmt nicht.» Er hatte die Arme vor der Brust verschränkt und blickte so gespannt auf sein Aquarell, als erwarte er, daß sich das Pier in Bewegung setzen und sich der Nebel verziehen würde. «Es war das einzige Mal, daß ich Hugh Winslow begegnet bin, auf dieser Party in Knightsbridge. Er fällt doch irgendwie aus der Reihe, nicht wahr?»

Jury sah ihn an. «Aus der Reihe?»

«Trägt nicht diesen Winslow-Stempel. Ich wollte Hugh auf dem Porträt haben. Dachte, er würde es abrunden. Aber als ich ihn dann kennenlernte oder vielmehr beobachtete, wie er mit den anderen umging – vor allem mit Marion und Edward –, merkte ich, daß es einfach nicht geht. Diese interessante Beziehung, die zwischen ihnen besteht, Mr. Jury. Vielleicht ist sie Ihnen aufgefallen...?»

«Absolut.»

Swann beugte sich – fast so, als überarbeite er das Winslow-Porträt noch einmal – nach vorn und trug eine dünne, blaßgelbe Lasurschicht auf. «Das wär's, denke ich. Wenn die drei allein zusammen sind jedenfalls, sind sie mehr als die Summe ihrer Teile. Sie sind ein *Gemälde*, Mr. Jury. Das reine Gemälde. Es tut mir leid, daß ich Ihnen nicht auf praktischere Art behilflich sein kann – wann David in den Running Footman kam, wann er wieder ging et cetera, aber ich weiß es einfach nicht. Was Ivy Childess betrifft, so habe ich sie nur an diesem einen Abend gesehen und auch da nicht lange. Ich blieb nur ungefähr eine halbe Stunde. Ich hasse Cocktailparties. Nehme lieber einen Schluck im Shepherd Tavern. Ich hoffe, es wird nicht zu schlimm für David. Ich kann mir ehrlich gesagt nicht vorstellen, daß er das Mädchen umgebracht hat.» Er zuckte die Achseln und wirkte wirklich bekümmert, weil er weder Jury noch David Marr helfen konnte.

«Es gibt da noch ein Gemälde, Mr. Swann, ein Porträt, das doch wahrscheinlich auch Sie gemalt haben.»

«Ja, Rose und Phoebe. Rose Winslow hat Edward sitzenlassen. Stellen Sie sich das mal vor», fügte er hinzu und schüttelte den Kopf.

Das klang, als ob ein solches Benehmen von einem von ihnen bei den anderen zum völligen Abbruch der Beziehungen führen würde. Jury dachte an Hugh Winslow. «Haben Sie mal was von einem anderen Mann gehört, der Rose Winslow vielleicht verführt haben könnte?»

Paul Swann starrte ihn an, dann lachte er. «Rose verführen? Du lieber Gott, eher nähme ich an, daß es sich andersherum verhalten würde. Armer Ned.»

«Hat David Marr sie je erwähnt?»

«Ja. Er mochte sie nicht. Schließlich war sie auch nicht besonders liebenswürdig, wissen Sie.»

Mit etwas gedämpfter Stimme sagte Wiggins: «Schon komisch, daß sie unter diesen Umständen ihr Bild nicht abhängen.»

«Das ist wegen Phoebe», sagte Swann. «Es ist wirklich alles, was ihnen von Phoebe geblieben ist.»

Jury blickte auf das Aquarell, das seltsam milchige Licht des Nebels, das den Pier umgab und das er festgehalten hatte. «Hat Marr vor Ihnen je eine Frau namens Sheila Broome erwähnt?»

«Broome? Nein, nie.»

«War auch nur eine vage Vermutung, Mr. Swann. Vielen Dank.»

Wiggins hatte das Aquarell eingehend betrachtet: «Wissen Sie, das ist richtig gut. Dieses Gelb, das Sie gerade aufgetragen haben. Verändert die Sache tatsächlich völlig. Macht alles irgendwie schwebend.»

«Ah, ganz genau, Mr. Wiggins. Danke. Sie haben ein hervorragendes Auge. Greifen Sie auch selber zu Pinsel und Farbe?»

«Ein wenig», sagte Wiggins, ohne zu zögern. «Als Sonntagsmaler, gewissermaßen.»

Jury blickte hinaus aufs Meer. Wann immer Wiggins mit Kunst, Literatur oder Musik konfrontiert wurde, tauchte eine ganz neue Person aus dem Nebel auf und nahm vor Jurys Augen Gestalt an. Zumindest begann Wiggins jetzt, wo Swann sich wie ein Kollege mit ihm unterhielt, sich den labyrinthischen Schal vom Hals zu wickeln.

Und Paul Swann in die Elitetruppe jener aufzunehmen, die Wiggins gern vor dem sicheren Tod errettet hätte. «Möchten Sie eine, Mr. Swann?»

Paul Swann dankte und hielt die bernsteinfarbene, rautenförmige Pastille in das nachlassende Licht. «Wahrhaftig eine bemerkenswerte Farbe.»

«Das habe ich auch immer gefunden, Mr. Swann», sagte er unschuldig und hielt ebenfalls eine Pastille hoch.

Jurry scharrte in den zerbrochenen Muschelschalen zu seinen Füßen und bedauerte, daß sein unkünstlerisches Auge nichts als beigen Strand und graues Wasser wahrnahm. Die Unterhaltung hatte sich inzwischen auf die Literatur verlagert.

«Manchmal frage ich mich, ob Coleridges Traum von Kublai Khan wohl durch Georg IV. und seine Pläne für den Pavillon inspiriert waren. Die Renovierungsarbeiten waren ja bereits ein Jahrzehnt im Gange, als er den ‹Kublai Khan› schrieb.» Paul Swann lächelte. «‹Wie blitzt sein Aug! Wie fließt sein Haar!› Können Sie sich ein besseres Vorbild für ihn vorstellen als den Prinzregenten, der ‹Honigtau gespeist› und ‹Milch vom Paradies› getrunken hat?»

«So habe ich das eigentlich noch nie betrachtet», sagte Wiggins.

Jury schüttelte den Kopf. Falls er das überhaupt schon jemals betrachtet hatte, war Jury das neu.

«Und Mrs. Fitzherbert, die einzige Frau, die Georg nach eigenem Bekunden je geliebt hat, wäre doch auch das ideale Vorbild für die arme Frau, die ‹wehklagend ihres Geisterfreunds gedenkt›.» Paul Swann seufzte und räumte seine Farben, Skizzen und Pinsel zusammen. «Die Liebe, die Liebe, hmmm. Wahrscheinlich habe ich gar nicht die Voraussetzungen zu einem richtigen Künstler, da ich ja den Sturm einer herzzerreißenden Leidenschaft nie kennengelernt habe. Aber als ich, ehrlich gesagt, all das Elend sah, das sie so mit sich bringt, dachte ich mir einfach: Laß lieber die Finger davon.» Er grinste. «Ich vermute, ‹Verbrechen aus Leidenschaft› bewahren Sie vor der Arbeitslosigkeit. Glauben Sie, daß es sich hier um eines handelt, bei diesem Fall?»

Jury sagte traurig. «An Leidenschaft fehlt es hier sicher nicht, Mr. Swann.»

Swann verliess sie, und sie spazierten die Promenade hinunter, kamen am Pub und etwas, das nach Umkleidekabinen aussah, vorbei sowie an einer Spielhalle, vor der man für Leute, die Kaffee oder Säfte trinken wollten, Stühle und Tische aufgestellt hatte.

Nebenan klatschte ein Bursche Farbe auf die Fassade eines kleinen Museums mit alten Automaten, das sich Old Penny Palace nannte. Er legte seinen Pinsel beiseite und ging hinein. Wiggins studierte die Plakate, auf denen einige der ausgestellten Spielgeräte beschrieben wurden, und sagte: «Sehen Sie sich das mal an.» Er deutete auf ein Gerät, mit dem man seine Kraft messen konnte. «So was hab ich seit meiner Kindheit nicht mehr gesehen. Gut für den Kreislauf.» Er hob den Arm und versuchte, die Muskeln anzuspannen. «Und da drüben, da kann man sich wahrsagen lassen. Eine von diesen Kabinen, wo man den Hörer abnimmt und eine Stimme einem die Zukunft vorhersagt.»

«Eine Stimme aus dem Jenseits, Wiggins?»

«Ich weiß, es ist nur ein Tonband, das immer wieder abläuft. Trotzdem würde ich's gerne mal ausprobieren. Haben wir nicht einen Augenblick Zeit, was meinen Sie?»

Während Wiggins sich mit dem jungen Burschen hinter der Theke unterhielt, wartete Jury neben dem Lachenden Matrosen. Er trug eine marineblaue Uniform, und über seinen traurigen gemalten Augen saß eine weiße Mütze.

«Er sagt, sie haben noch nicht offen, er richtet es noch für die Eröffnung her», sagte Wiggins.

«Und wo haben Sie die her?» Jury hielt einen Chip in die Höhe.

Wiggins zählte seine Chips und runzelte die Stirn. «Na ja, ich hab ihm eben meinen Dienstausweis gezeigt –»

«Wiggins!»

«Nichts für ungut, Sir. Probieren Sie doch mal ein paar von den Automaten. Das lenkt Sie ein bißchen ab.»

«Ich gehe nach nebenan, Kaffee trinken.» Er sah sich das Poster neben der Tür an, das einige der Ausstellungsstücke des Museums auflistete. «Ich frage mich allerdings, was der Butler gesehen hat.»

Er saß mit seinem Styroporbecher und einer Tüte Erdnüsse am Tisch. Mit den Erdnüssen legte er einen Kreis und ordnete den Speichen des Rades die verschiedenen Sternzeichen zu – Widder, Zwilling, Schütze. Jury blickte auf die Erdnußplaneten und fragte sich wehmütig, ob er vielleicht einiger vager Auskünfte wegen auf Andrew Starrs Angebot, Marrs Horoskop zu stellen, zurückkommen sollte.

Über sich selber verärgert warf er die Erdnüsse in den Aschenbecher. Mord stand nicht in den Sternen. Er fand auf der Erde statt, hier in seiner Umgebung. Und er hätte es durchaus begrüßt, wenn einer von jenen, mit denen er sich bisher unterhalten hatte, seiner Vorstellung von einem richtigen Bösewicht entsprochen hätte. In das dünne und schlichte Gewebe, das David Marr und Ivy Childess bisher umhüllte, hatten sich jetzt ein paar exotischere Fäden gemischt, die das Muster des Teppichs aber wohl eher schlechter als deutlicher erkennen ließen. Und dann war da noch die beunruhigende Gewißheit, daß Macalvie recht hatte und die Aufdeckung des Mordes an Ivy Childess von der Lösung des Mordfalls Sheila Broome abhing.

Er starrte hinaus in die Dunkelheit, die sich über dem Atlantik zusammenzog, und machte sich Gedanken über Sheila Broome. Vielleicht führte ihn ja die Geographie in die Irre –, daß er sie mit Exeter in Zusammenhang brachte, obwohl sie schließlich einen Gutteil ihrer Zeit in London verbracht hatte. Sie sah gut aus, war genau der Typ, auf den Hugh Winslow stand. Und wenn sie wie Ivy Childess gedroht hatte, es Marion Winslow zu erzählen…

Jury stützte den Kopf in die Hände. Ivy Childess, hatte Hugh Winslow gesagt, kam jedem auf die Schliche. Jury dachte an die Pinnwand in Davids Wohnzimmer. Und wenn sie etwas über David Marr in Erfahrung gebracht hatte? Was hatte Macalvie gesagt, was noch schlimmer sei als Mord? *Verrat von Freunden und Wohltätern.*

Er hatte ein Gefühl, als fehle ihm etwas, zum Beispiel eine Hintergrundmusik, um einen Teil seines Verstands zu beruhigen, damit ein anderer Teil funktionieren konnte. Jury trank, ohne etwas zu schmecken, seinen kalten Kaffee aus und machte sich auf den Rückweg zum Old Penny Palace.

Durch die zunehmende Dämmerung sah er hinunter zum Strand und zum West Pier, das im Nebel zu schweben schien.

Da glitt herein Porphyria…

23

Als Dolly an diesem Morgen gesagt hatte, sie überlege sich, wieder nach Brighton zu ziehen, war Kate verblüfft gewesen. Sie sagte bloß, sie habe London satt, als sei das Grund genug, von dort wegzuziehen, obwohl es doch bedeutete, die Designerwohnung und die berufliche Position aufzugeben, die sie sich so mühsam erkämpft hatte. Kate sagte ihr, sie könne nicht verstehen, wie Dolly all das, das sie sich so hart erarbeitet habe, aufgeben könne.

Vielleicht willst du mich ja nicht hier haben.

Kate lenkte nicht gleich ein, nicht weil sie Dolly nicht bei sich haben wollte, sondern weil sie einfach zu überrascht war, daß ihre Schwester, die Brighton jahrelang als provinziell und langweilig bezeichnet hatte, jetzt sogar erwog, hier zu leben.

Als sie schon zum zweitenmal sagte, daß Kate sie wohl nicht im Haus haben wolle, klang ihre Stimme so traurig, daß Kate ihrer Schwester die Hand auf den Arm legen und sie ein wenig schütteln mußte. Das stimme doch gar nicht, natürlich würde sie sich freuen, erwiderte sie Dolly.

Dolly sagte, sie würden jede Menge Geld haben, mehr als genug, auch ohne ihren hochbezahlten Job, und daß Kate das alles jetzt aufgeben könne. Mit «das alles» meinte sie den Pensionsbetrieb. Dolly machte eine anmutige Geste mit dem Arm (und war nicht jede ihrer Bewegungen anmutig?), die den langen Salon mit einschloß, wo sie gerade ein Lunch-Sandwich verzehrt hatten.

Sie habe sich aber an den Gedanken gewöhnt, sagte Kate. Sie wolle ihr kleines Gewerbe eigentlich nicht aufgeben.

Dolly hatte immer wieder den Kopf geschüttelt. Nein, es sei erniedrigend, eine Pension zu führen.

Für Kate war es das aber nicht...

Dolly wäre fast explodiert. Dann ist es eben *gefährlich*. Dollys Hand zitterte, und mit einem dumpfen Laut stellte sie die Silberkanne auf den Tisch.

Gefährlich? Dolly konnte doch unmöglich ihren zukünftigen Mieter meinen. Kate versuchte zu lachen, doch das Lachen blieb ihr im Halse stecken.

Dolly hatte ihr keine Antwort mehr gegeben. Sie war schon in Kosakenmütze und Stiefeln und eilig zur Tür gegangen, wo sie ihren Mantel nahm und die Tür hinter sich zuschlug.

Kate blieb nichts anderes zu tun, als die Bestecke aufs Tablett zu räumen. Darüber, daß sie vielleicht im Begriff war, einen Ausbrecher, einen Kriminellen bei sich aufzunehmen, hätte sie am liebsten laut gelacht. Aber Dollys Verhalten während dieses Besuchs war so seltsam, sah ihr so gar nicht ähnlich, etwa wie sie von den Dingen, die sie als Kinder gemacht hatten, redete, als lebe sie völlig in der Vergangenheit. Dolly blieb jetzt stundenlang weg, während sie vorher den größten Teil des Tages rauchend und im Morgenrock am Frühstückstisch verbracht hatte. Neuerdings kam sie mit Berichten über alles mögliche zurück – das Museum, den Pavillon –, über all die Orte, zu denen der Vater sie in einem dieser pastellenen Musselinkleidchen, die mit winzigen Blümchen verziert waren, mitgenommen hatte... Vielleicht hatte es ja mit seinem Tod zu tun. Griff er aus dem Grab heraus nach ihr, um sich zu vergewissern, daß sie noch immer sein kleines Mädchen war?

Kate hatte noch immer vor Augen, wie Dolly in der

Nacht, als der Vater starb, vor dem Fenster stand, wie sie in die Dunkelheit und in den windgepeitschten Regen, die großen, langen Regenvorhänge hinausstarrte, die in Wellen gegen die Fenster schlugen.

24

Wiggins versuchte sein Glück beim Liebestest. Die Glühlämpchen-Anzeige schien ihn nicht zufriedenzustellen. Die Birne neben dem Wort «Verliebt» wollte einfach nicht aufleuchten. Jury ließ den Kraftmesser und das Gerät *Was der Butler sah* links liegen und blieb vor einem Automaten mit der Bezeichnung *Geisterstunde auf dem Kirchhof* stehen.

Er steckte seinen Chip hinein und sah zu, wie winzige weiße Figuren in die Höhe schossen. Ein Skelett glitt aus einem sich öffnenden Grab, ein weißer Flecken – ein Gespenst – erhob sich hinter einem Grabstein, ein weiteres Gespenst lugte aus einem Loch heraus. Eine Gestalt in weitem Umhang flatterte in der Miniaturkolonie der Toten herum, bis sie schließlich im Wald verschwand. Jurys Gedanken schweiften ab, während die Erde ihre Skelette, die Steine und Bäume ihre Geister zurückverlangten. *Tolle Schlitten und tolle Männer… und alle liebten Phoebe sehr… Alles brach auseinander… «Wohin bist du gegangen, Elizabeth Vere?»*

«Einen Augenblick bitte, Sir», sagte Wiggins und starrte wie gebannt auf den Bildschirm von *Was der Butler sah*.

Jury klatschte mit der Hand auf den Bildschirm. «Sie werden auf die unanständigen Szenen leider verzichten müssen, Wiggins.» Er schrieb etwas in sein Notizbuch, riß die Seite heraus und reichte sie Wiggins.

«Überprüfen Sie, ob Plant wegen des Fotos, das er nach Exeter mitnahm, im Hauptquartier angerufen hat...»

«Aber wir haben doch schon...»

«Ich weiß, ich weiß. Und suchen Sie Miles Wells.»

Wiggins runzelte die Stirn. «Der Kerl, der Phoebe Winslow angefahren hat? Und was genau soll ich ihn fragen?»

«Ob die Frau im Wagen Sheila Broome war. Und warum er mehrere Straßen weiterfuhr und dann wieder zurückkam.»

«Niemand hat je erwähnt, daß eine Frau im Wagen saß, Sir.»

«Aber ich habe es eben getan, Wiggins.»

«SHEILA BROOME?» SAGTE MACALVIE und nahm die Füße vom Schreibtisch des Brightoner Polizeireviers. «Wieso zum Teufel? Selbst wenn es Rache war, was ist mit dem Fahrer?»

«Das ist es ja. Ich glaube, *sie* war der Fahrer. Sie ist mal wegen Trunkenheit am Steuer festgenommen worden, Macalvie. Hätte er es nicht auf seine Kappe genommen, wäre sie ins Gefängnis gewandert. Um das jedoch zu bewerkstelligen, mußten sie die Sitze tauschen. Anhalten und die Plätze wechseln. Ich glaube nicht, daß es bei ihm nur darum ging, sich als Gentleman zu erweisen. Er rechnete wohl damit, daß es auch ihm an den Kragen ginge. Besser, wegen eines unvermeidlichen Unfalls vorbestraft sein, als dafür, daß man seine betrunkene Begleiterin ohne Führerschein fahren und dann noch jemanden überfahren läßt. Die Frage, die sich mir dabei aufdrängte, war: Warum rannte die kleine Phoebe auf die Straße hinaus?»

«Und wie haben Sie sich die beantwortet?»

«Hugh Winslow hat sie mir beantwortet. Sie war wütend und verstört; und verstört hat sie der Anblick ihres Daddy, der mit einer Frau im Bett lag, die mit Gewißheit nicht ihre Mami war – Ivy Childess.»

Macalvie fixierte lange und eindringlich die Spitzen seiner schiefgelaufenen Schuhe, die er soeben wieder auf die Tischplatte plaziert hatte. Dann sagte er: «Also hätte jeder in dieser Familie nicht nur Hugh, sondern auch Ivy dafür verantwortlich gemacht. Und jeder von ihnen hätte das Mädchen umbringen können, nicht wahr? Genau wie Sheila Broome.»

«Natürlich. Es ist gewissermaßen so eine Art Querschläger: Ihn bringen sie nicht um – schließlich gehört er zur Familie –, sie töten das Mädchen.»

«Vielleicht hat Hugh es sogar selber getan.»

«Richtig.»

«Sie wollen damit aber nicht andeuten, daß es Mord im Brighton-Expreß oder so was war? Daß sie alle beteiligt waren?»

«Nein. Nur einer von ihnen. Und ich glaube auch nicht, daß das schon das ganze Motiv ist.» Jury betrachtete das Foto der Queen, das an der mattockerfarbenen Wand hing. «Ich glaube, das Motiv könnte ziemlich verwirrend sein. Hat wohl nicht nur mit Phoebes Tod, sondern auch mit Rose Winslow zu tun. ‹Verrat an Freunden und Wohltätern›, so haben Sie doch gesagt.»

Macalvie seufzte. «Ich wünschte, ich wüßte, was ich damit gemeint habe.»

Jury lehnte sich zurück und steckte die Hände in die Taschen. «Sie haben die Winslows nicht kennengelernt. Sie haben nicht gesehen, was für eine Familie das ist. Sie sind miteinander verschweißt wie die Figuren auf einem Porträt. Ich glaube nicht, daß ihnen selber das bewußt ist. Bezweifle, daß sich die Winslows darüber im klaren sind, wie ihre Strafaktion sich auswirkte. Hugh wurde ja schließlich nicht rausgeschmissen. Sie haben einfach den Kontakt abgebrochen. Haben ihn nicht kaltgemacht, sondern kaltgestellt. Und einen von ihnen verraten, heißt alle verraten. David Marr hat das mit Sicherheit gewußt.»

«Marr?»

«Ich bin überzeugt, daß er eine Affäre mit Rose Winslow hatte. Rose kommt mir vor wie eine etwas gehobenere Ausgabe von Ivy Childess: egoistisch, unzuverlässig, habgierig. Hatte aber genug Feuer und Flamme, um die Motten anzulocken und mehr als ein Flügelpaar zu versengen. Unter anderem das von David Marr. Er hat eine ganze Kollektion von Zeugs in seinem Zimmer – Fotos, Karten. Eine davon aus Las Vegas. Er selber war nie in den Staaten, und nach Aussage mehrerer Leute wollte Rose da immer hin. Keiner von den Winslows, nicht ein einziger, hat je wieder was von ihr gehört. Warum also hätte David Marr von ihr hören sollen, und warum hält er es geheim?»

«Weil es bei der Familie nicht so gut angekommen wäre. Und Ivy Childess hat es herausgekriegt. Ja, und jetzt hat Marr kein Alibi und ein großartiges Motiv», sagte Macalvie.

«Ein Hauch von Erpressung – oh, aber nicht wegen dieser Vorauszahlung. Ivy wollte die Zeit, in der sie im Starrdust die Sterne abstaubte, ja nicht unnötig verlängern. Sie wollte die Ehe. Und zwar mit *irgendeinem* aus der Familie Winslow-Marr. Sie hätte David fallenlassen und Hugh genommen, Hugh fallenlassen, um David zu nehmen. Mit Sicherheit hat sie es auch bei Ned probiert.»

«Sprechen Sie jetzt von Eifersucht?»

Jury hob die Augenbrauen. «Bei *denen*? Oh, nein. Wenn David Neds Mädchen oder Hugh Davids Mädchen in einem fairen Kampf für sich gewonnen hätte – dann hätte sich der andere immer als Gentleman gezeigt und sich zurückgezogen. Es geht nicht um Eifersucht, sondern um Verrat. Verrat ist wahrscheinlich die Todsünde schlechthin bei den Winslows.» Jury steckte seine Zigaretten ein: «Plant ist nach Exeter gefahren. Er wollte die Kellnerin aus dem Little Chef einen Blick auf ein Foto werfen lassen.»

«Sie hat es schon gesehen. Gibt's da was Neues?»

Macalvie schien gar nicht überrascht zu sein. Wenn das Rad stillstand, mußte er es eben wieder in Bewegung setzen.

Jury lächelte. «Sie hatten recht hinsichtlich des Zusammenhangs zwischen den Morden, Macalvie.»

«Da bin ich aber erleichtert. Eine Zeitlang ist mir schon die Lust vergangen.»

«Warum zum Teufel hätte der Mörder so lange warten sollen? Phoebe Winslow starb fast ein Jahr vor Sheila Broome.»

«Damit es nicht aussieht, als gäbe es da einen Zusammenhang. Aber das ist bloß die Meinung eines geplagten Durchschnittskriminalbeamten.»

«Wenn es etwas gibt, was Sie nicht sind, dann ‹Durchschnitt›.» Und dann fiel Jury ein, daß er gar nicht gewußt hatte, daß Macalvie sich in Brighton aufgehalten hatte. Aber es überraschte ihn auch nicht gerade. Der geplagte Durchschnittskriminalbeamte würde auch eine Flutwelle verfolgen, wenn sie etwas Verdächtiges ins Meer hinaustrug. «Weswegen sind Sie eigentlich hier, Macalvie?»

Ein Constable steckte den Kopf durch die Tür, um Jury auszurichten, daß vor einer Stunde jemand angerufen und eine Nachricht hinterlassen habe, die er Jury jetzt überreichte. «Er nannte sich Plant, Sir. Mr. Melrose Plant. Er würde jetzt aus Exeter wegfahren, sich aber später noch mal melden. Ich hab es mir extra aufgeschrieben, Sir, weil es ein bißchen merkwürdig klang.» Der Wachtmeister runzelte die Stirn über die allzu merkwürdige Botschaft und verzog sich wieder.

«Waren sie nicht alle Porphyria?» las Jury die Notiz vor, und Macalvie seufzte: «Muß er seine Botschaft denn unbedingt verschlüsseln?»

«Offensichtlich meint er, daß sie alle große Ähnlichkeit miteinander hatten – hatten sie ja auch: dieses lange blonde Haar. Der Egoismus, die Gier.» Jury runzelte die Stirn, als er sich an die Fotos im Salon des Winslowschen Hauses erinnerte. «Und was das Haar angeht... ähnelte ihnen auch Phoebe Winslow.»

Macalvie zog einen Zeitungsausschnitt aus seiner Brieftasche. «Meine kleine Neuigkeit kommt geradewegs aus dem Borkenschokoladenland.» Er faltete einen Papierstreifen auseinander und reichte ihn Jury. «Wir sollten das wohl besser verbreiten lassen. In Brighton wandert eine Person herum, die sich in beträchtlicher Gefahr befindet.»

«Wer denn?»

Macalvie drehte den Zeitungsausschnitt zu Jury hin. Er stammte aus dem Unterhaltungsteil. «Die Regendame.»

Jury musterte das hübsche Mädchen auf dem Bild, das herzförmige Gesicht und die langen blonden Haare. «Sie haben sie also gefunden. Hat Jimmy Rees es Ihnen noch erzählt?»

«Nein, verdammt noch mal. Der ist noch genauso verstockt wie früher, und die Borkenschokolade kommt ihm schon aus den Ohren. Die Glotze hat mich drauf gebracht, Jury. Ich war in Ihrem Büro und habe Wiggins' Apparat eingeschaltet, um die Nachrichten zu sehen. Ich dachte, vielleicht kann mir irgend so ein Fleet-Street-Reporter erzählen, wer Sheila und Ivy umgebracht hat. Die Zehn-Uhr-zwanzig-Nachrichten hätten normalerweise mit dieser hübschen Dame geendet, die in einem weißen Regenmantel und Regenschirm herumläuft. Um zehn Uhr zwanzig regnet's bekanntlich immer. Sie ist die Wetterfrau. Sie heißt Dolly Sandys und hat das Wetter sozusagen gleich mitgenommen. Ganz plötzlich bekam sie nämlich das Gefühl, sie brauche Urlaub. Dolly Sandys lebt hier in Brighton.» Macalvie zuckte die Achseln unter seinem Mantel. «Und ich denke, wir sollten sie besser finden, ehe sie für immer auf Urlaub geht.»

25

Die Frau, die zur Tür kam, war groß und attraktiv und hatte toffeefarbenes langes Haar, das von der Kopfmitte aus glatt herabfiel. Früher mochte es so hell wie das des Mädchens auf dem Zeitungsausschnitt gewesen sein. Ihre Bluse war senffarben, die Seide von guter Qualität, aber weder der Farbton noch der Schnitt standen ihr. Sie besaß die schüchterne Ausstrahlung einer Frau, die nicht weiß, wie gut sie aussieht, oder es nicht oft genug gesagt bekam. Den größten Teil ihres Lebens hatte sie zweifellos im Schatten ihrer schönen Schwester gestanden.

«Kate Sandys?» fragte Jury und zeigte ihr seinen Dienstausweis. Als sei sie sich nicht sicher, ob sie sich zu ihrem Namen bekennen solle, blickte sie schweigend von Jury zu Macalvie und dann wieder auf den Dienstausweis. «Wir müssen mit Ihrer Schwester sprechen, Miss Sandys. Ist sie da?»

«Dolly? Nein. Nein, sie ist nicht da. Worum geht's denn?» Sie blickte über die Schulter in den hinter ihr liegenden Flur. Sie machte den Eindruck, als gehöre das Haus jemand anderem.

Macalvie stand links neben Jury und lehnte sich gegen den Türpfosten. «Erst mal hereinkommen.» Er legte seine Hand flach gegen die Tür und stieß sie auf.

Sie riß die Augen auf. «Warum? Was ist passiert? Ist Dolly etwas passiert?»

«Das wissen wir noch nicht.»

Mit einer nervösen Geste forderte die Frau sie auf hereinzukommen. Sie schob den einen Ärmel ihrer Seidenbluse hoch, fuhr sich mit der Hand über das hellbraune Haar, das ebenso seidig schimmerte wie die Bluse. Macalvie schob sich an ihr vorbei, pflanzte sich in der Diele auf und sah sich, die Hände in den Taschen vergraben, um, als betrachte er den Schauplatz eines Verbrechens.

Kate Sandys führte sie in einen großen, kalten Salon. Jury registrierte ein Fotoalbum, das aufgeschlagen auf einem Tisch lag, einen Mantel und einen Schal, die über einer Sofalehne hingen, und einen Brief auf dem Sims über dem nichtbeheizten Kamin. Über die Jahre hatte Jury ein immer feineres Gespür dafür entwickelt, wie manche Häuser, manche Räume von etwas zu Ende Gegangenem zeugten – einem Tod, einem überhasteten Aufbruch. Vielleicht war es die Nähe des Meeres, die den Eindruck hier noch verstärkte. Das Meer, die Fotos von Alt-Brighton an der Wand, das Aquarell vom Deck eines Ozeandampfers, verschwommene Figuren, die an der Reling winkten und, umgeben von flatternden bunten Wimpeln, fröhlich und unbeschwert zu wirken versuchten. Er blickte sich um und erwartete fast, daß die Möbel unter Schonbezügen steckten, der Überseekoffer gepackt bereitstand und vor der Haustür das Taxi im Nebel wartete.

Auf eine Frage Macalvies entgegnete Kate: «Sie ist ausgegangen.»

«Wohin?»

«Weiß ich nicht.»

«Denken Sie nach.»

Sie antwortete nicht. Statt dessen wandte sie kein Auge von Jurys Gesicht, als ob es das einladendere von beiden wäre. «Sie haben mir immer noch nicht gesagt, warum Sie sie sprechen wollen und was passiert ist.»

«Ihre Schwester Dolly befindet sich möglicherweise in großen Schwierigkeiten und in erheblicher Gefahr», sagte Macalvie.

«Was für einer Gefahr denn?» Ihre Hand fuhr zum Hals, die Finger spielten nervös mit der dünnen Goldkette auf ihrer Brust.

Jury erzählte ihr vom Hay's-Mews-Mord. «Wir glauben, Ihre Schwester könnte etwas gesehen haben, vielleicht sogar den Mörder...»

Kate setzte sich plötzlich hin. «Sie meinen, er ist hierher gekommen, nach Brighton? Aber wie soll er denn wissen, wer...?»

«Ganz einfach», sagte Macalvie. «Dolly Sandys kommt jeden Abend in sein Wohnzimmer spaziert. Vor drei Tagen meldet sie sich krank, packt ihren Koffer und kommt hierher. Für den Notfall hatten sie aber im Studio Ihren Namen und Ihre Adresse. Und wir waren nicht die einzigen, die sich nach ihr erkundigt haben. Also denken Sie besser mal scharf nach.»

«Deswegen war sie also so niedergeschlagen. Seit ihrer Ankunft hab ich mich gefragt, warum sie eigentlich gekommen ist und was mit ihr los ist.»

«Haben Sie jemanden in der Gegend herumlungern sehen, Miss Sandys? Irgendwelche Fremden?»

Sie blickte besorgt auf. «Nein. Hmm, eigentlich doch. Da war ein Mann im Spotted Dog, das ist ein Pub hier in der Nähe. Wir sind ins Plaudern gekommen. Er sagte, daß er ein Zimmer sucht...» Sie spreizte die Finger. «Ich habe ihm von unserem Haus erzählt.» Sie klang angespannt. «Später, als ich darüber nachdachte, fragte ich mich, ob er der Mann war, den ich schon einige Stunden früher gesehen hatte, als ich zum Pavillon ging. Als ich herauskam und den Castle Square überqueren wollte, sah ich ihn am Ende stehen. Es war schon etwas enervierend. Er schien mich zu beobachten. So als ob er mir folgen würde.»

«Und was hat Ihre Schwester gesagt, als Sie ihr davon erzählten?»

«Ich habe es ihr ja nicht erzählt, wissen Sie. Dolly hat das Haus am frühen Nachmittag verlassen, um zu Pia Negra zu gehen. Das ist eine Wahrsagerin, eine Hellseherin mit einem Büro in den Lanes. Ich weiß, daß sie zurückgekommen sein muß, denn sie hat den Mantel gewechselt – hat den Pelz dagelassen und statt dessen den Regenmantel genommen. Aber ich habe sie nicht gesehen.»

«Sie sagen, sie ist zu dieser Wahrsagerin gegangen. Wo genau in den Lanes?»

«Black Horse Lane.»

Macalvie notierte es sich. «Okay, wohin hätte sie noch gehen können? Lieblingspub? Laden? Restaurant?»

Kate schüttelte den Kopf.

«Sie sollten sich lieber was einfallen lassen, Miss Sandys. Ihre Schwester ist mit einem Killer da draußen.»

Sie zuckte zusammen, als hätte er sie geschlagen. «Ich bemühe mich ja.» Sie rollte die goldene Halskette zwischen den Handflächen. «Ich dachte, es wäre ein Mann, daß sie wegen einem Mann Probleme hat.»

«Die hat sie auch. Sogar ganz gewaltige.»

26

Er beobachtete sie, als sie in dem schwachen Lichtstrahl stand, der aus dem Eingang des Old Penny Palace drang. Sie stand da, zog sich den Kragen des glänzenden weißen Regenmantels fester um den Hals und überlegte. Durch den Schleier des Nieselregens, der vor ein paar Minuten eingesetzt hatte, wirkte das Gesicht blaß und verschwommen. Vielleicht wollte sie sich unterstellen. Sie ging hinein.

Außer dem Pub weiter hinten war in den Vergnügungsarkaden unter den Bögen der King's Road zwischen den beiden Piers schon alles geschlossen. Kein Mensch war zu sehen. Vom West Pier her hörte man einen Hund bellen, den vielleicht die Nähe des Wassers erregte. Aber er sah niemanden und nichts. Ein wenig Helligkeit spendeten nur die Natriumdampflampen an der King's Road und das matte gelbe Licht, das aus dem Penny Palace drang.

Wenn man von ihr einmal absah, wirkte das Museum wie ausgestorben. Jemand mußte es neu hergerichtet haben, denn auf dem Tresen stand ein Eimer mit marineblauer Farbe und einem quer darüberliegenden Pinsel. Der Besitzer, oder wer auch immer hier gestrichen hatte, war verschwunden, vielleicht auf einen Drink ins Pub unter den Bögen. Niemand war da außer ihnen beiden, nichts außer der hölzernen Figur, die man den Lachenden Matrosen nannte und die in ihrem Käfig aus Holz und Glas dastand und neben dem Eingang die Kunden begrüßte, falls sie einen Penny hatten, um ihn zum Lachen zu bringen.

Als sie das Haus am Madeira Drive verließ, folgte er ihr, wie schon zweimal zuvor. Damals war es allerdings hell am Tag gewesen, und sie hatte ihn in die andere Richtung geführt, fort vom Hafendamm und aufs Stadtzentrum und die ziegelgepflasterten Gassen der Lanes zu, einem Labyrinth enger Straßen, das einem Spinnennetz glich.

Es war schwierig gewesen, ihr Haus zu beobachten. Es gab keinen Zeitungskiosk, keine Läden oder Restaurants, in die er rasch hätte schlüpfen können wie in Exeter. Also hatte er sie aus mehreren günstigen Blickwinkeln von der King's Road und der Kaimauer aus beobachtet, hatte sich gegen das Geländer gelehnt und so getan, als läse er eine Zeitung oder blicke aufs Meer hinaus. Und das Observieren – zu dem er sich überhaupt nicht geeignet fühlte – mußte immer wieder unterbrochen werden, um zum Essen oder auf die Toilette zu gehen, ein ständiges Kommen und Gehen.

Er hatte schon erwogen, zum Haus hinauf zu gehen, wenn die andere ausgegangen war. Die Schwester. Sie sahen sich ähnlich genug, um Schwestern zu sein. Älter, ein bißchen größer, aber ohne diese unwiderstehliche Ausstrahlung, die die jüngere so populär machte. Merkwürdig genug, daß ausgerechnet er eine aus dem Fernsehen bekannte Persönlichkeit wiedererkannt hatte. Diese Nachrichtensendung mit ihrem aufgemotzten kleinen Wetterbericht war das einzige, was er sich ansah. Sonst hätte er sie nie gefunden. Aber ob es nun ihr Gesicht oder der weiße Regenmantel war, den sie immer trug, wußte er nicht. Als er ihr folgte, sah er, wie sich die Männer beim Vorbeigehen nach ihr umdrehten; sich umdrehten und ihr hinterherstarrten.

Er ging näher heran. Es gab einen Wechselschalter, wo man die großen Pennies bekam, die man für die Automaten benötigte. Er beobachtete, wie sie sich durch das Dikkicht der Automaten schlängelte und dann stehenblieb, um sich den Kranich in seinem verzierten Glasgehäuse anzusehen. Sie mußte ein paar Pennies von einem früheren Besuch dabeigehabt haben, oder sie hatte vielleicht ein paar vom Tresen geklaut, denn sie griff in ihre Tasche, und einen Augenblick später sah er, wie sich der Kranich bewegte. Nach einer Weile ging sie weiter, umrundete noch ein paar Automaten, wobei sie manchmal die Hände seitlich ans Gesicht preßte und durch die Glasscheibe spähte. An der gegenüberliegenden Wand stand ein mechanisches Klavier. Sie betrachtete es eine Weile eingehend, steckte dann eine Münze hinein, und bald erfüllten die blechernen, brüchigen Töne der Musik die Nacht.

Er trat rasch in den Schatten der Markise des Nachbargebäudes, das eine Spielhalle und eine Kaffeebar beherbergte, als er jemanden die Promenade entlangkommen und jetzt sogar laufen sah. Wahrscheinlich der Besitzer oder wer auch immer die Automaten unbeaufsichtigt gelassen hatte. Er hörte Stimmen, kurzes Gelächter. Sicher konnte man ihr nur schwer böse sein. Sie war einfach zu hübsch. Und wahrscheinlich litt der da drinnen sowieso an Langeweile oder Einsamkeit.

Er lauschte den ratternden, brüchig klingenden Tönen des Pianos und erinnerte sich an den Text. *«...trade it for a basket of sunshine and flowers.»*

«Pennies from Heaven» hieß das Lied. Wohin waren der Sonnenschein und die Blumen verschwunden? Er blickte hinauf in den lackschwarzen, sternenübersäten Nachthimmel und dachte, wie sehr diese Nacht doch jener anderen vor langer Zeit ähnelte. Dunkelheit, Sterne, Musik...

Er hörte, wie sie sich verabschiedete. Auf dem Weg nach draußen mußte sie – oder vielleicht der Maler – eine Münze in den hölzernen Matrosen geworfen haben. Ein kurzes, gutturales, eselhaftes Lachen ertönte, das gleichzeitig mit der Musik jäh verstummte.

Und wenige Augenblicke später trat sie heraus. Stand da und blickte zum schwarzen Himmel auf, als überlege sie sich, wie lange es noch dauern würde, bis es sich richtig einregnete, schlug den Kragen ihres weißen Regenmantels hoch und spazierte in die Dunkelheit in Richtung der Stufen, die zur King's Road hinaufführten.

Er ging am Lachenden Matrosen vorbei, dessen hölzerner Kiefer eingerastet und dessen Mund zu einem Dauergrinsen hochgeklappt war.

Kate Sandys weinte. Jury wußte, sie konnte nichts dafür, sie versuchte sich verzweifelt zu besinnen, wo Dolly am ehesten hingegangen sein könnte. Macalvie hatte sie davon überzeugt, daß sie vielleicht keine Zeit mehr haben würden, an zwei Plätzen nachzusehen.

Sie trocknete sich die Augen und blickte hinab auf das kleine Foto von David Marr. Es war entsetzlich. Sie hatte ihm tatsächlich ein Zimmer vermieten wollen.

«Es wird schon wieder gut, Kate.» Er beugte sich vor und nahm ihre Hand. «Versuchen Sie, sich zu entspannen.»

«Ich habe sie... immer beneidet, hab immer gesagt, daß sie zu verwöhnt ist. Jetzt bin ich mir nicht mehr sicher. Aber ich hätte sie ernster nehmen sollen.»

«Toll», sagte Macalvie, der immer noch stand. «Das ist toll, aber so finden wir sie nicht.» Er ließ das Fotoalbum, das er sich angesehen hatte, zuklappen. «Die Brightoner Polizei ist inzwischen an allen Stellen, die Sie bisher genannt haben – aber das heißt nicht, daß sie an einem dieser Orte wirklich ist.» Er hielt das Album in die Höhe und runzelte die Stirn. «Haben *Sie* das hier liegenlassen?»

Kate trocknete sich die Augen und blickte auf. «Nein. Das muß Dolly gewesen sein.»

«Sie hat sich offensichtlich ihre Kinderbilder angesehen, die meisten stammen vom Pier und den Süßigkeitenständen und so weiter an der Strandpromenade. Geht sie da immer noch hin?»

«Die King's Road-Arkaden. Dolly liebt die Arkaden über alles.»

«Kommen Sie, Jury.» Macalvie steuerte zur Tür.

Jury legte das Album in Kate Sandys' Schoß und fragte sich, warum er glaubte, daß das ein Trost für sie sei. Doch sie umklammerte das Album und starrte vor sich hin, als seien diese Erinnerungen etwas völlig Reales.

Dann griff er nach dem Bild von David Marr und steckte es ein. Er schüttelte den Kopf. David war nicht hier gewesen, er hatte es nicht gesehen. Und er dachte daran, wie recht Plant damit gehabt hatte, daß sie im Kopf des Mörders alle zur treulosen Porphyria verschwommen waren. Wieder betrachtete er das Foto von David Marr in seiner Hand. Aber es war wohl nicht das erste Mal, daß er sich getäuscht hatte. Und es würde weiß Gott nicht das letzte Mal sein.

Schliesslich stieg sie doch nicht die Treppe zur King's Road hinauf. Statt dessen verließ sie den gepflasterten Gehweg und betrat den Kiesstrand. Sie hielt einen Augenblick inne und blickte aufs Meer hinaus. Dabei hielt sie schützend die Hand über die Augen, als sei es hellichter Tag und als könnte man da draußen wirklich etwas sehen; als hielte sie nach dem glänzenden, ruckenden Kopf eines Badenden Ausschau. Sie hob einen Kieselstein auf, schleuderte ihn fort und wanderte weiter den Strand entlang. Der weiße Regenmantel leuchtete in der Nacht, ein langer gelber Schal wehte flatternd hinter ihr her.

Er hatte schon früher immer eine Schußwaffe dabeigehabt und trug sie auch jetzt. Zu dieser Jahreszeit konnte man bei einer Frau jedoch sicher sein, daß sie einen Schal trug, und sie hatte ihren an wie die anderen vor ihr und ließ die Enden über den Rücken baumeln.

Sie ging so langsam, daß es ihr offensichtlich ganz normal erschien, als er sie einholte. Denn als er sie ansprach, wandte sie bloß den Kopf, sah ihn an und strich sich das Haar zurück.

Er sagte, es tue ihm leid, falls es so ausgesehen habe, als ob er ihr folge, und daß sie einer Frau, die er einmal gekannt habe, sehr ähnlich sähe.

Und er fragte sich, ob er ihr wohl auch bekannt vorkäme. Er konnte nicht glauben, daß sich sein Gesicht nicht in ihr Gedächtnis gegraben, ja eingebrannt hatte, so wie angeblich jedes Opfer die Handschrift seines Mörders zeigt.

Und doch sah sie ihn mehrere Augenblicke lang fast blind an. Ein seltsamer Ausdruck lag in ihren blauen Augen, etwas Zustimmendes – vielleicht hätte er sogar sagen können, Verschwörerisches. Sie hatte den Schal gelöst und abgenommen. Er war ebenfalls weiß und hing jetzt aus ihrer Manteltasche heraus. Es war also kein gelber Schal hinter ihr hergeflattert, sondern ihr Haar. Wie konnte er das bloß verwechseln?

Sie sagte, daß viele Leute sie verwechselten. Sie habe Ähnlichkeit mit der Frau im Fernsehen, die den Wetterbericht moderiere.

Nichts in ihrem Verhalten verriet, daß sie ihn wiedererkannte. Ihre Stimme klang flach und ausdruckslos.

Ob sie denn in Brighton lebe? Und ob es ihr hier gefalle?

Schon ihr ganzes Leben lang, sagte sie. In letzter Zeit habe sie zwar in London gewohnt, doch sie werde wohl wieder nach Brighton zurückgehen. Dann blickte sie aufs Meer hinaus und sagte, sie erinnere sich ans Meer, wie es in ihrer Jugend gewesen sei.

In ihrer Jugend. Selbstverständlich mußte sie gemeint haben, in ihrer Kindheit, aber trotzdem war es komisch, daß sie so etwas sagte, als habe sie ihre Jugend verloren, als habe sich die Jugend verflüchtigt wie die faltigen Wellen, die von der Küste zurückrollten.

Sie blickte zu ihm auf: *Dolly Sandys.* An die erinnere sie die Leute.

Rose, sagte er. An *die* erinnern Sie mich. Sie schien es nicht besonders merkwürdig zu finden, daß er *Rose* gesagt hatte.

Dann schwieg er. Irgendwie lief das falsch. Phoebe, an Phoebe dachte er doch jetzt, etwa nicht? Phoebe mit ihrem Flachshaar, das auf der Straße ausgebreitet lag.

Seine Hand faßte nach ihrem Haar. Sie wich zurück. Als er den Kopf zur Seite wandte, sah er die Scheinwerfer, die Blaulichter, die die King's Road herangeschwirrt kamen. Eine vom Wind verzerrte Stimme rief nach ihm.

Jemand schrie. Und dann riß sie sich aus seinen Armen los und begann zu laufen. Gebrüll, brennende Taschenlampen kreisten wie kleine Monde, Leute drängten sich die Treppe herunter.

Ehe er die Waffe hob, hatte er noch Zeit, an die Ironie der Situation zu denken. Daß er ihr doch gar nichts hatte tun wollen. Sie hatte ja nicht einmal gewußt, wer er war.

Wieder ertönte die Stimme, die ihn gerufen hatte: «*Ned!*»

Er fühlte die Waffe schwer in seiner Hand. Komisch, daß er David nicht böse gewesen war. Aber er hätte ihm nicht sagen sollen, daß er hierher fuhr. Er hätte wissen müssen, daß David ihm folgen würde.

Ned hörte die Explosion, fühlte nichts, sah nur ein schreckliches weißes Leuchten – Sterne, die wie Meteore niederprasselten, einen Mond, der wie ein Spiegel zerbrach, einen Regenmantel, der den Strand hinunterflog.